論創ミステリ叢書6

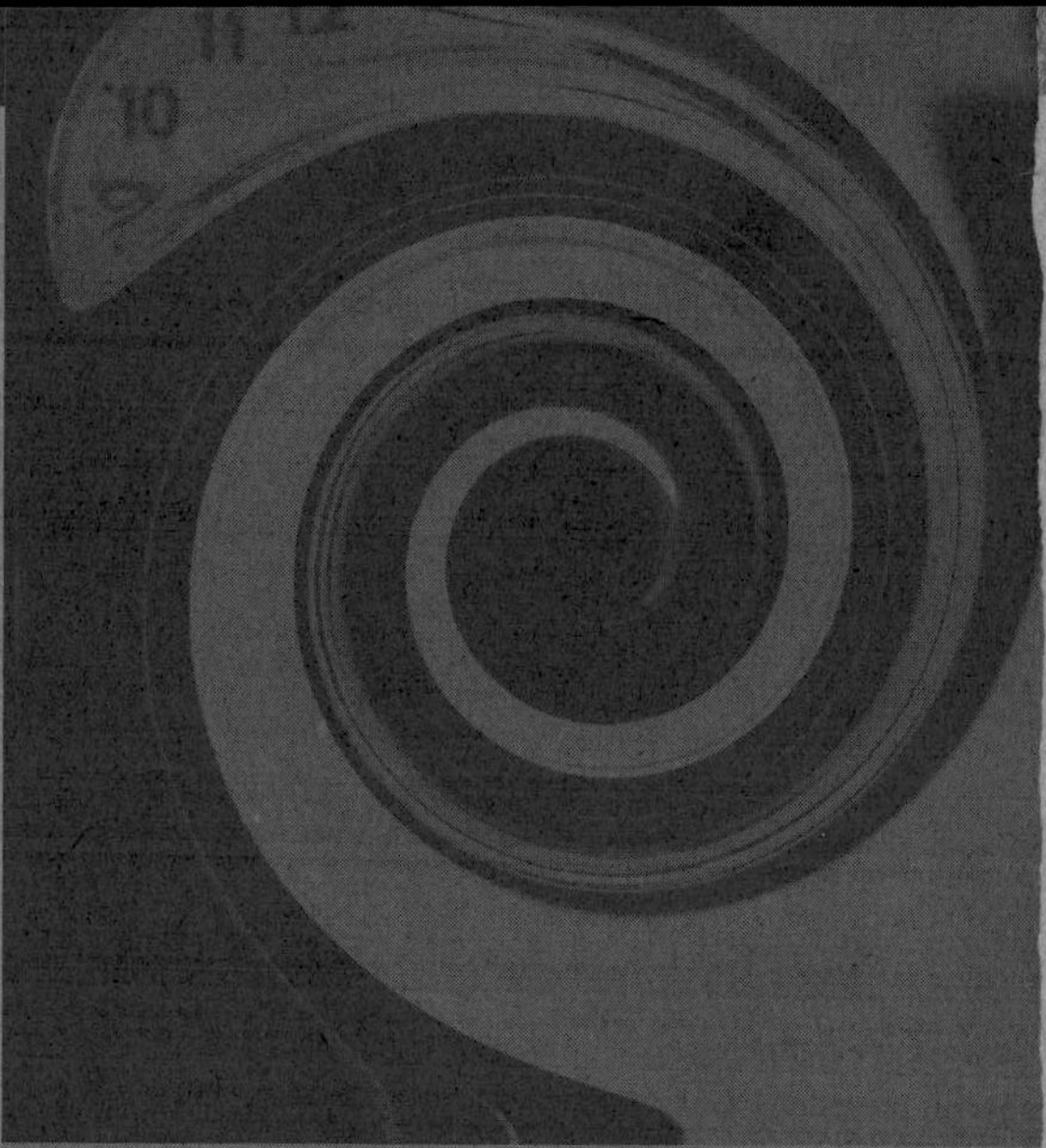

浜尾四郎探偵小説選

論創社

浜尾四郎探偵小説選　目次

創作篇

評論・随筆篇

凡例

一、「仮名づかい」は、「現代仮名遣い」（昭和六一年七月一日内閣告示第一号）にあらためた。

一、漢字の表記については、原則として「常用漢字表」に従って底本の表記をあらため、表外漢字は、底本の表記を尊重した。

一、難読漢字については、現代仮名遣いでルビを付した。

一、あきらかな誤植は訂正した。

一、今日の人権意識に照らして不当・不適切と思われる語句や表現がみられる箇所もあるが、時代的背景と作品の価値に鑑み、修正・削除はおこなわなかった。

浜尾四郎探偵小説選

創作篇

彼が殺したか

一

もし私があなた方のような探偵小説作家だったら、これからお話ししようとする事件を一編の興味深い探偵小説に仕組んで発表するでしょう。しかし単に一法律家にすぎぬ私が、なまじ変な小説を書けば世の嗤《わら》いを招くにすぎないでしょうから、私は今、あなた方の前に事件をありのままにお話ししてみましょう。そうして最後に、いまだ世に発表されたことのない不思議な手記を読んでお聞かせします。

もちろん私は、法律家として、弁護士としてこの事件に関係したのですから、それによって知り得た事実以外には、なんらの想像も推測も付け加えずにお話しします。したがってあなた方がお書きになる小説のような興味はないかもしれませんが、もしそうだったらどなたでも一ツ小説にして発表なさったらよいでしょう。そうなさる値打ちはありそうな話です。

まず順序としてその事件の推移を申し上げましょう。事件というのは、こう申せばすぐお分かりのことと思いますが、昨年の真夏の夜、相州《そうしゅう》K町で行われたあの惨劇です。当時都下の諸新聞がこぞって大々的に報道した事件ですから、むろん皆さんよくご承知でしょうが、もう一度記憶を新たにするために、ここで初めからお話ししてみましょう。

昨年の八月十六日の夜、正確に言うと八月十七日の午前一時半頃――覚えている方があるかもしれませんが、あの日は夕方から東京地方は大暴風雨《おおあらし》でした――東京付近で避暑地として賑やかなK町のある別荘で恐ろしい惨劇が行われました。一体K町は昔から海水浴や避寒地として有名であるのみならず、近頃は上流中流の人々の住居《すまい》などもできて、すこぶる繁盛していますが、ことに夏場はまず東京付近では第一等に人の出る所です。その賑やかな土地の一角に突如として行われた惨劇ですから、人心に与えた衝動は非常なものでした。

惨劇の行われた家は小田清三という若い実業家の別荘で、悲劇の主人公は小田家の若い当主清三（当時三十三歳）およびその妻道子（当時二十四歳）の二人でした。一夜のうちにこの二人の生命がむごたらしく失われてしまったのです。

いったい小田家は先代が貿易商をやって非常な財産を作ったのですが、清三は中学時代にその父親を失って、あとは母の手一ツで育てられたのでした。生来あまり丈夫でないために、大学を半途で退学して、もっぱら身体《からだ》の静養につとめていました。もちろん大財産の主人ですから、なかなか忙しかったに違いありませんが、それも主として母にまかせて自分はたいていK町の別荘の方に住んでいたのです。

お坊ちゃん育ちの上に身体を大切にして育てられたので、そういう階級特有のわがままなところはありましたが、一体に無口な性質なのであまり人と争ったりするようなことはなかったそうです。それからまた非常に親しいという友もなく、金持ちながら言わば寂しい生活をしていた人と言っていいでしょう。ことに一昨年の末頃から、前から悪かった肺の病が激しくなったうえ神経衰弱に罹《かか》ったので、妻とともにK町にずっと住まって東京にはまったく出ずに暮らしていたのです。

妻の道子は数年前に亡くなった有名な川上という大学教授のお嬢さんです。生まれつき聡明な上に非常な美人でした。あなた方の中には、あるいはお会いになった方もあるかもしれませんが、噂によるとK町へ行ってからは、Kの女王といわれたほどの人だそうです。

何と形容したらよろしいでしょうか、法律家の私には言いようがありませんが、ともかく、非常に美しく、しかもこの頃の流行語を用いれば、いわゆる性的魅力を十分にもっていた人のようです。既に女学校在学当時からその美しさは有名なもので、一度彼女を見た者はすべてが彼女の讃美者となってしまったといってもよいくらいだそうです。

それゆえ彼女の周囲にはその讃美者たる若き男が常に大勢集まっていました。しかも彼女は父を失ってからは、いっそう自由に振る舞っていたのですから、彼女を繞《めぐ》る若き人々——ことに男性はただひたすらに増える一方でした。

そのうちにはある若い独身の音楽好きの伯爵がありました。彼女が彼としばしば銀座を歩いているところを人々は見たのです。またある大政治家の息子で文学好きな青年は、たびたび彼女とともに劇場に姿を現して多くの人々を羨《うらや》ましがらせました。かような有様ですから、彼女が将来いかなる人の妻になるかということは、一般に非常な問題とされていたのです。

美しくて聡明で、大学教授の令嬢に生まれ音楽を解し文学を解し、しかもかように多くの人々と交際しながら一度として品行について非難されたことのない彼女ですから、伯爵夫人となるか、大政治家の嫁になるか、はたまた大実業家に見込まれてその伜《せがれ》の妻となるかは、ほとんど彼女の意のままに見えたのでした。

ですから今から約三年ほど前に、彼女がとつぜん小田清三と結婚した時は、多くの人々はかなり驚かされました。もちろん一方は非常な資産家の主人であり、一方はそうとう地位ある家の娘で、しかも絶世の美人だというのですから、けっして釣り合わぬ縁というわけではなかったのでした。したがって人々が意外に感じたのはその点ではなかったのです。ただこの二人は結婚するまで、ほとんど互いに知らぬ人々だったのでした。つまりこの結婚は、純粋の我が国旧来の見合い結婚だったのです。道子の性質を知っている人々が驚いたのは無理もありません。あのようなモダンな女がどうしてそんな結婚をしたのか、まったく人々には意外でした。道子と交際してそうとう自信をもっていた人々の失望は言うまでもありません。

こういう多くの人々の驚きの中に、しかし両家は着々とこの縁談を進め、やがて間もなくここに若い一対の立派な夫婦ができあがったわけなのです。

道子を知っていた人々のうちには、あれは真の道子の意志ではあるまい。あんがい有るように見えて無いのが金だから、あるいは道子は、家の犠牲となって資産家の所へ嫁《か》したのだろうというものもありました。これはあながち根拠の無い説ではありますまい。ことに聡明な女はかなりそういうことを考えるものですから。

二

結婚後一年ほどは何の噂も立ちませんでした。そして小田夫妻はきわめて平穏に、平和に暮らしているように見えました。ただ道子が相変わらず若い男たちと交際していたことは、ある人たちの眉をひそめさせていたのです。

一年ほどたちますと、清三はひどい肋膜炎《ろくまくえん》を患って、半年ほど臥床《がしょう》するようになりましたが、その後は、ほとんどK町に退いて、そこに召使を相手の静かな夫婦生活をするようになったのです。

ちょうどその頃から妙な噂が立ちはじめました。それは道子がまことに気の毒な生活をしているのだという噂です。一言で言えば、彼女の夫たる清三はまったく道子を愛してもいなければ、また、理解してもいない。二言目には病身の人特有の癇癪《かんしゃく》を起こして妻を罵り、揚げ句の果ては手を上げることさえしばしばあるということでした。現に、小田家の召使らは、主人が妻をぶったところを数回見たというのです。

道子はその夫の乱暴を甘受して、忍んで暮らしているのだと伝えられたのです。この噂は、道子が、何人《なんぴと》に対しても常に快活であるだけ、少なくも快活を装っているらしいだけ、道子のために同情をひきはじめました。

もっともごく少数の人たちには、彼女は、真面目に寂しい夫婦生活のことを語ったといいますけれど、ともかく、この噂は一般に広まったのですが、同時に人々は、これをけっして不思議とは思いませんでした。そうして皆は、見合い結婚でかつ財産を当ての結婚の結果を、いまさらはっきり知ったように感じたのです。道子に対する同情とともに夫と、それから道子を財産の犠牲にしたその母とが、一般の好意を失いはじめたことは言うまでもありません。

ところが、それからまた半年ほどたって、今度は道子に対する芳しからぬ風評が立ちはじめました。

一体、清三は妻を虐待するとは噂されたものの、妻をまったく束縛していないことは、道子自身のようすでも分かるのです。つまり、妻というものをぜんぜん無視しているから、ああいう態度がとれたのかもしれません。ところがこの、道子の自由な行動は、たとい夫には無視されていたにしろ、世間にはついに無視してはおられぬくらいのものになってしまった。

道子が家庭を常に冷たい牢獄のように考えており、それによく堪え忍んできたという事実は、一方においてじゅうぶん彼女のため同情をよんだのでしたが、同時に他方においては、彼女の品行問題についてかえって彼女の噂に不利益な根拠を与えたわけなのです。世人は彼女が若き学生らと交際することをしきりに罵りはじめました。中にはだれそれが彼女と特に親しいのだというようなことを明らかに言う人たちも出てきました。

それにもかかわらず、彼女はこれらの噂をまったく聞かぬもののごとくにふるまっていました。彼女にもまして、このことに冷淡であったのは――少なくも冷淡に見えたのは夫の清三でありました。

彼女の品行が果たしてどんなものであったかということは、あの惨劇によって、はしなくも暴露されたのでした。

かような有様で、外からはいろいろな取り沙汰をされながらも、この似合わしからぬ一対の夫婦は、無事にK町で暮らしておりました。あの事件までの小田家の有様はだいたい右のようなものでありました。

さて、昨年の八月十六日の日ですが、この日の午後、K町の小田の家には二人の男の客がありました。二人はいずれも小田夫婦とは二三年前からの知己《しりあい》でありまして、一人は友田剛《たけし》というK大学生、年は二十五歳、他の一人は大寺一郎という某大学の学生で、この人は当時二十四歳であったのです。友田は小田清三の通学していた学校の後輩でして、相当の家の息子です。

ちょうどその頃やはりK町のはずれに家を借りて住んでいたのですが、一人で寂しいものですから、昼過ぎに小田家を訪問したわけなのです。大寺は、道子の父がかつて勤めていた大学の学生ですが、これは友田とはちょっと異なった境遇の人でした。

これは後に知ったのですが、大寺の父はかつて道子の父親にたいへん世話になっていた人でしたが、生まれつき頑固な上に訴訟狂とでも言いますか、むやみと法律問題を起こして争って、田舎に持っていたわずかな財産もまったく使ってしまった揚げ句、一郎がまだ中学生であった時分に死んでしまったのです。

つづいて、母親も亡くなってしまったので、親戚の者が一郎を助け、せめて大学に入れてやろうというので道子の里に頼みこみ、ようやく一郎を上京させて入学させたという次第なのです。それで現にその当時も、田舎の中学を出て、ようやく三年目の彼は、いろいろの人の世話を受けて、東京の大学に在学しており、郊外の下宿に住んでおりました。

それでちょうどその日は、夏休み中でもあり、かねて小田夫婦とは知己の仲だったので、日がえりか何かのつもりで、町へ泳ぎにきたのでした。ちょっと申しておきますが、友田と大寺の二人は偶然にも、ちょうどその頃道子と非常に親しい——否《いや》、親しすぎると言われていた人々なのです。

ところで、その日の午後、友田と大寺とは道子と一緒に海に行って泳いでいたのですが、先にも申したとおり、あの日は夕方から大変な暴風雨《あらし》になったのです。夕方、空模様が怪しくなってきたので、二人は道子に注意されて急いで水から上がってきたのでした。

その日、清三は珍しく元気だったそうです。そうして二人の客が海から上がってくると、自分から、

「ちょうど四人集まったから麻雀《マージャン》をやろうじゃないか」と言いだしたのです。

二人の客は、いつもK町の小田の家に出入りしているくらいですから、この遊戯にはそうとう熟達していたと見え、ここで四人はすぐにこの遊戯を始めました。

夕食後——これは後に調べられた者の言がみな一致していますが——五時半頃に始めら

れ、三十分位で終わったそうです。夕食をすますと四人はすぐに卓を囲んで、ポンとかチーとかはじめたわけです。その頃は天気はまったく悪化して完全な嵐となっていました。

私は麻雀のことはよくは知りませんが、この遊びは、相当うまくても、割に時間を要するものだといわれています。この夜はなんでも二勝負——八圏《パーチヨワン》とか言うそうですが——ぶっつづけてやる約束で始めたのだそうです。ところが、八圏がすんだ頃は、雨もまだ甚だしく中々やみそうもない上、ちょうど道子の大勝だったので、いちばん敗けた清三が珍しく、夢中になって口惜しがり、もう四圏《スーチヨワン》やろうというので、またそれをつづけたそうですから、結局十二圏《シアルチヨワン》やり続けたことになるのです。

ところで勝負がまったく終わった頃は、夜もそうとう更けて十二時近くだったそうです。その時は風はやみましたが、雨は相変わらず降っていたので、主人夫婦は二人の客にしきりと泊まってゆくようにすすめたのでしたが、友田はK町に家があるので、これを断って車で帰りました。しかし大寺の方は、汽車はもちろんもう無いし、天気も悪いというわけで、小田家に泊めてもらうことになりました。

女中たちの話によりますと、彼らが主人からもう寝るからお前たちも寝てよろしいと言われたのは、十二時ちょっと過ぎだったそうです。そこで二人の女中お種とお春という女は、待ちかまえて、自分の部屋に引き取ったのですが、その頃は前にも述べたとおり、ただ雨ばかりが激しかったのです。

ちょっとここで、小田家の家屋のようすをお話ししておきましょう。この家は、全部日本式の建築で、二階に主人夫婦の寝室と主人の書斎とがあり、ちょうどその下に二つ座敷があります。その書斎の下に当たる部屋は、その夜大寺に当てられた室《へや》で、それから廊下伝いにちょっと来た所に女中部屋があり、台所から外に出るとまた建物がありまして、そこには仁兵衛《にへえ》という水兵上がりの下僕《しもべ》が寝ていたのでした。

さて主人の許しがあったので、今まで眠い目をこすっていた二人の女中はすぐ部屋に引き取り、夜具を出して、大抵な奉公人の例にもれず、すぐに健康な眠りに陥りました。しばらくして年上のお種という女中が、ふと目を醒《さ》ましました。自分ではかなり長く寝たつもりでしたし、自然に目がさめた気がしたので、いつもの癖で、枕元の主人からあてがわれてあった目醒まし時計を見たのです。

すると、時間はまだ一時半頃でした。雨は依然として降りつづけています。お種が安心して再び寝ようとしたとたん、不意に人の叫び声のようなものを聞きました。続いて障子の倒れるような音が二階の方から聞こえました。

お種は、危うく叫び声を出しそうにしながら、あわてて夜着を引っかついで床《とこ》の中にもぐりこみ、しばらく息を殺していたのです。それからちょっと経てから、こわごわ頭を出して様子を聞いていますと、またまた人の呻《うめ》くような声が聞こえてきました。

お種は我慢しきれなくなって、そばにいぎたなく寝入っているお春を叩くようにして起こしました。お春もその話を聞かされてはただ震えるばかりです。二人はともかく下僕を起こそうと相談しました。

ところで、下僕《しもべ》を起こすのには前にも申したとおり、戸をくり開けて別の棟に行かねばなりません。雨のひどいこの深夜、これだけの仕事は二人の女には非常な難事でした。それで二人は、廊下伝いに少し行った座敷にいるお客を起こそうじゃないかという相談をしたのです。

二人は震えながら、やっと大寺の寝ている室《へや》までたどりついて、外から小さい声で大寺の名を二三度よびました。が、答えはありません。思いきって障子を開けて見ると、そこに寝ているとばかり思った大寺の寝床は藻抜けの殻なのです。二人は室の中に入りながら呆然としていましたが、この時、ちょうどその室の上あたりの二階の座敷で人が倒れたような音がしました。

二人は悲鳴を上げながらそこを飛びだして、夢中になって下僕仁兵衛《にへえ》を叩き起こしました。四十何歳という血気盛りの、この水兵上がりの下僕は、いきなり大きなステッキを一本とりながらかけつけ、二人の女中を励まして二階へかけ上がりました。

惨劇が、当事者以外の者にはじめて発見されたのはまったくこの時でした。まっさきにかけ上がった仁兵衛と、続いてこわごわ上がっていった二人の女中とは、二階に上がるや否や、ぞっとするような恐ろしい光景を見出だしたのです。

梯子《はしご》段の突き当たりが夫婦の寝室なのですが、障子は真ん中から開けられて――むしろ障子は一枚はねとばされていたので――中ははっきりと外から見えるのです。座敷の一方には紫檀《したん》の机がおいてあり、その机の上には電気のスタンドがあって、五燭《ごしょく》位のうす暗い光が室中を浮きださしていました。

蚊帳《かや》は二所釣り手がひきちぎられて一方にだらりと下がり、切れた方は片すみに押しつけられています。机の方を枕にして二つの床《とこ》がとってありましたが、向かって左の床上に道子が寝ています。否、血みどろになってうごめいていたのでした。

胸から上は素っ裸にされて、その上を腰ひもか何かで後ろ手にぐるぐる巻きにされ、その端が咽喉《のど》にまきつけてありました。そして豊満な、白い乳房のあたりから真紅の血が流れて、道子がうごめくたびごとにどろどろとたれてくるのです。

その床と並んで敷かれた床の上から半ばはいだして、机に頭をのせて俯伏《うつぶし》に倒れている清三の姿が見られました。道子はほとんど死んだようになっていましたが、清三は、断末魔の苦痛を味わっているように見えました。

こうやって申し上げれば長いようですが、もちろん仁兵衛や女中が見た刹那の感じは一秒にも足らぬ時なのです。否《いや》、お種が目をさましてから、この光景を見るまでさえ、きわめて短時間しかたたなかったことは言うまでもありません。

主人のその有様を見た仁兵衛は、いきなり主人のそばにかけよって後ろから抱き起こしました。見ると主人の着物は血だらけで、なお口から血を吐いていたばかりでなく、右の胸からも血が一面に流れ出ていました。

仁兵衛が助け起こすと主人は仁兵衛の顔をきっと見ながら、

「大寺……大寺……が」と、最後の力を全身にこめて叫んだのでした。

するとこの叫び声をきいたものか、今まで死んだようになっていた道子が、不意に唸《うな》り声を上げましたが、つづいて、

「一郎……」とはっきり一言《ひとこと》いったそうです。

この二人の言葉は、その時そこにいた仁兵衛も他の二人の女中も確かに明らかにきいているのです。夫婦はこの言葉を発するとまもなく、ほとんど同時に息を引き取ったのでした。

「大寺」と言われて、仁兵衛は初めて、大寺がどこにいるのかということを考えました。彼がはっと思って四辺《あたり》を見回すと、すぐその隣室の、書斎の中に、一人の男が彫像のごとくつったっているのを見出だしました。

言うまでもなく、この男こそ大寺なのでしたが、彼は、血だらけになった寝巻を着たまま――その寝巻は格闘でもした後らしく、着くずれていたそうですが――右の手に何か光るものをもって、黙って、さながら瞑想にふけっている者のように、暗やみの中に立っていました。

勇敢な仁兵衛は、いきなりステッキを取り上げるや大寺の右手をめがけて叩きつけました。大寺の手から凶器らしきものが落ちると同時に、仁兵衛は大寺を組み敷いたのです。大寺は、既に覚悟をしていたものか案外にも、まったく抵抗することなく、仁兵衛のために細帯で、たちまちぐるぐる巻きにされてしまいました。

仁兵衛は驚いている女中たちに命じて直ちに電話で、急を警察に報告させました。かくして直ちに捜査機関は活動を始めたわけなのです。この事件がこれからどう発展したかは、

当時の新聞紙がいちはやく報じたところで、皆さん十分ご承知のことと信じますから、詳しくは述べませんが、一、二重要な点だと思われるところを話してみましょう。

三

これは私が後に知ったのですが、この事件を耳にした検事は、直ちに予審判事に強制処分を求め、死亡の原因の調査、現場《げんじょう》の検証、および凶器の押収等はすべて予審判事が出動して行ったので、いま私が述べるところは、後にその結果によって知り得た点もあり、また当時既に世上に知られていた点もあるので、私の知り得た時の関係についてはだいぶ順序が異なるのですが、それら法律的な順序には煩わされずに、当時の有様を述べてみましょう。

小田清三および道子の死因は、むろん他殺と認定されました。そして犯罪に供せられた物件は相当に鋭利な刃物であるということも明らかになりました。清三の倒れていた周囲の血は、肺からの出血であるということが明瞭になりましたが、致命傷は右胸部の刺創《しそう》でありました。これは寝巻の上から突き刺されたもので、なおこの他に前額部に打撲傷がありましたが、これは机にでもぶつけたものだろうということに決まりました。すなわち清三のおもな傷はたった一箇所であります。

道子は、さきに述べたように、無惨極まる死に様をしていたのですが、傷は三ケ所で左右の胸に各一ケ所、それから右の頬に軽い切り傷が一つありました。致命傷は左胸部の刺《し》創《そう》でありました。寝巻は、帯から上ははぎ取られて自分の腰紐で後ろ手に緊縛されていました。縛られる時か、縛られた後、縛《いまし》めをとろうともがいたためか、両手首の皮膚に擦過傷《さつかしょう》が見られ、なお咽喉《のど》にまきつけられた紐のため、そこの皮膚にもいくらかかすり傷が認められました。

そうして夫婦ともほとんど同時に息を引き取ったものと断定されました。

犯人はもちろん大寺一郎で、現行犯として捕らえられたのですから、まず問題はないのです。彼が手にしていたのはジャックナイフでこれは小田清三が平常書斎で使っているものので、検証の結果、被害者たちの刺創はまったくこのナイフによって作られたものなることが確かめられました。

大寺は素直に捕らえられたにもかかわらず、警察に行ってからは一言も口を開きません。たしか二日間位まったく一言も言わなかったのです。

検事は、小田清三夫妻に対する殺人事件として直ちに起訴しました。

私がこの事件を依頼されたのは、大寺の非常な親友の某という貴族からでした。いったい大寺一郎という男は性質が温和な上に女にもしてみたいような美しい青年でしたから、自分の境遇の割にはずいぶんといろいろな人々と交際していたのですが、とりわけこの貴族は、彼の美貌とその性質を愛していたためか、熱心な彼の庇護者でした。それで、この騒ぎが起こるとまもなく自ら私の所に来て、ぜひ骨を折ってみてくれ、大寺が人殺しをするなどということはとうてい信じられぬからというわけなので、私も一応骨を折ってみる気になったのでした。

ところが私がこれを引き受けた時には検事は既に起訴し、沈黙を守っていた大寺がすっかり犯罪事実を自白してしまったということが、種々の新聞に大々的に宣伝された後なのです。ここに当時の新聞がありますからその一つを読んでみましょう。

○K町実業家小田夫妻殺しついに自白す
——原因は痴情、上流社会の驚くべき醜状暴露——

現行犯として捕らえられながら、昨日《きのう》まで頑として一言も発しなかったK町実業家小田夫婦殺しの犯人大寺一郎（二十四年《ねん》）は、その後係官の厳重な尋問に包みきれず、昨夜ついに犯罪事実を逐一自白するに至った。これによって、一見虫も殺さぬようなこの美青年が憎むべき殺人鬼なることが明らかになったが、同時に彼の自白によって、昨今上流社会の家庭がいかに乱行をもって満たされているかということが、はしなくも暴露するに至ったのである。

彼のこの大それた犯罪の動機は、まったく痴情であった。醜き不義の恋であった。若く美しき道子夫人は、実は大寺と一年ほど前からすべてを許す仲になっていたのである。大寺が道子と相知るに至ったのは、最近二年ほどのことであったが、妻にまったく愛を持たず、かつ病身で常に薬に親しんでいる夫と寂しい家庭生活を送っていた道子は、わずかの交際によってこの美青年を愛するようになったのである。

一方大寺の方は、かねて道子の寂しい家庭生活をきき、これに同情していた際とて道子からの甘い言葉を聞くと、学生たる本分も忘れ果て、たちまち不義の甘酒《うまざけ》に酔うようになったのである。この二人の間は、けっして妻の行動を束縛しない夫の態度によってますます濃厚となり、二人はこれをよいことにしてさかんに媾曳《あいびき》をするようになった。

ある時は道子自ら大寺をその下宿に訪れ、ある時は東京駅で出会って二人して郊外に出かけ、ほとんど醜態の限りを尽くしていたのであった。一郎の自白によって直ちにその住居《すまい》の捜索が行われたが、そのとき押収された道子から一郎に宛《あ》てた封書は、百通にも上っていたと言われている。

ところがこの道子の心が最近に至って他に移りはじめて、浮気な道子は、やはり大寺らの仲間の友田剛《たけし》(当日K町に行った学生)に恋するようになったのだが、これこそ今回の凶行の動機であった。

十六日の夜は、道子は鉄面皮にも二人の愛人を夫の前に並べて麻雀《マージャン》をしていたわけなのである。彼女は言わば麻雀にかこつけて三人の男を翻弄《ほんろう》していたのであるが、隙を見て友田と二人で媾曳の日の約束を決めているところをはしなくも大寺に聞かれたため、大寺は憤慨のあまり、どうしても道子の本心を確かめんと決心したが、その夜まんじりともせず、機会を窺《うかが》っていたのであった。

たまたま夜半に至り、道子が便所に降りてきたのを擁して、未練がましく不義を続けんことを強要したのであったが、今はまったく心変わりした道子はこれを素気《すげ》なくはねつけたため、大寺はここに殺意を起こし、夫もろともやっつけくれんと夜半夫婦の寝室に侵入し、まず清三を刺して重傷を負わせ、恨み重なる道子にはわざと急所を避けて傷をつけ、さんざんに苦しめたうえ嬲《なぶ》り殺しにしたものであった云々。

この記事などは比較的おだやかな方なのですが、多くは煽情的な書きぶりで当夜の模様や、道子と一郎の情事を記して、さかんに読者の好奇心を煽《あお》ったものでした。

ただどの新聞も、道子の惨死をもって、不品行の自業自得の末路と見なし、妻をとられた上、命までも失った清三に対しては、同情を表すことを拒みませんでした。

ただ、一、二の新聞は、道子の実家川上家を訪れ川上未亡人に会った由《よし》を伝えましたが、道子の醜行はさることながら、金のために娘を犠牲にした母親も、いまさらしく非難の的となったわけなのです。

さて、私が事件を頼まれた時は既に申したとおり検事の起訴後で、事件は予審に係属していたのです。ご承知でしょうが、この時分には、被告人に接見することは禁止されておりましたし、検事も予審判事も事件の内容についてはもちろん何も語ってはくれませんので、私自身も世人同様、ただ外部から探りを入れるほか事実を知り得よう手段は何もなかったのです。

したがってその時まで、この事件についての知識は新聞紙によって得たばかりでした。

もっともそれから私はできるだけ活動はしてみました。たとえば友田に会うことはできたのですが、彼から知り得たことは、まず第一に小田夫妻の平常で、これは世上の噂どおり極めて冷たく見えたそうです。

道子のことについて、友田は道子との特別の交際に関しては、絶対に事実無根であると主張し、ことに当夜道子とひそかに話をしたなどということは、まったく新聞の書いた偽りであると申しておりました。

けれども、道子が大寺どうよう友田ともかなり親しくつき合っていたことは事実らしく、これは友田も必ずしも否定しませんでした。のみならず、道子からは友田もかなり多くの手紙を貰っているそうですし、また時にはずいぶんいろいろ心を動かすような話をされたこともあるということでした。

ある時のごときは、友田に夫の冷酷を訴え、自分の二の腕に生々しい痣《あざ》ができているのを見せて、同情を求めたことなどもあるそうです。しかしこれ以上の交際は、まったくなかったと主張しておりましたし、また道子と大寺との関係については、友田はあまり多くを知らなかったようでした。

ただ、大寺が非常に道子に恋しているらしいようだ、と考えたことはあるというくらいのことしか言いませんでした。

四

一体、新聞紙は、犯人らしき者が捕らえられると、直ちに、さながらそれが真犯人であるかのように伝えるもので、また世人もすぐにそれをそのまま鵜呑みにして信じてしまう癖があるようです。そうしてもしそれが、たまたま無罪にでもなると、世人はすぐまた官憲を攻撃して、やれ人権蹂躪《じゅうりん》だの、拷問をやったろうのと騒ぎたがるものです。

しかしこれは、だいたい被疑者をすぐ真犯人と考えるから悪いのです。否、われわれから言わせれば、既に検事が公訴を提起した後でも、被告人であるからといって直ちに犯人だとはけっして断言すべきでないのです。

それはただ検事が真犯人なりと確信したということを表すに止まっているので、もちろん検事が真犯人なりと断ずる以上、相当の根拠はありましょうけれども、しかし、公判の確定するまではけっしてわれわれはこれを真犯人なりと断じてはいけないと思うのです。それゆえ、たとい、新聞紙上では、真犯人と判決されているものでも、私どもから見るとじゅうぶん疑わしく、したがって防御しやすい場合がずいぶんあるものです。

事件の内容が明らかにされてない以上、いまだいかんとも分からぬため、私は非常に迷っていたのですが、どうもこの事件においては、大寺以外にちょっと犯人があるようにも考えられませんでした。

とうとう事件が公判に移されるまで、はっきり事情を知るわけにはいかなかったのでした。凶行が行われてから約四ケ月後に、ようやく事件は予審判事の手をはなれて、公判に移されました。そうして大寺一郎は、まさしく小田清三、同道子に対する殺人被告人として公判廷に立たねばならぬのだということを知ったのでありました。

ところで、今まで伝えられていただけの事実を見たとして、私は、むなしく手を引かなければならないでしょうか。大寺の犯罪には少しも疑いはないでしょうか。私はそうは思いませんでした。賢明なあなた方も、もちろんお気づきのことと思いますが、伝えられているとおりとすれば、かなり疑わしい数点があるはずです。私が被告人の防御を引き受けて最も努力して真相を摑もうとしたのはその点だったのであります。

まず第一の疑問はこういうことです。

殺人の動機については説明が合理的につけられておりますから、争わぬとして、さて大寺は、道子が心を友田に移したのをかねて怒っていたが、それをなじったのに対して素気《すげ》なくはねつけられたため、ここに殺意を生じたのだということになっております。ところが、大寺が犯罪に供したナイフは彼自身のものではなく、被害者小田清三のものであることは明らかになっております。

なるほど、相手はかよわい女でありましょうが、しかしそばには夫がいるはずです。これも病身の人ではありますけれども、まさか妻が殺されるのに黙って見ているはずはないのです。したがって、その室内で道子を殺す以上、夫をも同時に手にかけなければならないことは分かりきっている話です。

しかも、その室《へや》に、ジャックナイフがあるかどうかということは、必ずしも大寺が知っていたわけではありますまい。とすれば、大寺は二人の人間を殺す気で、赤手空拳《せきしゅくうけん》でその人々の室に飛び込んだことになるわけです。これは通常の場合ではちょっと珍しいことではないでしょうか。

もちろん大寺が小田家に泊まった時は、まだ殺意はなかったでしょう。しかし殺意を起こしてからたとい五分間でも考えるひまがあったとしたら、せめて手拭《てぬぐ》い一本位でも用意しそうなものです。場合によっては煙草《たばこ》の空き缶一つでも凶器になり得ます。まして大寺は自身、体力は弱く、女のような男だったのですから、このことはあり得《う》べからざる場合ではないにしても、じゅうぶん疑っていい点だと思うのです。

この疑いがはっきりとすれば、殺意の有無を問題にすることができるのです。後に至ってあの惨劇を起こしたにしろ、何らかの利益は必ず被告人側にくるはずです。

第二に現場《げんじょう》の模様について考えるべき点があります。これはきわめて重大な問題です。

一体、夫婦二人を殺す場合、夫を先に殺してしまうか、または縛り上げておいて妻を殺し、または暴行を加えるということは、よく起こる事件です。ところがこの事件においては、妻が上半身を裸にされた上、後ろ手に縛り上げられているのです。しかも伝えられているところが真実だとすると、夫婦はほとんど同時に息を引き取っております。

果たしてしからば、大寺が道子に復讐するため、まず裸体にし、両腕を縛り上げ、さらに顔や胸に傷をつけて殺すまで、清三はいったい何をしていたかということが問題となるべきです。さらにまた、道子自身は死にもの狂いの叫びを上げなかったか、これをどう説明するかです。この点に関して、被告人は何と自白しているでしょうか。また検事や予審判事はいかなるセオリーを組み立てているでしょうか。

次に、疑わしいといえばもう一つ言いたいことがあるのです。これはあなた方の小説などによく出てくることとゆえ、かえってあなた方の方が早くお考えつきのことと思いますが、被害者清三の致命傷です。それが右胸部の刺創《しそう》だという事実です。真正面から刃物で相手を刺し殺す場合に、その右胸部を突くということは、犯人が左利きでないかぎり、ちょっとやりにくい仕事です。これはけっして小説ばかりでなく、事実問題として重大なことです。

犯人の右手を伸べた所にちょうど相手の胸がくるような姿勢にならないかぎり、できにくい傷なのです。ところが大寺が左利きであるということは、今までに言われておりません。したがって、この傷は他のセオリーを立てた方が説明がつきやすいのです。たとえば、刃物を間に二人が争っていた時、それが（その刃物は大寺よりも清三が握っていたと見る方が自然です）誤って清三の胸に刺さったというような場合です。この点は非常に大切な点で、道子に対してはともかくも、清三に対して殺人罪が成立するかしないかという問題です。

そしてもし清三に対し、殺人罪が成立しないとすれば、たとい他の法条に触るることはあるとも、判決には重大な影響があるべきなのです。なぜならば、この事件はただ人を一人殺したか二人殺したかという問題とはぜんぜん違います。簡単に分かりやすく言ってみれば、もし大寺が清三を殺したのでなく道子一人を殺したとすれば、大寺はあるいは死刑に処せられるかもしれません。

しかしあるいは処せられないかもしれません。これに反し、もし大寺が清三を殺したとすれば、すなわち姦夫が本夫を殺したとすれば、たとい道子を殺さないでも、まず死刑を言い渡されることは疑いないからであります。

大寺は全部犯罪事実を認めているというが、一体どういう風に言っているのか。もちろん先にご紹介した新聞の記事のようなものではあまり漠然としていますから、一日も早く取り調べの内容が分明する日のくるようにと、私は待ちに待っていたのでした。

しかし私はただその間ぼんやりとしていたわけでもないのです。種々《いろいろ》なセオリーを考えてはいたのでした。ここで当時私が考えたことを申してみましょう。

もし、被告人がこの犯罪をぜんぜん否認していたらどうなるでしょう。また、被告人をぜんぜん無罪としてはセオリーは立たないでしょうか。

私はそう考えた時、立たぬことはあるまいと思ったのです。これは実際家の私よりもかえって、探偵小説作家であるあなた方の方がいろいろお考え下さるでしょうが、ちょっと一つのセオリーをあげてみましょう。

たとえばどうでしょう。小田清三自身をその妻の殺害者とする考えは。

小田清三がその夜、妻の不貞を発見したか、もしくはかねて知っていて、その夜何かで挑発された憤怒《ふんぬ》のあまり、妻を惨殺したのだと仮定したらどうでしょう。

かねてから妻の様子を疑っていたとする。その夜何か二人の間に起こって夫はいよいよ妻の不貞を確信した。一方、道子はいっこう改悛《かいしゅん》の様子を見せない。見せないどころか二人の男と時々へんなようすをする。ついに清三は妻を殺してやろうという意思を起こすのです。

己を裏切った妻をただ一撃に殺したのでは物足りない。そこで、深夜、妻の寝しずまった頃、いきなり妻に躍りかかってこれを縛る。できるだけ苦しめようというので、顔や胸を突いた。その時、騒ぎを聞いたかして大寺が飛び込んでくる。大寺に対しても、もちろん怒っている場合ですから、ナイフを振るって斬《き》ってかかる。

格闘の末、かえって自分が刺されるというような事実、このような事実を考えることはできるでしょう。もしそうとすれば、道子に対する殺人についてはもちろん大寺は法律上無責任であり、清三に対して、傷害致死、あるいは正当防衛事件となって、殺人事件にはならないかもしれない。これはあまりに小説じみていますが、私は一時真面目に考えてみたことなのです。

ところがこのセオリーに従っても、また説明のつかぬいろいろの疑問が出てくるのです。第一に、妻を惨殺しよう、嬲《なぶ》り殺しにしようというものが、わざわざ泊まり客のある夜をえらぶということが、きわめて考えられないことに属するのです。しかも、自分たちのいる室《へや》のすぐ下に大寺が寝ているのです。

西洋館ならばともかく、日本建ての家で、階下に人がいるかぎり、たといそれが眠っているにせよ、そうとう時間を要する方法をもって人を殺すことができるでしょうか。否、そもそもそんなことを思いつくでしょうか、また怒りのあまり夢中になったとしても、やっぱり嬲り殺しする考えがこんな夜におこるでしょうか。清三が一思いに道子を殺したとすれば別として、あのような惨虐な行為をする以上、大寺が少なくも現場《げんじょう》に現れることを予期した上でなくてはできぬことだろうと思われるのです。

それからまた大寺がどうしてその場に、あの時分——というのは既に道子が緊縛されて傷つけられた頃に、駆けつけたかということが問題になります。なるほど、道子の悲鳴を聞いて駆けつけたとすれば、説明のつかぬことはないでしょう。

しかしそれならば道子は縛られようとする時分に既に叫ぶはずです。私はさっき、被告人の有利に疑いをはさんだとき申すことを落としましたが、道子が猿轡《さるぐつわ》ようのものをはめられていた形跡はまったくなかったのです。

とすれば、ここでもまた、道子は何をしていたかと考えなければならないのです。

それから清三の死が、二人で格闘の結果誤って傷をうけたのによるとする考えは、さきほども申したとおり一応の考えなのですが、実はかなりもって回った考えのようにも思えてくるのです。

この場合どうも、大寺が左利きであったとしなければ具合が悪い。さらに、清三が妻を殺してから自殺したとする考え、これもまた清三が左利きであると仮定しなければどうもおかしいのです。

ところが、大寺が左利きでなかったと同様、清三も左利きではなかったらしいのです。かような次第で、大寺無罪説もだいぶ苦しい立場に立ったわけです。

想像力の豊かなあなた方は、しかし今まで申してきた事実について、ある点に対し説明がつき得《う》るところのある、他の一つのセオリーをお思いつきになっているでしょうね。わざとそれを挙げませんけれど、探偵小説作家たるあなた方が、必ず想到《そうとう》さるべき一つのセオリーがまだあるはずです、と私はあえて思うのであります。

しかしそれならばなぜ大寺が犯罪を認めているのでしょう。さらに、ここに最も望みが少ないのは死者二人の瀕死の刹那の言葉であります。

清三も道子も、死の直前に明らかに「大寺」および「一郎」という名を言っているのです。もしこれが確かめられたならば、ほとんど問題はないのです。ただたった一つの場合を除けば、それはすなわち、道子が死に瀕して、わが愛人の名を呼んだのではないかという考えであります。

ともかく、最大の不利益は被告人の自白です。何よりもいちばん有力な証拠は、被告人の自白であります。この事件において大寺一郎は、ことごとく犯罪を認めておるのです。

結局私は、道子に対する殺人罪はともかくも、清三に対しては、あるいは傷害致死の事件になるのではなかろうか、と迷いに迷って考えたのです。迷いに迷った私は、予審の終結決定を、今か今かと待ち焦がれていたのでした。

五

待ちに待った決定はついに与えられました。事件はさきに申したとおり、いよいよ公判に付せられることになったのです。私は正式にこの事件の被告人大寺一郎の弁護人として急いで、記録を取り寄せて見ました。

どのくらい躍るような気持ちで私はその記録を手にとったことでしょう。私は恋人の手紙でも読むような気持ちで、始めから終わりまで、むさぼるように読みました。紙の裏に貫くような鋭い眼をもって、字という字は一つといえども見逃さぬように一気に読み通してしまったのです。

ところがどうでしょう。記録をすっかり読み終わった私は、ぜんぜん失望するより他はありませんでした。新聞紙の報告は、残念ながらほとんど誤っていなかったのです。被告人大寺一郎は、検事廷においてもまた予審廷においても、ことごとくその罪を認めています。しかもそれは二人の男女に対する立派な殺人罪なのでありました。

私が最後の望みをつないでいた数ケ所の疑問は、被告人のきわめて合理的な自白によりて立派に説明がつくのです。被告人の自白は、出鱈目というにはあまりに熱意がありすぎます。あまりに真摯《しんし》です。しかも検事や予審判事の前でこの被告人が出鱈目を言う必要がどこにありましょう。

ここにその時の記録の写しがあります。いま予審廷における尋問および答弁をそのまま読んでごらんに入れましょう。（原文〔カタカナ〕には仮名に濁りが付してありません。また句読点もないのですが、分かりやすいため普通の文にして読みます）

問　そうすると被告が道子を殺す気になったのは、道子が他の男に心を移すようになったからか

答　私が道子を殺す気になったのは、今まで私に親切であったのに心変わりをしてからまったく私に冷淡になり、友田を愛するようになったからであります

問　被告は道子が友田を愛していることを知っていたか

答　その日まで、確かな証拠がなかったのであります。その日の夜、二人の話で確信するようになりました

問　被告が道子を殺す気を起こしたのはいつ頃か

答　それはその日の夜半であります。それまで私は心中では非常に煩悶《はんもん》しておりましたが、殺そうとは思いませんでした

問　殺意を生じたまでの経過を述べよ

答　その日「まーじゃん」をしている最中、たしか九時半頃でしたと思います、友田が便所に立ったのです、すると道子が続いて何か台所に用があるとみて室《へや》を出ま

した。

私はかねてから二人の様子がおかしいと感じておりましたからその時なんとなく気になりましたのでしばらくたってから清三に、私も便所に行ってくるからと申して室外に出ました。

そして便所の方に進んで暗い廊下をわざとそっと曲がってゆくと、角で道子と友田とが何かひそひそと話しているのが聞こえました。道子があさって六時にいつもの所でねと言う声がはっきりきこえました、友田の声はよくきき取れなかったのですが、私はその時二人が手を握り合ったのを感じたのです。

これは見たわけではありませんが、確かに私はそれを感じたのです

問　友田はその頃便所に立ったかもしれぬと申しておるが、道子と話をしたことはまったくないと言っているがいかん

答　それはまったく嘘であります。私はたしかにそれを覚えているのです。またそれを聞かなければ、あんなに憤慨はしなかったのです。私はこの話を立ち聞きましたとき真に心から憤慨しました。もうこの世に望みが無いような気がしたのです、しかしまだその道子を殺そうなどとは考えませんでした。

その夜階下の座敷に泊まることになり十二時過ぎに就床しましたけれども、残念で残念で眠れません。それで約一時間位床の中に呻吟《しんぎん》していたのです。するとやがて二階から人が降りてくるようなので、そっと様子を窺うと、それは道子でした。

彼女がはばかりに入った後私は床の中でいろいろ考えましたが、どうしても彼女に会って彼女の心を翻さねばならぬと思いました。

それで彼女が便所から出てきたところを廊下に擁して話したのです。私はそこでできるかぎり彼女の心を戻すように申しました。けれども、友田に心を移してしまった彼女はもうまったく私には戻ってこようとはしませんでした。揚げ句の果てには、

「あなたは一体いままで清三にかくれて私と愛し合っていたのではなくて？　私たちは二人とも姦通者なんでしょう。そのあなたが私がいま誰をまた愛しようと、何も言う権利はないはずだわ。私は夫にはすまないと思うかもしれないけれど、あなたから文句を言われるはずはないわ」

と言い放ったのです。私はもちろん権利があるとは思いませぬけれども、あまり乱暴な言い方なので私も二言三言申しますと

「一体あなたはほんとに私に可愛がられていたと思うの？　お馬鹿さんね、私があなたに身を任せたのは、からかったからだわ。これ以上ぐずぐず言うなら私いま清三を起こしてきますよ、さあ放してちょうだい」

といって、私をふり切って二階へ上がっていってしまいました。

私は仕方なく床に戻ったのですが、どう考えてもあまりに無礼な仕打ちではあり、私がいまさらそんなことを言えたわけではないのですが、道子が人妻としてあまり

にひどい乱行をしているのを見て、もう堪えられぬ、いっそ道子を殺して自分も自殺しようと決心したのであります。

実際今まで道子のために生きてきたような私は、道子を失ったいま生きている甲斐がないと思ったのであります

問　被告は道子をどこで殺すつもりだったか

答　寝室にいって殺すつもりでした

問　道子の室には夫が寝ていることを知っていたか

答　知っていました

問　被告は清三が寝ている間にひそかに道子を殺すことができると思ったのか

答　そうは思いませぬ、道子を殺せば清三はもちろん目をさますに違いないと思いました

問　しからば、清三がおきたらどうするつもりだったか

答　はじめは、道子を殺したのち清三がおきたら罪をすっかり自白して自殺しようと思っていたのですが、しかし清三の態度いかんによってはこれを殺すつもりでした

問　被告は清三に恨みがあるのか

答　平常から私の愛している女を苦しめていたことが実に憎いのです。しかし私が一番たまらないのは、清三が道子の夫だということです。私には清三が道子の夫だということだけで、清三の存在が呪わしいものだったのです。この気持ちはちょっと

おわかりにならないかもしれませぬが、ほんとうです

問　お前は二人を殺すのに何も物を使おうとはしなかったのか

答　その時探したのですが何もありませんでした

問　どういう方法で殺すつもりだったか

答　その時はなにしろ夢中ですから詳しくは考えませんでしたが、いきなりはいっていって、寝ている道子の咽喉を手でしめるつもりでありました。清三の方は病人ですから頭を殴っただけでも何とか始末がつくと考えたのです

問　二人を殺した有様を述べよ

答　私は二人が眠ているらしいことを室《へや》の外からうかがった後、障子をそっと開けて中に入りました。そして蚊帳の中に入り熟睡している道子の上に馬乗りとなって両手でいきなり咽喉をしめようとしたのであります。するとそのとき不意に清三が目をさまして誰だと叫んだのです

私はかねての考えどおりもはや仕方がないと思って

「僕はあなたには大変すまないことをしていたんだ許してくれ、君に謝らなければならないんだ」

と言いますと清三は床《とこ》の上に起き上がりながら

「何だ、君は大寺君じゃないか、今頃人の寝室にはいりこんで何をしようとするのだ」

と申しました。私は

「実はここにいる道子さんを殺して自分も死ぬ気で来たのだ。君はどう思っているか知らないが、実は道子さんと僕とはずっと前から姦通していたのだ。道子は君を愛してはいないぞ、君も道子を愛してはいないではないか。僕こそほんとの道子の愛人なのだ。所有者なんだ。それを道子が裏切ったのだ。だから今ここで罰してやるんだ」

と言ったのです

問　その間道子は黙ってきいていたのか

答　はじめは目をさますと驚いて震えていたようでしたが、私がしゃべりだすとそれに対して、この嘘つきめ、大嘘つきめと私を罵りました。しかし人をよんだり叫んだりはしませんでした。道子はただ夫に自分を弁解しようとばかりしているのです

問　つづいて事件の経過を述べよ

答　もし私の言ったことに対して、清三が少しでも耳を傾けてくれたら、私は清三を殺さずにすんだかもしれないのです。ところが私があれだけほんとうのことを告白したのにかかわらず、清三はまったく耳にも入れませんでした。

入れないどころか、机の上にでもあったか、ないふをいつの間にか抜いて蒼白《まつさお》になって震えながら、とつぜん私に切りつけたのです。私にはその顔が悪魔のように見えました。

私はかっとなっていきなり拳固を堅めて頭を突きました。彼はあっと言って倒れ机のはしで頭をひどく打ち、倒れると同時に血をはくようでしたが、そのまま昏倒してしまったのです。

このさわぎの最中蚊帳の釣り手がふっつり切れて上から下りましたので、私は一気にこれをはねのけてしまいました。道子は夫が倒れると悲鳴をあげながら夫のところにかけよって介抱しようとしました。私はいきなり道子の髪をつかみ、清三の持っていたないふを突きつけて声を立てると、殺すぞと言ってやりました。

ところが道子はなおも叫ぼうとするようだったので、いきなり彼女の顔へ切りつけました。道子は悲鳴をあげると同時にその場に気を失って倒れてしまったのです。

今まで愛しに愛した女が、ねまき一つで顔に傷を受けて倒れている姿を見て、急に惨忍な気持ちで一杯になりました。それでこのまま一息に殺したのでは気がすまぬから嬲り殺しにしてやらなければと思い、彼女が気を失っているのを幸い、素早く腰紐をとって道子を後ろ手に縛り上げたのです。

そして急所をさけて右の乳のあたりを突いてやりましたから自分の危険を考えておりませんでした。しかしもし誰か来たら自分は道子を一思いに殺して自殺する気でした。

道子が痛みのために息をふき返した時、私は叫ばれてはいけないと思い、膝でその顔を押さえつけました。そして彼女が自由がきかず、ただ苦しみもだえている間、あらゆる呪いを浴びせてやりました。

道子はその間苦しみに苦しんでいたようでしたが、そのうち、清三が意識を復して動くようでしたから、思いきって、道子の心臓と思うところを一刺しに刺してこの女をやっつけてしまったのです。

清三は息をふき返して起きあがろうとしていましたから、私はこれも膝の下に組み敷いて胸のあたりを一突きに刺したのです

ちょうどその時下から人の来る足音がしたので、私はいそいで立ち上がり、ないふで死のうかどうしようかと迷っていたのです、清三はまだ死にきれなかったと見え、また起き上がりかけました。ちょうどその時に下僕がかけつけて清三を抱き起こしたのでした

云々

大寺一郎が予審廷で述べていることはだいたい右のようなものでありまして、これは検事の前でも言っていることです。

予審判事はなお、友田剛《たけし》、下僕《しもべ》の仁兵衛、お種、お春を一通り取り調べております。友田の供述は先刻ちょっと判事が引用しているとおり、道子との肉体的関係に対しては絶対否認であり、また同夜、道子とひそひそ話をしたことをも否認しておりますが、手紙の交換等についてはこれを認めております。

仁兵衛お種お春に対しては、もちろん主として現場《げんじょう》の模様が詳しく尋ねられております。ことに判事が力を入れて聞いているところは、清三夫妻が瀕死の一言です。これについて仁兵衛は次のように答えています。

私が主人を抱き起こしたとき主人はさき申したとおり、ほとんど死んだようになっておりましたが、私が旦那様旦那様とくり返しますと、かすかに目をあきましたが、不意に思いがけないくらい大きな声で

「大寺……大寺が」

と申されました。それは大変大きな声でありましたから、聞きまちがいはありませぬ。その時主人はちゃんと私がわかっていたようでありましたから、もちろん私へ伝えたものと思います。

主人の言葉をきくと今まで死んだようになっていた奥様が何か言いました。それで、お種と私がかけつけますと、奥様も目をあいて私を見ながら

「……一郎……」

と一言言われました。この声は、かすかでしたが、はっきりとききとれました。それで奥様も夢中で言ったようではありませんでした。誰か来てくれた人に言うようすでして、けっして一郎という名をただよんだのではなかったと思います

なお、お種も同じような供述をしているのです。

さてあなた方もお分かりのように、これで一通り私の知りたいと思っていたことは、遺憾ながら明らかになってしまいました。夫に責任を負わせるというセオリーもまったく望みはないのです。

これで私の疑問はまず消えてしまったと言っていいのです。さらに悪いことは、被告人の自白を裏書きするように、彼の住居《すまい》からは道子が彼に宛《あ》てた手紙がかなりたくさん発見されたのです。

もっともこの手紙には非常に愛情のこもったことは書いてないので、道子と大寺が姦通していたという事実、またこれがもととなってあの惨劇が行われたという事実に対して直接証拠を提供していませぬが、いわゆる間接のものとしては、かなり有力だったことは疑いありませぬ。

事件が予審を離れた頃、私は弁護人として被告人に、はじめて会うことを許されました。私は被告人を見て、第一にその美しさに驚かされたのです。なるほど道子ほどの美人が、愛人としてえらぶに少しも不思議はないと思いました。刑務所に収容されてからも、大して健康には変わりないと見え、元気で青春の美しさが満ち満ちていました。

私はいったい美しい青年に対してはたいてい好意を持つことができる男なのですが、いま大寺を見て、特にその感が深かったのです。私は今までの事実にもかかわらず、この男があの大罪を犯すはずはないと感じました。法律家としては、けっして顔はあてにならないものだ、否、虫も殺さぬような人がかえって大犯罪を行うことがあるとは重々知ってはいながらも、なんとなく、この男に好意がもてたのでした。

私はまず、私を彼のために頼んだ某貴族のことを話し、その人のためにもつまらぬ嘘を言ってはいけないと言うこと、それから私自身がどれほどの好意をもっているかを告げ、私のためにもぜひ本当のことを言わなければいけないということを力説し、そうして法律で許されている範囲内において、できるだけ詳しく事情を聴取しようと試みたのでした。

彼は美しい眉をあげながら、私と某貴族に対する深い感謝の意を表したのでしたが、同時に、事件についてはまったく期待してくれるなということを申しました。

そうして、彼はすべての場合に対してもはや覚悟しているから安心してくれ、なお彼がこの不名誉を抱いて墓場に行っても、悲しむ親はもはやないのだから、などと悲しいことをいろいろ物語りしたのでした。

今でも覚えていますが、彼に最後に会った日は小雨の降った日でした。美しい眼差しを時々空の方にやりながら、

「僕は覚悟はしているんですから、安心して下さい。僕あね、あきらめてるんですよ」

と寂しく言って私に別れを告げた彼をあとにしながら、私はなんとも言いようのない寂寞《せきばく》におそわれつつ、雨の中をわざと車にも乗らず一人とぼとぼと帰途についたのでした。

妙なもので、それでも私はなお望みをすてませんでした。そうしてまたまたできるだけ機会を利用して、友田はじめ、仁兵衛らにも会い、いろいろと尋ねてみたのでしたが、こ

れも結局何の得るところもなく、いたずらに日は過ぎて、今はただ、公判廷における被告人の陳述を待つばかりになったのです。

なるほど、大寺は検事の所でも、予審判事の前でもすべて罪状を自白していますけれど、まだ公判というものがあります。しかも我が国の法律においては、公判が、すべての中心となるべきものとされています。被告人は何らかの理由があって、今まで犯罪を認めているのかもしれませぬ。

したがって、また最後に、公判廷において今までの自白をまったくひるがえして、ぜんぜん別の陳述をしないともかぎりません。かような例は、もちろん、世にしばしばあることで、皆さんもよく聞いておられることでしょう。

そこで、執拗《しつよう》なようですが私は、一縷《いちる》の望みをまたこの公判につないだのでした。弁護人としてのこの苦しい立場は、じゅうぶん皆さんに分かっていただけることと信じます。

いよいよ公判は開かれました。この公判の模様については、これまた新聞紙がこぞって書き立てたことゆえ、みなさん十分ご承知のことと思いますから、詳しくはここに述べますまい。

私の唯一の望みもあだとなり、被告人はまっすぐに、ここでも犯罪を立派に認めたのです。否、それはただ認めたというどころではありませぬ。醜き恋にただれた心をもって、しかも純な青春のあの一本気な気持ちをもって、熱と涙のうちから彼は道子との関係を述べ、道子に対する苦しい思いを打ち明け、満廷の人々をして、その熱情をもって動かしたのです。

もちろん多くの人々は眉をひそめたことでしょう。その許すべからざる犯罪と、その動機については好意をもつことはできなかったにちがいありません。しかし、恋する若人《わこうど》の気持ちを知るある人々は、この哀れな一青年の心情に、あるいは多少の同情を与えてくれたかもしれないと、私は信じております。

彼は、愚かにも——しかり愚かにもです——犯罪を単に全部認めたのみならず、今なお道子を恨んでいる旨をのべました。もし、道子が再び生き返ってきて、同じことを被告人に対して言ったなら、おそらくは十度《とたび》でも、否、百度でも、彼女をまた惨殺しそうな口吻《こうふん》を洩らしたのです。

語を換えて言えば、被告人は道子を殺したことについてはもちろん、清三を手にかけたことさえも悔いてはいないように見えたのです。

自分が、極力防御してやろうと思っていた被告人自身が、公判廷で何の遠慮もなく——その時の検事の論告の言葉を藉《か》れば、厚顔無恥比するものなき態度をもって——かような事実を述べ立てたのですから、弁護人たる私の立場は弁護人としては古今に稀なと言っていいくらい悲惨なものになってしまったのです。

しかしながら私はできるだけの努力はしました。私は証人としてぜひ友田剛、仁兵衛、お種、お春を、公判廷に喚問せられたき旨を申請したのでした。

私のむなしき努力は今や、瀕死の二人が叫んだ言葉の解釈一点に向けられたのです。結局そのうち、仁兵衛だけが調べられることになりましたが、この証人尋問の結果もやはり不利益でありまして、仁兵衛は予審廷に言ったことを、再びくり返したにすぎませんでした。

私は裁判長の許しを得て、直接に証人は、道子の言をもって愛人の名を叫んだようには思わなかったかということをたずねたのですが、仁兵衛はあくまでも、自分に対して訴えるように叫んだと思うと主張しておりました。

道子が「大寺」と言わずに「一郎」と言ったことについて、私は主力をむけたのですが、道子が平常大寺のことを大寺さんと言わず一郎さんと呼んでいたという事実が、仁兵衛の口からはっきりと言われたので、もはや、これ以上、追及する方法はなかったのでした。もはや一点の疑いも許されませぬ。すべての人の言は大寺一郎が殺人者なることを指示しています。しかも、動かすことのできない証拠は、被告自身の自白であります。

私はさきに述べたように、被告人はあるいは公判廷において、その自白を翻すかもしれぬということを考えていたのです。しかも結果は右のような有様となってしまいました。

私は警察官はもちろん、検事にも判事にもなった経験はありませんから、捜査機関の内情についてはほとんど何も知りませぬ。

しかし警察あたりでは、よく自白を無理に強いて、かなり乱暴なことをするように、世間では伝えております。しかし、いかに反対の立場になる私でも、検事廷や予審廷においては、被告人は最も合法的に取り扱われるものであるということを信じています。

いわんや公判廷における被告人の立場は衆人の知っているところであります。それゆえ、本件の被告人が強いられて自白しているのでないということだけは、きわめて明瞭なわけであります。

私はもちろん、被告人自ら、虚偽の自白をあえてすることがあるものであるということは、じゅうぶん知っています。これはあなた方もご承知でしょう。これにはだいたい次のような場合が多いのです。

第一は名を売るためにやるのです。

人間というものは、いつでも芝居気は失せぬと見え、世間をおどろかし、我が名を広めるために、途方もない大犯罪を自白することがあるものです。そうして、もちろん生命を賭《と》してやるわけではないのですから、結局おそくも公判廷においてこれを否認し、また、事実おそくも公判へ行けば、これがひっくり返され得るものであることを知っているのです。

これらの犯罪人の多くは、ごくつまらぬ犯罪を行《や》っているかでなければ、他に、立派に生命に係わる犯罪があって、とうていそれだけでも助からないと覚悟をきめている人々が多いのです。けれども大寺一郎は他に犯罪を犯しているようには見えませんし、また売名を、かかる方法でするにはあまりに教育がありすぎます。したがってこの種類に属する人間とはどうしても見ることはできないのです。

第二は、ある大犯罪を行っていて、これを隠すために、他の小犯罪を認める場合があります。そうして、その小犯罪によって、刑務所に入れられ、他の大犯罪に対する訴追をまぬかれようとするものです。

この場合はもちろん、かくされようとする犯罪が、自白する犯罪よりは、はるかに大なるものであることは当然です。ところが大寺一郎がいま自白している犯罪は、大犯罪でありますから、これによって他の罪をかくすということは考えられないことに属します。

第三は、これは探偵小説——ことにフランスの探偵小説などによく出てくる場合ですが、すなわち他に自分の愛する真犯人があるため、自分が犠牲となって、罪を引き受けようとする場合です。これは実際は、男より女の方が多いように考えられます。

大寺一郎の場合はどうでしょう。この事件には小田家に他から侵入したものがないことは明らかであり、また仁兵衛その他二人の女中が真犯人ではあり得ない場合であります。大寺が仮にこの二人の女中のうちいずれかを恋していたとしても、その女の犯罪をかくしおおせぬ場合でありますから、これは考えられないのです。

彼がかばっていると見らるべき犯人の存在は想像することはできませぬ。彼は愛する女の不名誉をかばっているとは思われません。否、かばうどころか、彼が最も愛していたと思われる婦人のことは、右に述べたとおり完膚なきまでに、無遠慮に自白し、屍《しかばね》に鞭打っている有様です。

以上のごとく考え来れば、大寺一郎の自白は虚偽であるという理由はないものと見なければなりませぬ。しかもいうことにきわめて筋道が立っていることを思えば、彼の脳に狂

いがきたとも考えられませぬ。（この点については裁判所はぬかりなく精神鑑定をしております）

さて公判は何らの波乱もなく進行し、審理は終わりました。検事は直ちに論告を試みましたが、それはこの場合、ほとんど誰もが予期し得るような、きわめて峻烈なものでありました。検事はまず、事実はきわめて明瞭なることを述べ、ついで、かくのごとき犯罪を行って、なおかつ天地に恥ずるを知らざる被告人の厚顔無恥を罵った結果、法律の許す範囲の極刑を求めたのであります。

検事のこの論告に対して行われた私の弁論は、なんという力なきものだったでしょう。私は元来、自分で雄弁だと考えたことはなかったのですが、およそこの時ほど、みじめな弁論をしたことはありませぬ。私はただ、被告人が若年であるという点、一時の怒りにかられてなした若人《わこうど》の犯罪という点について、いくらかの主張をなすよりほか仕方がなかったのです。

検事の論告、私の弁論、この間、被告人は美しい顔を少しも乱さず、相変わらず、しずかな表情をもって、黙ってきいていたのでした。

言い渡しの日はきました。

あなた方もご承知のとおり、この言い渡しは死刑でした。裁判長が判決文の順序を逆にし、事実および理由を先に読みはじめた時、私は既にこれを知ったのです。美しき被告人は、これも少しも驚かずにきいておりました。

死刑の言い渡しがあった後、せめてもの努力として、私は控訴するようにすすめてみましたが、被告は断然これを拒絶しました。そうして、ご承知かもしれませんが、この春のある日、死刑はついに執行されて、大寺一郎は絞首台上にその青春の生命を終わったのでした。

私がお話ししようとした事件は以上のようなものであります。

ところが、彼の死後、私ははからずも彼が獄中で記した手記を手に入れたのです。これは彼の遺書と見らるべきものです。いかなる方法でこれが私の手に入ったかは、別に必要のないことですからここには申し上げますまい。

私は彼の手記を手に入れるや、はじめから終わりまで息もつかずに読み通しました。恐ろしい遺書です。これは今まで誰にも見せたことはないのです。今こそあなた方に発表しましょう。おそらく被告人自身も、これがあなた方の前に、発表されることを望んでいただろうからであります。

そして、また、この遺書をあなた方に発表しないかぎり、私が今までお話ししたことはまったく意味のないことになるからです。

手記中「私」と書いたり「俺」と書いたり「自分」と書いたりしてあるのは、さすがに、獄中の手記のこととて、いろいろにその時々で感じがかわったので、大寺はその時の感じに従ったものと思われます。

六

予期したとおりだった。

とうとう死刑の言い渡しを受けた。何も知らぬ弁護士はしきりと控訴するようにすすめる。しかし今の私にどうしてそんな気持ちがあろう。控訴するくらいなら、はじめから私は事実をありのままに言うに違いない。警察で一日の間あれだけ一生懸命になって考え抜いた大嘘を述べるはずはない。

今や私は、裁判の確定しだい、いつ生命《いのち》を失うか分からぬのだ。

俺が、生命を捨て、名誉を捨て、そして得たものは何だろう。憎い憎いしかし可愛い可愛いあの道子だ。おお道子！　なつかしい道子。俺が生命をかけたこの恋。我が命。我がすべて！　それがお前だ。

お前はこの世では俺を弄《もてあそ》んだ。そうだ、この若い俺の心を何の遠慮もなくかきむしり、恋を燃えたてさせながら、しかも完全に翻弄《ほんろう》した。

しかし、死屍《しし》となったお前は、なんという無力な奴だ。なんという気の毒な女だ。

あの豊麗な肉体が、ぎりぎりと縛り上げられて、悶《もだ》え死んだ瞬間から、お前は完全に俺のものなのだ。そうだ、天下は皆、お前は俺のものだったと信じている。この事件が人々の頭に残るかぎり、永遠にお前の名はこの俺の名とともに謳《うた》われるであろう。

なるほどお前の体は、夫のそばに眠るかもしれない。けれどもお前は、ほんとうのお前は俺とともにいる。夫にそむいて俺のそばにいる。不貞の妻、姦通者！　こういう永遠の烙印《らくいん》をその額にやきつけられながら、永久に俺とともに地獄に苦しまねばならない。おお、なんたる喜ばしさであろう。

憎いがしかし、可愛いお前を、この地上からなくしてしまった今、俺は何として生きてゆこう。こうやってただ生きた屍《しかばね》となって何年生きてゆく甲斐があろう。しかも俺はお前の夫と同じ病にかかっている。健康ではないのだ。世に出ていたところで先は見えている。

その俺がお前を失った今、死ぬ気になったのが不思議だろうか。しかも俺は死に方一つで、大きなものが摑める立場にいるのだ。大きな不名誉を得るとともに、さらにそれ以上の望ましきものが手に入ろうとしている。生きていては一指をも触れ得なかったお前を、永遠に自分のものにするということだ！

そうだ、そうして同時に、しかつめらしい顔をしている世の法律家たちに――この中には俺をなんとかして救おうとむなしき努力をしてくれた、気の毒なあの弁護士も含まれるのだが――彼らの金城鉄壁と頼む法律というものの無力さを示してやることができる。

証拠証拠と二言目にはさがしまわる。それがなければ、不正を罰することができない。しかもそれらしきものが見えれば、自信をもって何人をも殺すことのできる彼ら。彼らに、この素晴らしい俺の脚本の仕組みがわかるだろうか。

法律家たちよ。今こそ俺は真実をいう。

君らは罪なき男に死刑を言い渡した。俺はまったく無罪なのだ。

なぜ俺が自白したか。

一つにはこの世では一指をも触れ得ざりし、生命《いのち》よりも愛する美しき女性を永遠に得んがために。一つには純な俺の心を弄《もてあそ》んだ憎むべき妖婦に永遠の烙印《らくいん》の復讐をなさんがために。一つには生きるに甲斐なき生命を法律を利用して、断たんがために。しかして最後に、かくのごとくにして、君らの自信がどのくらいまで根拠をおかれるべきものであるかを知らしめんがために。

俺の父はわずか百円の金が取り返せないで、憤死した。彼はある悪党にほんとうにだまされたのだ。詐欺にかかったのだ。それにもかかわらず法律をよく知っている相手のために、負けなければならなかった。悪党から金を取り返さねば、奴をぶちこんでやると意気込んで家を出かけた父親は、ついにはかえって相手から誣告《ぶこく》だと言って訴えられた。

父はたまらなかったのだ。百円や千円は問題ではなかった。父はただお上を信じていたのだ。お上のなさることにまちがいはないと信じきっていたのだ。ところがどうだ、彼が神のように信じていたお上は、証拠が足りないと言って彼を相手にしなかった。その上、結局は不起訴にはなったものの、誣告《ぶこく》罪の被疑者として、厳重に調べられた。法律を頼りきっていた父はとうぜん苦しんだ。彼はこの不名誉には堪えられなかったのだ。

日ごとに沈みがちになってゆく父の面影を、おお、いま俺は獄窓《ごくそう》にあってもはっきりと思い出すことができる。

父はその問題から日ごとに健康が衰えてついに逝《ゆ》いた。残る妻子に、永久に法律を呪えと叫びながら。

おお俺はその言葉を忘れない。法を呪え。法律を呪え。法律の偽善的標語を呪え。俺は法律を呪う。この世に法律が存するかぎり、その法律を呪う。法律は正義のためにあるという。正しきものの味方なりとうそぶく。しかしいかに多くの法律が不正のために利用せられたことだろう。しかもいかに有力に、横暴に、不正はしばしば法律を利用したことだろう。

俺に与えられた時間は短い。俺はできるだけ早くこの手記を終わらねばならぬ。いそいで事実を描いてゆこう。

俺がはじめて道子に会ったのはちょうど三年ほど前のある秋の日だった。故郷の中学を卒業しようとする頃、母もまた、世を呪いながら父の後を追ってしまったので、叔父の世話で東京に勉強をしに出してもらったのであった。その叔父がちょうど道子の父に当たる大学教授に世話になったことのある関係から、上京してしばらくたってから、道子の家を訪れたのだった。

俺ははじめて川上母子《おやこ》に会った時から、道子がすきになった。あの威張り返った母親に比して彼女はなんという親しみやすい人だったろう。田舎から出てきてまもない俺を、道子は何といって家に迎えてくれたことか。

もちろん当時道子は令嬢だったのだ。もし世に一分間の恋というものがあるとすれば、俺の場合はそうだろう。俺はたった一目彼女を見た時、たった一言彼女と語った瞬間から道子に魅せられてしまったと言っていい。

いかにも親しげに語ってくれた彼女にまた会うべく、俺は下宿を定めてからも、しばしば彼女の家を訪れるようになった。この秋から以来、若き田舎出の青年は、まったく彼女のために生きていたようなものである。

彼女と交際をするにつれて、私は彼女を取り巻く多くの人々のいることを見出だした。私と同じ学校の学生の中にも、かなり彼女の顔を見にくる奴らがあった。これらの大勢の男の中にあって道子は少しも困惑のようすはなく、皆に対していかにも巧みな交際ぶりを発揮していた。

それゆえ、彼女が誰に最大の好意をもっているかということはまったくわからなかった。愚かな俺は、彼女の母の信用を多分にもっていたので、道子からもそうとう好意をもたれていると信じていたのである。

道子はけっしてしかし真面目な話をしなかった。おそらくこれを誰に対してもそうであったろうが、音楽の話、文学の話、芝居の話など皆とする他は、ブリッジを仕込み、マージャンを我々に教えては楽しんでいるように見えた。

その間、俺はひそかに恋をしていたのだ。俺は若かった。いや今でも俺はまだ若い。

しかし俺が道子を知った頃は、なお若かったのだ。幼かったといってもいい。その俺が若人《わこうど》の純な気分で彼女を生命《いのち》にかけて恋していたとて何の不思議があろう。しかも考えれば、俺をこれほどまで夢中にさせたについては、道子の態度にじゅうぶん責任があったと言える。

しかし俺は自白する。俺は多くの男の中から選ばれて彼女の夫となろうという自信はなかった。けれども、恋するものの常として、非常に謙遜である心と、一方、万一を望む心とが必ずいつも胸の中にあった。

したがって道子が小田清三と結婚するという話をきいた時、不思議には思わなかったが、同時に、熱湯を呑まされた思いがした。俺は苦しんだ。ああ今でも思い出す、彼女の結婚の夜、(俺はその披露の席に招かれていたのだが、どうして花嫁姿の彼女を正視する気になれよう) 俺はこの身体《からだ》一つのおきどころがなく、広い東京の町をただあてどもなく、ひたすらに歩き回り呑みまわった。そしてついに浅草のある裏町の汚い家に酔い倒れてしまったまま、考えても恐ろしい、浅ましい一夜をあかしたのだった。

小田夫人となった道子は、しかし相変わらず、俺と会った。俺ははじめ、だんぜん彼女に会うまいと思ったのだが、彼女からわざわざ手紙をよこされると、もはやその決意もにぶって、夢の中にいる人のごとくに、彼女と会ってはただ苦しい、しかしながら喜ばしい時を過ごしていたのだ。

道子が俺に対して明らかに好意を示しはじめたのは、彼女が結婚してからである。彼女からはさかんに手紙がきた。もちろん、手紙には愛情にわたったことはあまり書いてはなかったけれど、敏感な、恋する若人《わこうど》にとっては、ある種の普通の手紙の型はなまじな愛の文句で綴《つづ》られた文よりも、はるかに力強きある印象を与えるものである。

道子はことにこの種の手紙の書き方がうまかった。愚かな俺は、寝る時もそばをはなさずにそれらの手紙を愛撫した。彼女は特に、P・Sの書き方がきわめてうまく、わずか二三行のP・Sの中に、千万言の思いを巧みに託した。それゆえ、俺はしまいには本文よりもまっさきに、追伸を読むことにしたくらいである。

一昨年の末頃から、彼女はK町から出てくるごとに必ず俺の所を訪れて誘いだしては二人で銀座あたりを歩いた。しかも途上、けっしてはっきりと触れた話はしない。俺は俺で、人妻に恋しているという気持ちを、若人特有のセンチメンタリズムで懐《いだ》いていたので、沈黙をもって、心を通じさせようとした。

今から思えば、きざの極みだが、俺は当時『ウェルテルの悲しみ』をレクラム版で求めてこれを常に懐中して、ならいたての独逸《ドイツ》語だから読めるはずはないのに、時々開いては、ため息をついていたものである。

おお当時のウェルテルは、今やロッテを呪わずにはおられないのだ。

ある夕べ、東京のある町を歩きながら道子夫人は俺にこう言ったことがある。

「私、一郎さんのような人ほんとにすきよ。ほんとにすきよ。あなたのような方の奥さんになる方、どんなに幸福でしょう」

ああおそい、なぜ早くそう言ってはくれなかったんだ、俺は愚かにも——しかり千万遍も愚かにも——この言葉をこういう風に解し、こういうように心の中で叫んだものである。しかし、若い青年の心に、この不用意な、もしくはきわめてたくみにたくまれた、この言葉が、こうひびくのがどうして、おかしかろう。

ある時はまたこういうこともあった。

ある友人の家にブリッジをしに行った時、道子夫人はまた加わったが、夕方五時頃に彼女は、「私もう帰るわ」と言って座を立とうとした。

ちょうどその時俺も帰る気だったので、俺はその友人に、僕も失礼するということを言って、立ち上がりかけた。すると道子は、俺の言葉の終わるか終わらないうち、俺を見ながらこう言った。

「私、一郎さんを一緒に連れてって——いいんだけれど、今日は人目が多いからよしましょうね」

大勢の前でこうはっきり言われた時、俺はただ赤くなって黙るよりほか仕方がなかった。俺はもとより、道子の自動車に乗っていこうと思って帰ろうと言ったわけではないのだ。

しかしこの道子の言葉は、冗談なのだろうか、真面目にとっていいものだろうか、俺にはとうとうわからなかった。

彼女が真面目に俺と語るようになったのは、あの事件の起こるより半年ほど前のことである。

当時、甘き悩ましさをもって思い出し、今は苦き極度の不快をもって想起するのは、昨年の初めのある冬の夜の会話であった。

その日、道子は東京へ出てきたといって、俺をとつぜん銀座まで電話でよびだしたが、活動写真を見た後、とあるカフェーの二階で紅茶を飲んだことがあった。その日見たフィルムの中に、寂しい家庭の有様が出ていたのに心を動かされたのか、またはそれにきっかけを思いついたのか、道子は俺にこう言いかけた。

「一郎さん、私幸福に見えて?」

「さあ……」

俺にはこういう場合、上手《うわて》に出て物をいうことができないので、ただ答えに窮していると、彼女は媚《こび》を含んだ眼をもってこう続けた。

「私、幸福じゃないのよ。ほんとうは。だって清三は私をいつもいじめるんですもの。私、夫から愛されてはいないのよ」

俺はもとより清三が彼女を愛してはいないらしいという噂はきいていた。けれども、道子からこれを訴えられたのは、この時が初めてなのだ。

「だって清三氏は、べつだん遊ぶわけじゃなし、他に女があるわけじゃなしするんだから、いいじゃありませんか」

俺はやっとこれだけのことを辛うじて言った。

「あら、女ってものは夫がただそれだけだからって満足するものじゃないことよ。ねえ一郎さん、もしあなたが私の夫だったらやっぱりそんな態度をとるつもりなの？」

俺は心が燃え上がるような気がした。心臓がはげしくうつ。あの昔のスパルタで獣《けもの》を盗んだ若人《わこうど》が、その恥をかくさんがため、獣を胸に抱いて、自分の胸の肉をくい破られるのを堪え忍んでいたという、あの苦悩を自ら味わっているような気持ちで、

「さあ」と言ったきり黙って彼女の顔を見た。俺はただ恋の悩みにあこがれていたのだ。愚かな男よ！

俺が燃えるような眼で彼女を見たとたん、彼女の視線とバッタリ合った。と、道子はまた燃えるような眼差しで俺を見ながら、

「ちょっと、見てちょうだい」と俺が視線を他にそらす間も与えず、いきなり、肉づきのいい左手の袂《たもと》をぐっとまくりあげながら、その腕を俺の目の前に差しだしたのである。むっとする香《かおり》とともに、俺はぐらぐらするような気がしたが、その時、むっくりもり上がっている彼女の二の腕の肉に、烙《や》きつけられたような、蛇のような青痣《あおあざ》を見てしまった。

二人がちょっとの間まったく黙った。

「清三さんは、あなたをそんなに苦しめるんですか」

俺は思わずこう言ったとたん、右の手を出して道子の豊かな腕にふれてしまった。彼女は引こうともしないで黙ってうなずいて見せたのである。

おお悪魔よ。神のごときこの女性を、汝《なんじ》は何がゆえにかくも虐待するのか。汝はこの女性の夫たる――否、否、僕《しもべ》にすらなる資格はないのだ。

俺は清三の存在を呪った。彼を罵《ののし》った。彼女の結婚を呪った。

さすがにそれとは言わなかったけれども、俺は興奮したあまり、かなり遠慮なく清三のことを言ってのけたのだった。

彼女はただ黙ってうなずいていたが終わりに、

「だけど、こんなことあなたっきり言うんだから黙っててね」

と一言いったきりである。

道子よ。汝こそ呪わるべきかな、俺は汝が、こんな技巧をいろいろな男に示していたかと思えば、全身の血が逆流するような気がする。

俺はその時から悪魔に虐げられている彼女のために立とうと決心した。どんなことがあっても彼女のために戦ってやろうと思って、俺はまったく彼女の奴隷であった。おお愚かな俺は！

清三が、道子に対して、自由な行動をとらしているのは、けっして本心から喜んでいるわけではないのだ。道子が俺などと交際することのためにも、清三は道子をかなり苦しめることがあったそうだ。そうとすれば清三にだって嫉妬心はあるのだ。ただ彼の冷たい自尊心のために、はっきりと道子には言わないのだ。

こうわかった以上、俺も道子と同じ行動をとろうとした。わざわざ清三が不愉快になるような話を彼の前でした。わざわざ清三を不愉快にして愉快がった。かくのごとくにして、昨年の春から俺は、はっきりと清三に不愉快なようすを見せられつつ、彼としばしば会ったのであった。

八月の十六日！　あの呪わしい日、あの日にもこの様子はじゅうぶん見えたのである。友田という男に対して、道子がどういう態度をとっていたかということを、俺はよくは知らない。しかし、清三が、俺よりも友田に、より多く親しさを見せていたことから思えば、彼は俺ほど道子に近づいてはいなかったのではなかろうか。

しかし、清三のような男は、態度はかえって反対を表すことが多いのだから何とも言えないけれど。

あの日俺は招かれたわけではなかったが、ちょうど暇だったので遊びにいったのだった。ぐうぜん友田が来合わせたので夕方マージャンが始まったのである。

俺はこの遊戯の間にも、常に恋人に対しているという喜びと、人妻と恋し合っておりながら、しかも互いにいかんともすることができず、わずかに遊戯をともにして楽しむという、ひどく感傷的な感激にひたりつづけていた。

嵐になったので俺はどうせ帰れないつもりだったから、全然ほかに気をちらさずにマージャンにふけり、恋のよろこびと悲痛とを味わうことができた。

八圏《パーチヨワン》目に入っても勝負はいっこう荒れなかった。その西風《シイフオン》の時である。大きな手が道子にできたのは。

否、できたというよりはできあがらせてしまったのだ。その時は、西風で清三が親であった。俺は清三の上にいて、ちょうど道子の対面《トイメン》になっていたのである。ところが、めくりが二回くらい回ってしまうと、道子は四万五万《スーワンウーワン》と切ってきた。つづいて、一筒三筒《イードンサンドン》と切って次に門風《メンフォン》を一枚切ったのである。

この時、飜牌《ファンパイ》は早く方々から出ているのだし、道子は総かくしの手ではあるが索字《サオツー》を一個も捨てていないのだから、道子が索字の清一色《チンイッソ》を企てていることは誰の目にも明らかなのである。しかも他の三人はまだなかなか定牌《テンパイ》しない。

ことに清三はこの有様を見て、親のことだからしきりにいらだって和《あが》りをいそいでいるらしいのだが、これもまだ容易に定牌したようすはなく、おまけに彼は道子の上にいるので索字を握って放さぬから、なおさら、和りがむつかしくなっている。

そのうち、道子の自摸《ツモ》の番となった。彼女は十四枚の牌《パイ》をぜんぶ立てたまま並べてながめていたが、しばらく考えていた結果、いきなり七索《チーサオ》を一枚すててきた。

「余ったな」

清三はなかばほんとに恐れた様子で、なかばは、他の二人に注意するような様子でつぶやいた。

友田を経て俺の番になった。幸か不幸か、求めがたい辺三索《ペンサンサオ》をつかんできたので、今や孤立せる八索《パーサオ》一個を捨てれば、一四七筒《イースーチードン》の絶好の平和《ピンフ》の定牌《テンパイ》である。

通常の場合でも、七索《チーサオ》をすてて定牌したらしい際、八索を打つことは危険である。いわんや清一色《チンイツソ》でしかも門前清《メンチエンチン》の手ときているから、一般の和《あが》りの原則は容易に適用できぬ。いま俺が握っている八索はぜったい危険牌と見なければならない。

しかし相手は愛する道子である。親は憎むべき清三である。しかも自分は三つの機会ある定牌なのだ。よしやってみろと思いながら、いきなり八索を打ったところ、はたして道子を清一色で和らせてしまった。

この時の清三の不愉快な顔は忘れられない。これで道子が絶対の勝ちとなったが、まったく不愉快になった清三はやめようとはせぬ。それでとうとうつづいて四圏《スーチヨワン》やることになったのだった。

ところがこの回りのファイナルで、またまた清三を極度に不快ならしめることがもちあがった。

それは北風《ペイフオン》の一番しまいで、この時も清三が親、俺はやはり彼の上で、俺の対面《トイメン》が今度は友田であった。それまで手がつかなかった俺は、がぜん幸運に見まわれたか、与えられた牌《パイ》を見ると実にいい手がついている。

そのうち、二回ほどまわると清三が俺の連風《レンフオン》の北《ペイ》を打った。俺はこれをポンし、つづけて友田から出た発財《ファツアイ》をポンし、次いでまた友田が打った九万《チウワン》をポンした。したがってこの場合、幺九牌《ヤオチウパイ》の全部と、万字《ワンツー》の全部が包牌《パオパイ》となったわけである。

このとき俺の手は四七万《スーチーワン》の両単吊《リヤンタンチヤオ》の待ちであったが、もはや万字を打って一人払いの危険を冒す人もないらしいので、自摸《ツモ》して和《あが》る一手しかないのである。

するとこの時、俺の上にいた道子がどうした拍子か誤って二枚牌を前に倒した。それは二枚とも東《トン》であった。もとよりこれも包牌である。「あら見えちゃったわ」といいながら、これを立てようとすると清三が、

「あ、そこにあるのか、じゃ、まず東の単弔じゃないな」と俺の方を見ながら言った。そして自分も一個の東を手に出して見せた。彼は、東が門風《メンフオン》なのだが、捨て場に困っていたわけなのだ。すると、道子も危険を感じなかったと見え、「見えたからすてるわ」と意味の無い打ち方のようであるが、その二枚の東を一個捨ててきた。

つづいて俺の自摸。ところがどうだろう。このとき自摸したのが最後の一個の東であった。俺はすばやく東の単弔に定牌をかえて七万を打った。

清三は手が変わったのに気がつかなかったか、または気がついてもまさか最後の東を摑んだとは思わなかったと見え、絶対安全と信じてもてあましていた一個の東を打ってきたから、俺は遠慮なく和ってしまった。清三の一人払いである。

ところがこのさい清三は不快のようすをはっきり表しながら、

「君はなぜ、道子がすてたとき和《あが》らなかったんだ。道子に一人払いさせないのか」と言いだした。俺はたった今、東を摑んだばかりだということを主張して、結局清三に一人払いをさせたのであったが、この俺の主張を、清三はぜんぜん信じなかったらしい。

「あんな包《パオ》ははじめてだ」と吐きだすように言いながら、マージャンを終わってしまったのであった。この言葉を何ときいたか道子は俺の方を見て、ちょっと微笑《ほほえ》んで見せ

た。道子もあるいは、俺がはじめわざと彼女の牌で和らなかったのだと思っているのではあるまいか。

こうして嵐の夜は、こんな変な気分とともに更けはじめたのである。

俺は階下の一室に床をとってもらってねることになった。

俺はたびたび清三にも会っているが、今日ほどはっきり彼に不愉快なことを言わしたこともないし、また言われたこともなかった。なんとなく痛快なような気持ちであったが、同時にまた何ともいえぬ不気味な気持ちになった。

こうやってしまいに俺はどうなるのだ。人妻に恋していてどうするのだ、と誰かささやくような気がする。


清三と道子はちょうど俺の寝ている室《へや》の上の室に寝るわけである。俺はかつて一度も、道子と同じ屋根の下で夜を明かしたことはない。この夜がはじめてである。

自分が生命《いのち》をかけて恋している女、それが他人の妻である。その夫婦が今、自分の室の上で同じ室に寝るのだ。こう考えただけで俺はとうとう眠られそうもないと思った。

はじめは、海で泳いだ疲れのために、なんとなく眠られそうだったが、しかしいろいろのことを考えだすと、目はさえてきて、とても眠られそうもない。外は風はやんだが、雨は依然として降りつづいている。

俺は、青年特有の感傷的な気持ちで、道子と自分とが愛し合っておりながら、いかんともすることのできない有様を考えた。ウェルテルをいまさらのように思い出して快いような悲しいような気分に浸っていた。が、頭はまたいつか現実の世にかえってくる。そうすると、あの豊麗《ほうれい》な身体《からだ》をもった女性が、愛も理解もない男と、いま自分のいる上の室《へや》に一緒に寝ているのだと思うと、何ともいえない不愉快さが身にしみ通ってくる。俺はまた心に清三を呪った。清三の存在を呪った。ちょっとした物音にも敏感になって、浅ましいいろいろな想像が頭の中を通りすぎる。雨はやまない。

遠い室から女中の鼾《いびき》がきこえてくる。ちょうど海の中で泳いでいる時のように、全身の力を手足一杯にはりきって、身体をのたうちまわらせてみたい、大声をあげて叫びたいような気持ちに襲われはじめるかと思うと、いつかまたロマンチックな、夢のような、やるせない気分になって、ただ涙がこぼれ落ちるのであった。

こんな錯雑《さくざつ》した気持ちのところへ、昼間の疲れがやってくるので、自分はただただ、天と地との間を上ったり下りたりするような気分で約一時間あまりをすごしてしまった。

ふと、自分の耳をある声が打った。それはきわめてかすかな音であったが、敏感になっていた自分の耳は明らかにそれが人の声であることをしらせてくれた。自分は半身をおこして全身を耳にした。声は再びきこえてきた。その時、またきわめてかすかながら人のうなるような声がきこえた。まさしくそれは二階から！

俺は身体がふるえるように感じた。ふと、幼い時まだ故郷にいた時分、ある暗い夜、村の叔父の家に泊まった時、そこの叔父夫婦の室からきこえた声を思い出した。俺は浅ましさにふるえながら夢中で夜具を被《かぶ》って中にもぐり込んだ。

しばらくしてまた頭を出してみたが、今度は何かいう声がきこえた。自分は今度は完全に床《とこ》の上に起き上がって、上を注意していたが、この時やや異様な感じにおそわれはじめた。

明らかにあれは、幼い頃きいた人の声とはちがう。いや、だんだん聞いているうちにまったくその調子が異なっていることに気がついた。たしかに清三が何か罵《ののし》っている。きわめて小さい声のようであるが、怒ったような声である。

自分は、息を殺して耳をたてた。そのうち、ふと、「大寺」という俺の名が聞こえた。するとしばらくたって、道子のらしいうめくような声がきこえる。

もはや、疑うところはない。清三はたしかに俺と道子の間を疑っている。少なくも俺のことで道子が苦しめられているのではあるまいか。俺はそっと、しかしすばやく起き上がった。この時の俺の気持ちはまったく騎士のようであった。悪鬼《あつき》に苦しめられつつある姫を救う気持ちで、俺はすべるように室を出て二階に上がっていった。

夫婦の寝室の外に立って内のようすを窺《うかが》うということは世にも浅ましいことにちがいない。けれども俺のその時の気持ちは、すべてを神聖化すると言っていいくらいだった。俺は俺のために罪なくして苦しむ女性を救いにいくのだ。そうだ、俺はそう思って遠慮なく内のようすを探ろうとしたのであった。

夏のことであるが、その室は廊下に面した方は障子が立ててあった。しかしふと見るとその端の方から中が見えそうである。俺はすばやく忍び寄って目をあてて中を眺めた。ちょうどそこからは電気のスタンドがはっきり見える。それにてらされて、白い蚊帳《かや》を通して清三がまったく床《とこ》から起き上がって、やや前こごみになって蹲《うずくま》っているのがはっきりわかる。俺がそれを発見したとたん、

「貴様、やっぱり大寺を愛しているんだな」と彼がつぶやくように言ったのであった。

俺は、必死になって、その障子を少し引きあけた。そうして清三が蹲っている前の方を見ることができた。その刹那、俺はもう少しであっと叫ぶところであった。

見よ、そこには、俺の愛する道子が、上半身をむきだし、両腕をぎりぎりと後ろ手に縛られて横たわっているではないか。そうして、清三は、「大寺」と言うたびごとに、道子をさいなむと見え、道子は、かすかなうなり声を発している。

俺はもはや我慢ができなくなった。俺のために道子はあんなに苦しんでいるのだ。どうしてこれが見ていられよう。俺はいきなり、障子を蹴たおしてとび込もうかと思った。しかし、俺は一歩を踏み止まった。道子が夫の問いに対して何というかをはっきり聞こうがために。しかし次の瞬間に、清三の手に光るものを見た時は我慢ができなかった。

「どうだ言わないか」

こういいながら、道子の頬のあたりにかざした清三の手には明らかに刃物が見えた。同時に道子の声らしく、

「ああ、痛」という小さい力のこもった声が聞こえた時、俺はもう障子を蹴たおして

室《へや》の内に飛び込んでいたのである。中の驚きはもちろんであった。「何をするんだ」と叫んで俺が飛び込んだ時は、同時に、清三が驚いて、「何だ、誰だ」と叫んで立ち上がった時であった。

俺は夢中で飛び込んだ時、蚊帳にぶつかったと見え、釣り手は引きちぎれてだらりとたれかかったが、俺も清三もいつのまにかはねのけていたと見える。

ぐるぐる巻きに縛り上げられて横たわっている道子をそばに、清三と俺とはつっ立ったままでにらみ合った。そこには物凄い沈黙があった。清三は驚きからやっと自身を取り返したらしく、右手《めて》に刃物をもったまま、俺をにらみつけて立っていた。

おおこの瞬間を境にして、俺は地獄に落ちねばならなかったのだ。この奇怪な沈黙が破られたとたん、この場にいた三人の生命《いのち》は永遠に呪われたのである。

この沈黙は道子によって破られた。

「一郎さん、あなた馬鹿ね。ほんとうに、ほほほほ」

両手を縛られ、責めさいなまれていた道子が発したこの奇怪な一言は、俺のために天地を覆らしたのだ！　おお道子の今の言葉！　今の笑い声。

電光のごとく俺の頭にひらめいたものがあった。俺は雷に打たれたように感じて、そこに石のようになってたちすくんだ。

ぐらぐらと脳味噌が動揺したような感じがしたと思うと、堪えきれずにそこにそのまま蹲《うずくま》ってしまったのであった。

俺は今、獄中に在って、当時のようすをふり返りながらできるだけこの時の状況を詳しく物語りたい。

その瞬間にはいろいろな感じが一時に襲ってきて、ほとんど何とも言いようのない気持ちがしたのであるが、いま冷静に返ってその時のことを思えば、一つ一つの事実がありありと浮かんでくるのである。

道子の発した一言は、俺にはあまりに十分であった。十分すぎた。

俺が今までそこに思い至らなかったとは何たる愚かさであろう。清三も道子もともに通常の性的生活をしている人々ではなかったのだ。彼らがここでやっていたことはまったく一ツの変態な性的乱舞にすぎなかったのだ。

清三が俺に対して、快く思っていなかったことは事実であるが、常にああした乱舞をしている二人の間には、やはり筋の通った芝居が必要だったのだ。俺の名は知らない間にその芝居の重要な一つの役を演じていたのだ。夫は妻を疑っており、これを自白させるため拷問する芝居を演ずることによって満足を得、妻はまた拷問されることを喜んでいたのだった。

俺は身も世もあらずはずかしい思いに打たれて、その場に蹲《うずくま》ってしまったのである。

ところが、俺のために大地を覆したあの道子の一言は、さらに大きな悲劇を引き起こしたのだった。

なるほど清三は、俺をだしに使って自分の欲を満足させていたにちがいはあるまい。

しかし、はたして清三は道子と俺との間を疑ってはいなかったのだろうか。

否、彼は十分に疑っていたと言っていいのだ。それがこの場で明らかにされた。

見よ、突然の俺の出現に対し、道子はこれを一笑に付し去ったが、清三はこの出現を何と解釈したか。

彼は躊っている侵入者には目もくれず、いきなり道子の所に進み、そばにすわりながら、「どうしてここに大寺が来たんだえ？」と呼吸《いき》せわしく鋭くつめよったのである。

清三は今や自分が言っている芝居の台詞《せりふ》に自分自身が刺激されているのだ。芝居と思っていたその仕組みはあるいは事実ではなかろうか、ほんとうに道子は大寺を愛していて、この芝居によって二重にマゾヒズムを満足させているのではないか。

これが清三の気持ちだったにちがいない。否、この時の彼の真剣さは、まったくこのことを信じはじめたように見えた。

道子が黙っているのを見て彼は再び言った。

「おい、貴様、ほんとうに大寺とくっついてやがるのか」

もしこの時の清三の真に切迫した状態を道子がはっきり見てとったなら、あの悲劇は起こらなかったかもしれない。

しかるに軽率にも道子はその注意を怠った。

彼女はいつもの芝居でやるであろうように、至極手軽にこう答えたのである。

「ええ、そうかもしれないわよ」

これを聞いた時の清三の表情は、何とも形容のしようのない複雑なものであった。

次の瞬間に恐ろしいことが起こった。

憤怒の声と悲鳴とが一時に爆発した。俺が驚いて清三をとめにかかった時、彼は既に道子の右胸を突き刺した。はじめて事の真剣味を知った道子が、悲鳴をあげて悶《もだ》えまわるうちに、

「おのれ、悪魔め！」と叫ぶより早く、俺の止めるひまもなくナイフは彼女の心臓の上をさらに突き刺したのであった。

俺があわてて抑えようとすると、清三は自身悪魔のごとき形相をもって俺に斬《き》りかけようとしたが、不意に、苦しそうにあっと言って胸をかきむしりはじめた。と、ずるずると自分の床《とこ》の方に倒れていったが、うむという苦しそうな呻《うめ》き声を発してかっと喀血《かっけつ》すると、一所に前かがみに完全に倒れた。

俺が驚いて、後ろから助け起こそうとすると、恐ろしい血だらけの口から俺に対するあらゆる呪いを浴びせたが、見ると、右手にナイフを立ててもっていたと見え、倒れる時に無惨にもそのきっさきが胸にささったらしく、右の胸から血がほとばしり、ナイフは着物につれて身体《からだ》にひっかかっている。

俺はすべての判断を失った。もうどうにでもなれ、と思っていきなりそのナイフを抜きとり、清三をその場に投げ倒しておいて（このとたんに彼は上半身を机に打ちつけ頭

に傷をしたのである）自分は即座にそのナイフで死のうと決心したのだ。

しかしその刹那に、下から男女が上がってきたので、俺はちょっと躊躇《ちゆうちよ》したのである。つづいて清三が俺の名を言ったことも、道子が俺の名を言ったこともその場にいてはっきりと聞いた。

これを聞いたとき俺は、このまま黙っては死ねぬと思った。そうだ、この俺をさんざん翻弄《ほんろう》しつくしたこの女とまた、浅ましき姦通をしたと軽率にも決めてかかったその夫に復讐しないではおかぬ。どうせ死ぬんだとこう思った俺は、おとなしくその場で捕えられたのである。

これがその夜の真の実況であった。


俺は復讐してやろうと決心した。そうだ、道子は俺を弄《なぶ》りものにしたのだ。夫が自分を愛していない、いじめて困るとは何事だ。俺に見せたあの痣《あざ》！ おお悪魔！ 俺はその時ほんとうに同情していたのだ。しかもすべては偽瞞《ぎまん》だったのだ。

道子は俺はじめ多くの青年をからかっていたのだ。なるほど、お前は夫に対しては貞操を守った。しかし幾人の多くの男子の心をお前は翻弄したか。そういうことが許されていてよいものであろうか。

よし、俺は自分が地獄に行く時、必ずおまえを道づれにしてやる。

死刑になる俺の不名誉はもちろんながら、姦通した上に痴情の果て殺されたと言われるお前も名誉にはなるまい。また死ぬまで俺を呪ったあの清三も妻をとられた上、自分が殺されたとあっては、汝《なんじ》も名誉ではあるまい。

この一介の田舎出の青年は、社会的に有名な汝らの名誉と名誉の相殺をすることをあえていとうものではないのだ。

俺は捕まってから一日中、何も言わずに俺が自白すべき筋道を考えた。考えに考えた。そうして、小田夫妻に復讐すると同時に、法律に対しても復讐してやろうと決心した。その結果はどうだ。見よ、あのむずかしい顔をした裁判官は、俺を死刑に処する理由として、俺が道子と永い間姦通していたと、公文書をもって天下に広告してくれたではないか。道子は俺のものだった。また永久に俺のものであることを判決文のうちに謳《うた》ってくれている。

俺が警察で考えた一つの小説――悪魔の魂より創作した小説を、法律はまさに事実であると裏書きしてくれたのである。

俺はあの美しき道子の肉体を得たのだ。

その代償としては、どうせ不用になっている俺の生命《いのち》を取ろうというのだ。なんたる安価な報酬であろう。

生命のいらぬ人々よ、君らの魂を悪魔に売りつけよ。生命をもって価《あたい》とせよ。しからば君らには不可能ということはなくなるであろう。

正義よ、いくたび汝の名によりて血が流されたことであろう。

法律家たちよ。君らは今この俺の手記を信ずるか、信じないか二つの道しかもっていない。もし信ずるとせば、君らの力のはかなさを感じるであろう。君らは、たとい、俺の罠に陥《お》ちたのではあるとするも、ぜんぜん無辜《むこ》の一人を死刑に処したことになるのだ。これは君らは恥じてよいことだろう。

またもしこの手記を信じないとすれば、これまた我が思う壺である。君らは法律を利用して貞淑であった一人の女性に対し、――それは既に死んでいるがため、なんら自分を弁護するに由《よし》なき女性――姦婦という死刑以上の烙印《らくいん》を永遠におしたことになるのだ。俺は笑う笑う、心から！

おお道子よ！　愛する道子よ！

お前は俺のものだ、俺の恋人だ。……

道子！　しかし……

お前は本当はやはり寂しかったのではないか。清三はほんとうにお前を愛していなかったのではないか。たとい、肉体的に、性的には調和した夫妻ではあったろうが、精神的には寂しかったのではないか。それで俺にいろいろ話したのではないのか。

もしそうとすれば、この俺の復讐はあまりにひどすぎたことになるが……

道子！　お前はほんとうに俺を愛していたのではないか？　言ってくれ、言ってくれ、俺は死なねばならぬ身なのだ！

おお、そうだ、お前が最後に言った俺の名！　一郎という名、なるほどお前は俺に呼びかけたのではないことを俺は知っている。しかし、愛するお前が瀕死の境に言った一言でも、この俺は聞きのがしたと思うか。

俺は知っているぞ、道子！　道子！　お前はあの時ほんとうを言ってくれたんだ。清三が、「大寺……大寺が……」と言ったのに対し、お前はそれが耳に入るや否や、最後の努力をしておっかぶせるように言ったのだ、

「いいえ……一郎さんではあり……」

俺は聞いた、俺は聞いた、全身を耳にして俺は愛するお前の叫びを聞いた。

他の人々はこの前後の言葉を聞き落としたのだ。そしてききなれた俺の名ばかりを聞いたのだ！

そうとすればお前は俺を愛していたのだね、おお、そうとすれば……おおもしそうだとすれば……


悪魔よ、来たれ、悪魔よ、汝《なんじ》の翼に俺を抱きしめよ。俺の胸に残っている人間らしき血をことごとく吸いとってくれ!!!

俺は女を憎む、道子を憎む、道子は夫に忠実だったんだ。俺を愛してなんかはいなかったのだ。悪魔よ、悪魔よ、来れわが魂を俺の胸からむしりとってくれ。そして永遠に汝のもとにおけ。

道子……道子までが死ぬとき俺の名を言いやがったんだ。あの憎むべき夫婦……呪われてあれ。

法律よ。呪われてあれ。

女よ、呪われてあれ。


ああしかし、最後に疑う……もしや……

道子は、はたして俺を……

七

奇怪なる手記はここで終わっております。悪魔に呼びかけた彼もやはり人間であったと見え、この後は書きつづけられなかったかして、手記はここでポツンと切れてしまい、紙には落涙《らくるい》のあとが点々として見えています。

私はこの手記については何も申しますまい。ただあなた方の推測と想像とにお任せします。われわれは彼のこの切々の言を信ずべきでしょうか。はたまた、荒唐無稽の世迷い事として葬り去るべきものでしょうか。私はあえて多くを語りますまい。

ただ一つ、あの哀れな青年が、おそらくは死の間際まで気にしていたであろう点、道子が本当に寂しかったのか、大寺一郎を真に愛していたのか、それとも夫とは仲がよくてまったく彼を翻弄《ほんろう》したに過ぎなかったかは、はっきりと知ってみたいような気がするのです。道子としては夫をも愛さず、また大寺一郎をも愛することなく、ただ翻弄していたという立場もあるはずです。

変態性欲者に往々にしてあることですが、肉体的にはマゾヒストであって、精神的にはこれと反対な人間があります。

財産のために、余儀ない結婚をした彼女が、身体《からだ》は夫の虐《しいた》げるに任せておいて、今度は精神的にはまったく反対の立場に出《い》でたかもしれぬということは、果たして考えられぬでしょうか。もしそうとすれば彼女は、心の中では夫をも翻弄し、同時に大寺をも弄《もてあそ》び物としていたことになります。そうやって同時に二人の男をからかったわけです。

果たしてしからば彼女は、自ら煽《あお》った夫の嫉妬心のために生命《いのち》を落としたことになるのです。しかし、純な青年の大寺は、こんな複雑した場合を想像してはいなかったようです。彼はただ道子が、夫を真に愛していたのか、または大寺を心では愛していたのか、二つの場合しか考えておりません。もちろんそれは無理のないことでありますけれど。

ともあれ、私はこの惨劇の犠牲者等に対し、その死後の冥福を祈りたい。

私は、あるいは無実の罪で死んだかもしれないあの美しい青年のために、祈ることを忘れません。また、あるいは無実の汚名をきせられて地下に眠っている道子のためにも、奥《おく》津城《つき》〔墓所〕に花の絶えぬように心がけております。

黄昏《たそがれ》の告白

沈みゆく夕日の最後の光が、窓硝子《ガラス》を通して室内を覗《のぞ》きこんでいる。部屋の中には重苦しい静寂が、不気味な薬の香りと妙な調和をなして、悩ましき夜の近づくのを待っている。陽春のある黄昏《たそがれ》である。しかし、万物甦生《こうせい》に乱舞するこの世の春も、ただこの部屋をだけは訪れるのを忘れたかのように見える。

寝台《ベッド》の上には、三十を越してまだいくらにもならないと思われる男が、死んだように横たわっている。

分けるには長すぎる髪の毛が、手入れをせぬと見えて、ぼうぼうと乱れて顔にかかっているのが、死人のような顔の色をさらに痛ましく見せている。細い高い鼻と格好のよい口元は、けっして醜い感じを与えないのみか、むしろ美しくあるべきなのだが、生気のまったく見えぬその容貌には、なんとなく不気味な感じさえ現れているのである。

そばには、やはり三十を越えたばかりと見える洋装の男が、石像のごとく佇立《ちょりつ》して、憐れむように寝台の男を見つめている。彼もまたきわめて立派な容貌の所有者である。しかし、この厳粛な、否、むしろ不気味な静寂は、その容貌に一種の凄さを与えている。横たわれるは患者である。そばに立てるは医師である。この病院の副院長である。

とつぜん患者は目を開いた。

立てる男と視線がはっきりと衝突した。立てる医師はふと目をそらす。

患者が言う。

「山本、君一人か」

医師にはこの質問の意味がはっきり分からなかった。

「え……?」

「この部屋には、今、君と僕と二人きりしかいないのか」

「ああ、看護婦は階下《した》へやった。用があったから。僕一人だよ」

「そうか」

患者はしばらく考えているようであったが、再び目をとじた。医学士山本正雄は患者が続いて何か言うことを予期していた。しかし患者は再び死んだように沈黙した。

今度は医師が声をかけた。

「君、苦しくはないかね」

「ああ……いや別段……」

再び重苦しい沈黙が襲う。

日の光は次第に薄れて、夜が近づく。

陰惨な静寂に、医学士山本正雄は堪えられぬもののように頭をかきむしった。

患者は大川龍太郎という有名な戯曲家である。彼はその二十七の年に処女作を発表し、当時の文壇のある大家にその才能を認められてから、がぜん有名になった。つづいて発表された第二、第三の諸作によって、彼は完全に文壇の寵児《ちようじ》となり三十歳に達せざるに、社会はもはや彼が第一流の芸術家であることを認めないわけにはゆかなかったのである。

その大川龍太郎が、三十三の今日、劇薬を呑んで自殺を企てたのである。幸か不幸か、彼はすぐ死ぬということに失敗した。彼が苦悶のままその家からほど遠からぬこの病院にかつぎ込まれてから、今日でちょうど五日目である。

副院長山本正雄は大川の友人であった。彼が必死の努力によって、大川は救われたかと思われた。しかし、それも一時のことであった。山本は今、大川の生命はただ時間の問題であることはよく知っている。

なぜに大川は自殺を企てたか。

大川が事実自殺を計ってこれを決行したにもかかわらず、何ら遺書と見らるべき物が残されなかったため、諸新聞は大川の知己《ちき》である文壇の諸名家の推測を、列挙して掲載したことは言うまでもない。

文士であるにもかかわらず、一片の遺書も残さぬというところから、おそらくその自殺は発作的のものではないかと憶測したものもあった。しかし大川が数日前から劇薬を手に入れていた事実、および彼がそれとなく薬物に関して他人に質問をした事実によって、その考えがまったく空想に過ぎぬことが明らかとなった。

したがって文壇の諸家はおのおの自己の信ずる考えを述べたてたのであった。しかし、少なくも二つの原因らしきもののあったことは、誰しも認めないわけにはいかなかった。

その一つは、大川龍太郎一個人の芸術家としての問題であり、他はまったくこれと異なるが、同時に非常に有力らしく見えるところの、約半年ほど前に彼の家において行われた有名な悲劇である。

三十歳に達せずして一代の盛名をはせた戯曲家大川龍太郎は、しかし、三十歳に達せずしてその芸術の絶頂に達したのかと思われた。

彼が三十の時、盛名はなお依然として衰えなかったにもかかわらず、ある人々は既にその作品の中に彼の疲労を発見した。彼が三十一の年その作の中には芸術家としての行きづまりが明瞭に現れはじめた。

その年の末に発表されたある戯曲は、作者のこの芸術上の苦悶をはっきりと示していた。彼はあせった。迷った。彼の行くべき道いずれにありや、大川龍太郎は三十一にしてこの苦悶《くもん》に直面した。

世間はようやく大川の疲労を見てとったのである。しかし彼は怠けていたのではない。彼には怠けることはできなかったはずだ。けれども、焦れば焦るほど、彼は自分の無力を感じた。三十二の年をこうやって彼は暮らした。一つの作をも発表しないで、否、発表し得ないで。

なぜ彼がかくも焦ったか。

大川には有力な競争者が現れたのである。米倉三造の出現がそれであった。米倉は大川とほとんど同年であった。はじめ大川の盛名に眩惑《げんわく》されていた文壇は、米倉の戯曲をさほどには買わなかった。けれども米倉は隠忍した。我慢した。そうして大川がその絶頂に達したと思われた頃、彼はがぜん奮起した。大川が疲労を見せはじめた頃、米倉は堂々と躍進しはじめた。そうして大川が焦りに焦ってもがきはじめた頃、米倉は完全に文壇の一角を占領した。

世間はうつり気である。

大川の名は忘れられはしなかったけれど、彼の戯曲はこの頃ではただ発表されるにしか過ぎなくなった。しかるに米倉の諸作は、出づるごとに次から次へと脚光を浴びていった。そうして、大川にとって最も痛ましかったことは、最初彼を文壇に送りだしたある大家が、米倉三造を、大川以上のものとして折り紙をつけたことであった。

もしこの事実が、大川の元気一杯の時に起こったとしたなら、けっして彼は驚かなかったであろう。しかし、あるかぎりの精力を出しきってしまった彼が、いま目の前に米倉の異常な、大川のそれにも増した出世ぶりを見ていなければならぬということは、確かに痛ましいことだったにちがいない。

というわけは、大川龍太郎と米倉三造とはおそらく永久に手を握り合うことのできぬ仇《かた》敵《き》同士であったからである。

彼らはその処女作を世に出す前において、既に、競争者であった。お互いに非常に神経質で頑固で、そうして嫉妬心を十分にもちあっていた彼らは、名をなす前に、心から愛し合うよりはむしろ、心から憎み合っていた。

「今に見ろ」という考えをお互いにもっていた。そうしてその気持ちの上に二人は精進した。

けれども、この二人を決定的に仇敵とならしめたのは、こうした二人の名誉心ではなかったのである。実に彼らは、ある一人の女を、しかもほとんど同時に愛しはじめたのであった。

この恋愛闘争はかなり有名な事件として知られている。女は酒井蓉子《ようこ》という、ある劇団の女優であった。大川のある作品が、この劇団によって脚光を浴びた時、彼は蓉子と相知った。しかし同じ頃、米倉もまた蓉子と知り合った。かくて蓉子を中心として二人の男は恋を争ったのであった。

この闘争において、まったき勝利はまさに大川の上にあった。大川と蓉子とは彼が二十九、彼女が二十三の年に円満な家庭を作るに至った。蓉子は未練気もなく舞台を捨ててよき妻となり、二人の間には愛らしき子さえもうけらるるに至ったのである。

自分の敗北を認めた時、米倉は死ぬかとすら思われた。しかし彼は奮起した。奮起して彼は一層その芸術に精進して、ついには大川をしのぐ盛名を博するに至ったのである。

大川は今や恋の勝利者ではあるが、芸術上の敗北者であった。と少なくも世人には思われた。男子は、ことに大川のような男は、恋のみに生き得るものではない。

昨年一杯の彼の沈黙は果たして何を示しているか。彼はついに力尽きたのか。あるいはまさに再起せんとして一時の沈黙を忍んでいるのか。世人は深き興味をもってこれを眺めていたのである。かかる事情のもとに起こった大川龍太郎の自殺事件である。文壇のある人々がこの点に彼の自殺の原因を見出だしたのも、けっして無理とはいえなかった。けれども、これだけが唯一の原因だとも見られぬ事情があった。さきに述べた大川の家における惨劇を原因として――少なくも原因の一つとして見逃すことは、正しくはあるまい。

昨年の十月二十日の諸新聞の夕刊はこぞって大々的にその事件を報じている。そのうちの一つを次に掲げてみよう。

○強盗今暁大川龍太郎氏方を襲う

――妻酒井蓉子（元女優）を惨殺して自分も大川氏に射殺さる――

近来ほとんど連夜のごとく強盗出没し、今や警視庁の存在をさえ疑わるるに至ったが、今暁またまた一人の強盗戯曲家大川龍太郎氏方に押し入り、妻蓉子（かつて酒井蓉子と称し××劇場の女優）を殺し、自分は直ちに現場《げんじょう》において主人のため短銃《ピストル》にて射殺《いころ》さるるの惨劇が突発した。

今暁午前三時半頃、付下××町××番地先道路を警戒中の夜警谷某は、同番地先を隔たる約半丁ほどの大川龍太郎氏方とおぼしき方向より、とつじょ二発の銃声を聞いたので、直ちに同家に向かって急行すると、やがて同家より「泥棒、泥棒」と連呼する声をきき、非常笛を鳴らしながら同家の庭の垣根をとび越えて庭の中に入った。すると主人大川龍太郎氏が片手に短銃を持ったまま屋内より、庭に走り出てきたが、谷某の姿を認めると、「泥棒、内にいる。殺した」と叫んだままその場に昏倒した。

谷は驚いて龍太郎氏を抱き起こすと幸いにも氏はどこにも負傷なくまったく一時の興奮のための卒倒と知れたので、しきりに意識を回復せしめんと介抱しているおりから、さきの銃声ならびに非常笛を聞きて密行中の巡査佐藤一郎が駆けつけたので、直ちに××署に急報、警視庁ならびに××署より係官出張取り調べたところ、凶漢は午前三時過ぎ、出刃庖丁を携え、同家台所の戸をこじあけて忍び入ったらしく、まず次の間に入り、蓉子および長女久子の枕元で物色中、蓉子が目を覚ましたのでがぜん居直りと変じ、出刃庖丁をもって同人を脅迫したところ、同人は驚愕《きょうがく》のあまり大声をあげて泥棒泥棒と連呼し、隣室に就寝中の龍太郎氏に救いを求めたので、賊《ぞく》は狼狽《ろうばい》の極、蓉子に飛びかかって馬乗りとなり両手をもって同人の頸部を締めつけ、ついに同人を窒息せしめた。

この騒ぎに隣室より飛びだした龍太郎氏は、護身用のピストルを向けて一発を賊の右胸部に、つづいて一発をその右額部《うがくぶ》に撃ち込んで即死せしめたのである。なお賊の身元、その他については目下詳細取り調べ中である。

次の日の新聞には左《さ》のごとき記事が掲げられている。

○酒井蓉子殺し犯人は強盗前科四犯の凶漢と判明

――大川氏の行為は正当防衛――

昨朝、文士大川龍太郎氏方に凶漢侵入し、大惨劇を演じたことは、既報のとおりであるが、凶漢の指紋により果然同人は強盗前科四犯あり、目下××刑務所に服役中の痣虎《あざとら》こと大米虎市《おおごめとらいち》と称する脱獄者であることが明らかとなった。惨劇の顚末は判検事出張取り調べの結果だいたい次のごとく報ぜられている。

大川龍太郎（三十二歳）妻蓉子（二十六歳）長女久子（三歳）の三人家族で、同家には他に佐藤定子とよぶ女中がいるのだが、惨劇当夜より約一週間ほど前から父が病気なので一時暇をとっていたため、昨今はまったくの親子水入らずの三人暮らしである。一時頃大川氏は遅くまで書きものをして、八畳の間に妻蓉子が久子とさきに就寝し、大川氏はその隣室の書斎六畳の間に就寝した。

大川氏は近来ほとんど夜間に仕事をするため、別室に寝ることになっていたのである。氏はあまり寝つきのよいほうでないので、眠りにおちたのは二時頃だろうということであった。凶漢の忍び入ったのは調べによると台所で、賊は戸をこじ開けて忍び入ったものので、最初台所の次の間を物色したが、何物もないので直ちに蓉子の室《へや》に侵入し、初めはひそかに枕元を探していたものらしく、簞笥《たんす》の引き出しなどが開け放しになっていた。

しかるにその物音に蓉子は目をさまして誰何《すいか》したので、賊はがぜん居直りとなり、手にせる出刃庖丁を蓉子の前に突きつけておどかした。もし蓉子がこれで黙っていたならば、あるいはあの惨劇は行われなかったかもしれないが、蓉子は驚愕《きょうがく》の極悲《きょくひ》鳴をあげて救いを求めた。

襖《ふすま》一つ隔てた隣室に眠っていた大川氏はこの声に目をさまし、いきなり枕元においてあったピストルを携えて隣室に躍り込んだのである。賊は蓉子の声におどろいて、いきなり覆面用の黒布をとって蓉子の口へ押し込み、同人を押し倒し両腕に力をこめてその咽喉《のど》をしめつけたため、同人はもがきながら悶死《もんし》した。

曲者《くせもの》が蓉子の上にのりかかって同人を絞め殺すと同時に、大川氏が救いにかけつけ、この態《てい》を見るより一発を賊の右側から撃《う》ち、ひるむところをさらに一発その頭部に命中せしめたのであった。しかしながら実に一瞬の差で蓉子の生命《いのち》を救うことができなかったので、大川氏は悲痛のあまり、大声をあげながら外にとびだしたのであった。

なお取り調べの結果、凶漢大米虎市の持っていた出刃庖丁は二日前、付下××町××番地金物商大野利吉方で凶漢自身が求めたもので、同金物店の雇い人某は、大米の顔を比較的よく覚えていたため、まったく同人の買ったものなることが明らかとなった。

大川氏はこの悲劇のため、一時まったく昏倒したくらいで、ほとんど気抜けの態であるが、係員の質問に対しては、わりあい明らかに答えている。大川氏は一応××署の取り調べを受けたが、正当防衛として不問に付することとなるらしい。凶漢の所持品としては出刃庖丁のほか金三円二十三銭の現金、懐中電灯、ろうそく、覆面用の黒布等であった。右について司法某大官は語る。

「自分は今度の大川龍太郎氏の強盗殺人事件について、詳しいことを聞いておらぬから、何ともはっきり申せないが、聞くところのごとくんば、大川氏の行為は正当防衛であり、かつ正当防衛の程度を超えざるものとは思われるから問題にはなるまい。

すなわち強盗でも何人《なんぴと》でも深夜他人の家に忍びこんだ者が、妻を殺さんとしている場合は、明らかに刑法第三十六条のいわゆる急迫不正の侵害であるし、これに向かって発砲することはすなわち「已《や》ムコトヲ得ザルニ出デタル行為」と認めてよろしかろうと思う。

ただもし凶漢が既に妻を殺してしまったあとで発砲したりとせば、妻に対する正当防衛は成立しないわけであるが、大川氏のごとき場合は、妻を殺してもなお自己に対する急迫不正の侵害があるわけゆえ、やはり第三十六条の適用を受けるべく、たといそれがために相手を殺したとするも、この際は「防衛ノ程度ヲ超エタル行為」とは言えないであろう。

ただ聞くところによれば、大川氏の携えていたピストルは、何らの許可を得ずしてもっていたものとのことであるから、銃砲火薬類取締規則に触れることは別問題である」

参照　刑法第三十六条――急迫不正ノ侵害ニ対シ自己又ハ他人ノ権利ヲ防衛スル為メ已ムコトヲ得ザルニ出デタル行為ハ之ヲ罰セズ。防衛ノ程度ヲ超エタル行為ハ情状ニ因リ其ノ刑ヲ減軽又ハ免除スルコトヲ得。

大川氏の行為はその後もちろん正当防衛として問題にならなかったが、この事件が大川龍太郎に与えたショックは実に非常なものであった。彼はこの事件以来ほとんど喪神の態《てい》で数ケ月を過ごしてきた。

あれほどまでに愛し合った夫婦である。しかもかくのごとき惨劇のショックは、普通のものに対しても容易なものではない。まして大川のごとき、繊細なる神経の所有者である芸術家の場合に、このショックがほとんど致命的のものであることは誰しも疑うことはできまい。

あの惨劇以来、大川龍太郎は、残された一人の娘を妻の里にあずけ、家をたたんで、ぜんぜん一人となって、この病院にほど近きアパートメントに入ったのであった。

さなきだに作品を産出できなかった天才大川は、仇敵《かたき》米倉三造の盛名日に日にあがるのを見つつ、こうやって惨劇以来の半年を送ってきたのであった。

この惨劇が大川龍太郎のこのたびの劇薬自殺事件に関係なしと誰が言えよう。

さて話は再び黄昏《たそがれ》の病室に戻る。

室《へや》は追い追いと暗くなってゆく。

墓場のような静寂は突如大川によって、再び破られた。

「山本、山本……」

「何だ、大川、え？」救われたように山本が答えた。

「君一人か、この部屋は」

「ああ、いま言ったとおりだ、誰もいない」

「山本、君は永いあいだ僕の親友でもあり、また医者でもあってくれた。僕あ、深く感謝するよ」

「……」

「それでね、僕は今、僕の医者としての君と、親友としての君に聞きたいことがあるんだが……君、はっきり言ってくれるだろうね」

「どういう意味だい、それは」

「つまり僕は一生を賭けた問を君に二つ出したいんだ。その一つには医者としてはっきり答えてもらいたい。それからも一つのには、親友としてはっきりと答えてもらいたいんだ」

「うん、できるだけそうするようにしよう。何でも言ってみたまえ」

横たわれる大川の顔色には、犯しがたき厳粛な色が現れていた。佇《たたず》める山本の額には汗が浮きだしている。彼は大川がどんな問いを発するか、固唾《かたず》をのんで待ち構えた。

「医者として答えてくれたまえ。僕は助かりはしないだろうね。とても。もう今にも死ぬかもしれないんじゃないか？」

「……」

「いや、僕の聞き方が悪かったかもしれない。医者なるがゆえに、君はそれに答えられぬのかもしれない。それなら親友として言ってくれないか。僕はとても助からないんだろう？」

「ああ、けっして安心してはいけない状態なんだ。いつ危険がくるかもわからない場合なんだ。しかし、こんな状態で回復した例はいくらでもある。だから絶望とは言えない」

「ありがとう。けれど君は誤解している。僕は生きようと望んではいないんだ。死ぬなんてことは案外楽なものだぞ。生きよう生きようと努力するからこそ、回復する場合もあるだろう。しかし僕は生きようとは思っていない。だから回復することはない。も一度聞きたい。もし僕が遺言をするとすれば、今するのが適当だろうか。もっと延ばしておいてもいいだろうか」

「そうだね、それは君の勝手だ。しかし、するなら今しても差し支えないね」

山本は額の汗を拭いながら答えた。

「ありがとう。君の言うことは決定的だ、僕にははっきり分かる。僕は自殺を仕損じてから今まで、遺言を君に聞かせたいために、聞いてもらいたいために生きていたのだ。そうして君から聞きたいことがあるために生きていたんだ」

「よし、聞こう。言いたまえ。しかし疲れないように話したまえ。君の生命《いのち》は、それを言い終わらぬうちになくなるかもしれない場合なのだ」

大川が今度は黙った。

沈黙がしばらく続く。部屋はもう闇になりかかっているのに、山本は電気のスイッチをひねるのを忘れていた。

「君は、僕がなぜ自殺をしようと計ったか、そのほんとうのわけを知っているか。……僕はこの数ケ月、毎晩死んだ妻の亡霊に悩まされつづけていたんだ」

「あんなに愛し合っていたんだからなあ……」

「いや、そういう意味ではない。殺された妻の死霊に呪われつづけたのだ」

「どうして?」

「どうして? では君もやはり、世間と同じことを信じているのか。山本。僕は何度妻を殺そうと思ったかしれないんだ。そうしてあの恐ろしい夜のあの出来事は、たとい僕が自分で手を下したのでないとは言え、僕に十分の責任があるんだ。山本、僕は強盗に妻を殺さしたのだよ。僕は僕の妻が強盗に殺されるまで、黙って見ていたんだよ……」

「大川、俺には君の言うことが信じられない……」

「だろう。そうだろう。しかしほんとなんだ。僕はすべてに敗れたんだ。仕事の上でも、恋愛の上でも! 僕は君が今なお独身でいることを祝福する。僕は結婚というものがあんな恐ろしいものとは、想像もしていなかった。

僕と蓉子とは結婚した。だから僕は敗れたんだ。もしあの時、米倉と蓉子と結婚していてみろ。おそらくは僕が勝ったに違いないんだ。

僕は初め勝ったと思った。少なくも恋の上では! 勝って蓉子を完全に得たと信じた。

そう信じて半年ほど幸福に暮らした。しかしその幸福は六ヶ月ほどたった時、永久に失われてしまったのだ。僕は蓉子を完全に得ているかどうかということを疑いはじめた。そう思った時、既に僕には幸福というものはなくなってしまったんだ。蓉子も初めは僕を愛した。しかし、はたして蓉子は人間としての僕を愛していたのだろうか。

米倉の盛名が輝くにつれ、蓉子の瞳も輝きはじめた。僕は妻を疑いはじめた。蓉子がいつまでも僕を愛しきっていかれるかを。

結婚！　人は結婚を愛の墓場だとか恋の墳墓だとかいう。そう思っておられる人々はなんと幸福だろう。結婚は平和な墓場ではない。静かな休息所ではない。結婚は恐ろしき呪いだ。

これは僕の生まれつきの性格から来ているのか、あるいは僕が、米倉という恋の競争者をもっていて、それに一度打ち勝って妻を得たという、そういう特殊な場合だったからかもしれない。が、いずれにせよ、僕は結婚したことによって、ますます心の不安を感じなければならなかったのだ。

結婚すれば蓉子を完全に得られる――彼女の身体《からだ》もそうして心も、全部を！　こう考えていた僕は何という馬鹿者だったろう。僕ははじめこそ、それを二つながら得たと思った。しかし、結婚して自分の妻としての蓉子をはっきり眺めた時、僕はいかにして完全に永久に愛し合っていかれるかと思いはじめたのだ。

僕は自分の手に入れた妻が、果たして永く僕の手の中にいるかどうかを疑いはじめたのだ。

僕は多くの夫を知っている。彼らが幸福そうに妻と並んで歩いているのをしばしば見かける。僕は彼らのように暢気《のんき》に生まれてこなかったことを恨みに思っている。彼らはみな自分の妻を独占していることによって、その身体《からだ》を独占していることによって慰められている。妻の気持ちには少しも考慮を払うことなしに！

彼らの妻のある者は常に不平を抱いているだろう。ある者は諦めているだろう。幾人がほんとうに夫を愛しきっているだろう。僕の場合にはそれは考えても堪らないことなのだ。僕は妻の身体を独占していると同時に、妻から愛しきっていられなければ一日でも安心して生きてはいられないのだ。こういう僕にとって、結婚ということはなんと呪わしいことであったろう。

結婚の当初、蓉子は僕を尊敬し、かつ愛した。それはたしかだった。しかし愛に眩《くら》まされた僕は芸術の精進を怠った。僕はそれは感じていた。けれど僕は自分の仕事の全部を失っても蓉子に永久に愛されきっていたら、それでいいとすら考えた。

この考えこそ、いかなる意味からでも呪われてあれ！　僕の仕事が衰えると同時に蓉子の僕に対する信頼と愛とが衰えはじめたのを僕ははっきりと感じはじめたのだ。蓉子は、はたして僕を、人間としての僕を愛していたのだろうか。

その頃の僕の苦悩は二時間や三時間でここで今しゃべりきれるものではない。発表しうるものでもない。しかも僕の生命《いのち》は、いま君の言ったように、今にも終わるかもしれないのだ。言いたいことをすっかり言いきらぬうちに死ぬかもしれない僕なのだ。

だから僕はもはや長たらしい詠嘆をくり返すことをやめよう。要するに僕はまず第一に蓉子の心が僕から離れてゆくのを感じ、しかもそれに対してどうすることもできない僕を見出だしたのだ……僕は蓉子の心を信じきれなくなったのだ。……」

大川はこういうと突然、起き上がろうとした。

石のようになって聞いていた山本は驚いてこれを制した。

「大川、落ちついてくれ。俺ははっきり聞いているんだから」

こう言いながらそばの水さしをとって大川の口の所にもっていった。大川は二口ほど水をうまそうに呑んでまた語り続けた。

「蓉子が僕を愛しきっていないということが分かってから、僕はどんなに苦しんだろう。そのうえ仕事はだんだんできなくなってくる。ところで米倉はますます成功してゆく。蓉子はしばしば僕と結婚したことを後悔しはじめたような様子をさえ見せはじめた。ところが、山本、僕はこの上さらに惨めな目にあわなければならなかったのだ。僕が今まで言ったことは、ただ心の問題ばかりだった。人によっては呑気にくらしていかれることだったのかもしれない。ところがどうだ。僕は結婚後一年ほどたってから蓉子に不思議な挙動のあるのを見出だしたんだ」

「何？　なんだって？」

「妻としてあるまじき振る舞いだ。けしからん挙動だ」

「と言うと?」

「君にはまだ分からないのか。妻としてあるべからざる振る舞いだよ。……つまり、僕は蓉子を身体の方面でも完全に独占してはいないということを見出だしたんだ」

「……」

「君はまさかと思うだろう。驚いたろう。しかし事実なんだからね。蓉子はしばしば僕の留守に自分も出かけるようになりはじめた。たとえば、君に身体《からだ》を診《み》てもらうというようなことを言っては出かける。そうして君にあとで聞いてみると、またはそのとき君の家へ電話でもかけると、それは嘘だったということがすぐわかったんだ。……蓉子の奴、身体まであいつに任せたんだ」

「あいつとは誰だ?」

「むろん米倉三造さ」

「奥さんがそんなことを言ったかい?」

「馬鹿! 君は蓉子を知らないのか。あいつそんなことを白状するやつか。あの女はね、通常以上の女だぜ。女房をほめるわけじゃないが、あいつは人間より何より芸術を愛する女なんだ。頭もいいし口もうまいんだ。質《ただ》したところで白状なんかする奴じゃない。だから僕は一回だとて、そんなはずかしい質問をしたことはないよ」

「それじゃ奥さんがけしからんことをしたかどうか、だいいち疑わしいじゃないか」

「君は法律家のようなことを言う。それが怪しいと考え感じたくらい、たしかなことはないじゃないか。しかも相手は米倉以外に誰が蓉子に愛される資格があるか。君、僕のいうことは無茶のようかもしれない。しかし、夫としての直観を信じたまえ、そうして僕が芸術家としての直観を。直観といっていけなければ本能を！」

「……」

「明らかに言えば、僕は妻の挙動が怪しいことを感じた。しばしばいい加減なことを言って家をあけることを知った。これで十分じゃないか。ある口実を構えて蓉子が出かける。調べてみると（卑劣なことだが僕は調べたよ）まったく嘘だ。これだけの事実は、検事には不十分かもしれない。しかしわれわれには妻の不貞を信ぜしめるに十分じゃないか。

その上、平生の蓉子の口に現せぬ態度等を考えれば文句はないんだ。しかも相手は蓉子が僕の前でさえ時々賞讃する米倉以外の誰であり得るんだ？」

「僕は夫になったこともなし、芸術家でもないゆえかもしれぬが、君に急には賛成しにくいね」

「けれど僕だとて、空想や邪推ばかりしていたわけではないんだ。ことに蓉子の身体に異状がきてからは、かなり冷静に考えたのだ。

君はおぼえているだろう。蓉子が妊娠したことを。君に診断してもらいにくる前に、僕が君を訪ねたことを。あの時、僕は君に、いったい僕は子供を作り得るかどうかを聞いたはずだ。かつてある種の病気を君に治療してもらった経験から、君にはその判断がつくと思ったのだ。

妻が妊娠した時、それが果たして自分の子かどうかを疑わねばならぬ夫ほど、不幸なものが世にあろうか。しかも僕はそれを疑ったのだ。だから君にはっきり聞いたのだ。ところが君は、

『できぬことはないだろう』

というような生ぬるい返事をした。恥ずかしい自分の立場をかくすためには、強いてそれ以上きくことができなかったのだ。しかし僕はあの時の君の返事を否定と解釈している。だから妊娠した時、僕の疑いはまったく確実だったもののように思われたのだ。

ああ、しかし、さっきも君に言われたとおり、証拠のないのをどうしよう。君の答えもあいまいなものなのだ。僕の子かもしれないのだ。僕はこうやって妻が妊娠してから約二年あまり苦悶《くもん》に苦悶を重ねてきたのだ。

どうにかして証拠を捕らえたい、こう念じたが、蓉子は完全に自分の行為をかくしていた。僕はさらに君以外の医者に自分の身体《からだ》を診《み》てもらおうかとも考えた。しかし一方から思えば、久子が僕の子でないことが分かったからとてあとはどうなるんだ。蓉子を知っている僕は彼女が素直に自白するとは信じなかった。いや、たとい自白したところでどうするんだ？

もし蓉子が米倉を愛していると自白したらどうなるのだ。久子が米倉の子だということが分かったからとて幸福になるのか。法律はもちろんある結果をつけてくれるだろう。けれど、法律がどう解決をつけようが、この深刻な問題が少しでもよくなるのか。山本。妻

を奪われた夫は一体どうすればいいんだ！」

「……」

「誰でも考えるだろうが、一番はじめ僕の頭に浮かんだことは、妻と男をいかなる手段ででもやっつけることだ。けれど僕は米倉と自分とを比べてみた。もし何らかの方法で米倉をやっつけるとすれば、世間はどう思うだろう。何も知らぬ世間は、彼の盛名に対する僕の嫉妬だとしか考えぬであろう。そう思われることは堪えられないのだ。

それに、実に矛盾した考えだが、直観は直観としても、僕はどうにでもして米倉が姦夫であるという確信と証拠を得たい気がしていたのだ。僕は苦悶した。蓉子にも米倉にも何も言わず一人で苦しんだんだ。結局救われる道は一つしかない。芸術に精進することだ。そうして米倉の盛名を一撃に蹴落としてくれることだ。そうすれば米倉に対して立派に復讐もできるし、蓉子もまた再び僕のものになるに違いない。

こう決心して僕は終日ペンをとった。しかしもう駄目だ。僕はだめだ。何もできぬ、何も書けない。僕は再び絶望の淵に沈んだ。こうやってとうとう昨年の夏までできてしまったのだ」

「そうか、そんな事情があったのか。僕は少しも知らなかった」

山本はこう言ったが、それはまるで作りつけの人形が、機械で物を言っているような、きわめてうつろな調子であった。

「僕の家庭はほとんど家庭をなしていなかった。僕と妻とはお互いに終日物を言わないでいる日の方が多くなってきた。もういてもいられないという時になった。蓉子もいよいよ僕を見捨てる決心をしたらしい。蓉子は夫として、芸術家としての僕にとうとう愛想をつかしてしまったのだ。

たしか昨年の九月の十日頃だったと思う、蓉子が不意に僕と別々に生活してみようと言いだした。もう一度舞台に立ちたい、というのが表面の口実なのだ。僕はおとなしくそれを聞いていた。そうして何も答えずにおいた。翌日になると蓉子は、もうその問題を出さなかった。だから表向きはきわめて平和にその時は過ぎてしまった。が、僕の心の中は嵐のようだった。

蓉子が同じ問題を再びまじめに提出したのは、昨年の十月十九日、すなわちあの事件のちょうど前夜なんだ。蓉子はその時、自分のことをはっきり僕に言った。僕は確信を……」

「何？　はっきり言った？」

「うん、十九日の夕食過ぎだ。蓉子がまた改まって、僕に別居問題をもちだしたんだ。もう堪えられなかった。僕はこう聞いてやった。

『お前が俺と別れようというには、他に理由があるんだろう。たいてい俺も察している。はっきり言ってくれないか』

するとと蓉子はこう言うのだ。

『あると言えばあることはあるんです。けれど、そんなことお聞きになったって仕方がありませんわ』

僕はこれを聞いてかっとなった。

『馬鹿！　俺を盲目《めくら》だと思ってやがる。いったい久子は誰の子だ！』

『何を言ってらっしゃるんです』

蓉子はこう言うと黙ってしまった。山本。これがほんとに僕の子ならすぐ答えるはずじゃないか。蓉子が何も言わないのは、いや、言えないのは、久子が僕の子でないという証拠じゃないか」

「それからどうなったね？」

「僕はあまり不愉快だったから、黙って自分の部屋に戻ったんだ。そうして割れるように痛む頭を押さえて、机に向かって、どうかして心を落ちつけようと努力した。

そのうち蓉子も黙って床《とこ》を敷いていた。僕は夜、そばに人がいては仕事ができないので、妻子の隣室で寝ることにしてある。それで自分も蓉子に床をとらせて黙ったまま床に入ったのだ。それがちょうど十九日の十時頃だったろう。

さすがに蓉子もすぐは寝つけなかったらしい。僕はしばらく床にはいっていたが、到底そのまま眠れぬので、また机に向かっていろいろ考えにふけったが、結局、蓉子を殺そうという決心しかもち得なかった。

そうだ、この苦悶《くもん》から逃れる方法は、ただ蓉子を殺すより他にはない、そうして自分も死ぬことだ、とこう思って僕は、ただそればかりを考えて、押し入れからかつて僕が外国にいた友から贈られたピストルを取りだして、弾丸《たま》を調べはじめたのだ。

山本、君は人を殺すということがいかに難しいことか、少しでも考えてみたことがあるか。あらかじめ計って人殺しをするということは、悪魔でないかぎりできるものではない。僕はあの夜あれだけの決心を堅め――おまけにその決心までくるのに二年あまりもかかったんだが、その深みある決心にもかかわらず、僕がピストルを手にとった時、既にその決心がにぶりはじめたのだ。

今でなくてもいい。あしただっていい。こう考えて僕はピストルをおいた。そうしてしばらく悶《もだ》えたが、やはりピストルを手にとることができず、それを枕元においたまま床《とこ》に入ってしまったんだ。

非常に興奮した後には非常な疲労がくる。夜半の一時頃に僕はすっかり疲れきって寝入ってしまった。どのくらい寝入ったかおぼえはないが、不意にささやきのような声がきこえる。なかば起き上がった時、隣室から明らかに男の声がきこえた。

僕は全身の血が一時に燃え上がるように感じて、いきなり枕元のピストルをとると、できるだけひそかに襖《ふすま》の端をあけて見た。

いくらあわてていたとは言え、蓉子がどんな女であろうと、夫の寝ている隣室に男を入れるはずのあるものでないくらいのことは、すぐに考え浮かぶべきなのだが、実際その時の僕は怒りに燃えていたのだった。

しかし、さすがに、襖を開けて隣室をのぞいたとたん、僕はあっと危うく叫ぶところであった。

たのだ。蓉子の枕元にはスタンドがおいてあって、彼女が寝つくとき一燭光にしておく習慣だったので、その光でおぼろに不思議な光景が目に入ったのだ。なかば寝ぼけたような蓉子が、半身を床の上に出そうとしている。その夜具の上に半分覆面をした大男が出刃庖丁をつきだしながら、小さい声で何か言っているのだ。

僕はすぐ強盗だなと感じた。いくら僕でも毎日の新聞で近頃の物騒さはよく知っている。すぐに飛び込んでやろうと身構えした時、男が不意に右手の出刃庖丁をつきだすと同時に

『静かにしろ。早く金を出せ』

と言うのが聞こえた。それに対する蓉子の態度を、僕は実に不思議なように感じたのだ。あんなに平生しっかりしていて、どんなことをも恐れない蓉子が、まるで気を失ったように恐怖の色を現しているのだ。

僕がどんなことをしたって、たとい彼女を殺しにかかったところで、彼女は敢然と首を延ばしたであろう。それがどうだ、その男に金を出せといわれると、魂がぬけた人のように真っ青になってぶるぶる震えはじめたんだ。

スタンドの電気が、僕のいる方にきていないのを幸い、僕は黙ってこの不思議な有様をながめていた。すると賊《ぞく》はまたまた押さえるような声だ。

『早くしろ！　しないとこうだぞ！』

と言ってやにわに右手の出刃をひらめかした。

僕が思わずあっと叫ぼうとする前に、早くも蓉子は絹をさくような悲鳴をあげた。すると

賊は非常に狼狽《ろうばい》したさまを現したが、いきなり蓉子にとびかかって首をしめつけたんだ！」

不意に山本が尋ねた。

「出刃庖丁は？　出刃庖丁は使わなかったのか」

「出刃か？　うん、それを投げだしていきなりとびかかったんだ。ところがそれを見た僕は驚くべきほど落ちつきはじめたんだ。

そのとき僕の頭に、突然、恐ろしい考えが浮かんだんだ。蓉子はいま殺されかかっている。その蓉子を、数時間前にはこの俺が殺そうとしたのじゃないか。よし。僕が手を下す必要はない。時は今だ。賊をして決行せしめよ！　責任は賊にゆく。よし、自分の空想した殺人行為が、いま眼前《めのまえ》で遂行さるるのを見よ！

僕は鐘のように打つ心臓の鼓動をおさえつけながら、ピストルを握りつめてその有様を見つづけたのだ。

蓉子は何か叫ぼうとした。そうして顔をあげた。僕はその時の蓉子の顔をけっして忘れない。充血した顔の色、無理に開いた眼、ひっつれた唇、そうして痙攣《けいれん》してふるえながらも、猛獣のような男の両腕にからみついたその二つの手！

この抵抗にあった賊《ぞく》は野獣のようになって、両腕にいっそう力を入れるかと思うと、蓉子はいきなり後ろに倒れ、つづいて折り重なって賊もその上に乗りかかった。彼は素早く顔から布をとって、もう息が止まっているらしい蓉子の口におしこもうとしている。

恐ろしい地獄のような数秒間だった。しかし同時になんという素晴らしい数秒間だったろう。僕は心に願ったことが、いま立派に行われたのを見たのだ！

『今だ、今こそ逃がしてはいけない』

僕はそう思って襖《ふすま》をあけるや否や、脱兎《だっと》のごとく賊のそばにいった。彼がまだすっかり起き上がれないうちに、いきなり第一発をその右胸に撃ち込んだ。ひるむところをその右《みぎ》額《びたい》めがけて第二発を発射したのだ。むろんやり損なうはずはない。賊は立ちどころに即死してしまった。

泣き叫ぶ久子、この呪うべき久子をそこに転がしたまま僕は表に飛びだした。そうして泥棒泥棒と叫んだわけなのだ。

僕の望みは見事に遂げられた。そこにはただ百分の一秒位の時の差があるばかりではないか。賊が蓉子を殺した後、僕が賊を殺したかその最中に殺したか、誰が知ろう。……見たまえ、世人はまったく僕が力及ばずして妻を死なしたと思っている。……嗤《わら》うべきではないか。僕は力及ばずどころではない。故意に妻を死なせたんだ。

山本、これがあの夜の恐ろしい出来事だったのだ」

大川は一気にこう言ってしまうと探るような目つきで山本をながめた。

夕闇はきた。部屋はまったく暗くなった。闇の中に二人は相対している。

聞き終わった山本が突然、病人のそばにおいてある水をぐっと呑んだ。そうして言った。

「恐ろしい話だ。恐ろしい事実だ。……しかし君が死ぬ気になったのはどうしたのだ」

「さ、そこなんだ。僕は君に言おうとしているのは。いいか？　僕のいうことは矛盾だらけかもしれない。しかしその矛盾だらけなのが人間の心なんだから了解してくれ。

僕はああやって妻の殺されるのを見ていた。否、妻を殺さした。これが法律上どういうことになるかは知らない。しかし道徳上ではじゅうぶん責任を負うべきこと疑いない。ところで僕は、妻の死ぬのを見てから、しばらくは向こうのやったことに少しも悔いを感じなかった。けれどもあれから十日ほどたつと、またまた深い苦しみに襲われはじめたのだ。

僕はさきにも言ったとおり、芸術家の直観を信じた。夫としての直観を信じた。証拠をあざわらった。けれど、妻の死後……ことにあの断末魔の妻の顔を見てから、自分の疑いがまったくの邪推ではなかったかと思いはじめたのだ。

もし蓉子がほんとに僕を愛していたなら、もし久子がまったく僕の子だったなら？　僕はどうすればよいのだ？　僕はとんでもないことをしたのだ。罪なき妻を疑っていたのだ。あのいとしい蓉子を疑っていたのだ。しかも僕は——おお僕こそ呪われてあれ！　あの野獣のような凶賊《きようぞく》に妻を惨殺さしたのだ、僕のこの両眼の前で！　しかも救うことができたのに!!!

蓉子が僕と別居しようと思っていたことは明らかだった。しかしそれが不貞ということになるだろうか。僕は取り返しのつかぬことをしてしまったのだ。

こう思ってから僕は久子と暮らすのが堪えられなくなった。まず久子を妻の親にあずけて一人で暮らすことにした。ところが毎夜のように断末魔の妻の顔が見えるのだ。僕がまちがっていたか？　こう悩みつづけて半年は生きてきたのだ。けれども僕にはもう生は堪えられなくなったのだ。妻は地獄にいる。僕に陥《お》とされたんだ。恨め！　恨め！　僕も地獄に行く！

こういう決意をしてから僕はたびたび死ぬ時を狙《ねら》った。そうしてついに決行したのだ。……蓉子が不貞であったろうとそうでなかったろうと僕には生きてゆかれないのだ。……僕はもう死ぬ、しかし最後に君にはっきり聞きたい！　君の奉ずる聖なる科学の名においてはっきり聞く、僕には子を作る能力があるのか。久子はたしかに僕の子だろうか？」

そこには不気味な沈黙がまた襲い来った。闇の中でも大川の苦しげな呼吸ははっきりと聞かれ得る。しかるに、大川よりいっそう興奮したらしいのは山本であった。彼は医師としての己を忘れたように見えた。彼は自分が病人の前に立っていることをすら忘れたかのように見えた。とつぜん山本はベッドのそばに近づいて、大川の右手をつかんだ。山本の手はなぜか震えている。絞るように山本が言った。

「大川、よく聞いてくれ。君の生命《いのち》はもう危ないんだぞ。死ぬまぎわになってそれだけの重大なことを聞くのに、君はなぜ本当のことを言わないんだ？　君は妻を殺されるのを見ていたと言った。君は妻を賊に殺させたと言った。しかし君は自分が妻を殺したとは言わない。なぜはっきり言わないのだ？　大川！　君は賊を第一に殺して、それから妻を殺したんだろう!!」

言う方も聞く方も必要だった。つかまれた大川の手もつかんでいる山本の手も、ぶるぶると音をたてるまでに震えた。

「大川、僕は君に何でも言う、だから君も最後にほんとうのことを言って死んでくれ！」

氷のような静寂を破って、大川のふるえをおびた、わりに落ちついた声がひびいた。

「そうか、君は知っていたのか。僕がわるかった。僕がわるかった。死ぬ前なのに僕は何ということだ。僕が殺したのだ。僕が蓉子を殺したのだ。間違いはないほんとうのことを言うから聞いてくれ。

あの夜、僕は一時頃に床《とこ》に入った。しかしどうして眠れよう。ピストルを出して妻を殺そうかどうしようかと迷っていた僕だ。僕は寝返りばかりしながら床中《とこなか》で悶々《もんもん》としていた。ところが三時頃だったろう。台所の方で妙な音がするのだ。しかし頭の中に悩みを持っていた僕は、音のするのを聞いてはいながら少しも怪しいとは思わなかった。そうしてどうして蓉子に復讐してやろうか、どうして彼女を一人で永久にもちつづけられるかを考えていたのだ。

僕が物音をほんとに聞きはじめたのは、蓉子の寝ている室《へや》の次の間でみしみしいう音を聞いた時だ。強盗だな！　と近頃の強盗騒ぎにおびやかされている僕は、すぐに感じた。いきなりピストルを手にとって、僕はそーっと襖《ふすま》に忍びよったのだ。

ちょっとばかり襖をあけたとたん、蓉子の寝ている裾の方の襖がするすると開いて、覆面をした男がぬっと首をつきだした。次の瞬間には出刃庖丁らしいものをもった大の男が、寝ている蓉子の裾のところに突っ立っていた。

法律がどんなことを言おうとも、深夜、人の家に刃物をもってはいってくる奴を殺すことは、正しいことだと僕は思っていた。否、いまでもそれは信じている。

パッと襖を開くや否や、僕は賊《ぞく》の右側からいきなり一発を発射した。あっと言って賊がよろよろとするところを、僕は飛鳥のようにとびだして狙《ねら》いをつけながら、ピストルを賊の顔につきつけて第二発をその額に撃ち込んだ。見事に命中すると同時に、賊は何の抵抗もなし得ずに倒れたのだ。戦いは実に簡単だった。

この物音に蓉子も久子も目をさました。もしこの時、蓉子が、僕の奮闘を感謝してくれたなら、あんなことにならずにすんだろう。目をさました蓉子は驚いて、

『あなた、どうしたのです』

と聞く。僕は倒れた賊をさしながら、

『泥棒がはいったんだ。やっつけたよ』と答えた。すると蓉子は床《とこ》の中からはいだして、賊のそばにするすると寄って、その血の出ている有様をながめたり、額に手をあてたりしていたが突然、

『あなた、殺しちゃったのね。……泥棒を』

『そうさ、かまわないさ』

『大変よ、いくら泥棒だって殺しちゃわるいわ』

この答えは、否、非難は、何という不愉快なものだったろう！　もし僕が殺さなければ、そういう貴様が今ごろ何されているか分からないじゃないか！　僕はかっとなった。蓉子

の顔をにらみつけた。この瞬間、賊の死体と蓉子の顔を見くらべているうちに、僕はたちまち非常に有効に利用さるべき機会がきていることに気がついた。

よし！ 今だ！

いきなり僕は蓉子にとびかかった。そうして驚いて何もする術《すべ》さえないうち、両腕に全身の力をこめて蓉子の首をしめつけた。

蓉子は叫ぼうとした。しかし声がつまっていた。けれど蓉子は自分がどうされようとしているかはっきり知ったらしい。おお、あの時の断末魔の顔！ 僕をにらんだあの眼！ 呪いをあびせようとしたあの唇!!! 僕の頭から消え去らぬのはそれなのだ。

蓉子はたちまち息絶えた。僕はすばやくたんすの引き出しをあけたり、そこらのものをちらかしたりした。賊の手から出刃をとってそばに投げすて、その死体を蓉子の死体の上にのせ、覆面をとって蓉子のくいしばった歯をおしあけてそこへつめこんだ。これらのことは電光のごとく行われた。なぜならば、ピストルの音をきいて、誰か来はしないかという考えがあったから。

こうやって万事にぬかりはないと信じてから、泥棒と叫んで表にとびだしたのだが、意外にも早く、夜警の男に出くわしてしまったのだ。僕はすぐに筋道のたった話をしなければならない。十分に考えきってなかった僕は、やむを得ずわざとそこへひっくり返ったのだ。こうやっている間に頭を冷静にして、警官に対する申し立てを考えはじめたのだった。

僕が申し立てようとすることに、不自然なところは少しもないはずだ。立派に泥棒が押し入っている。しかも出刃庖丁をもって入っている。それを僕が殺すことは不思議はない。なぜならば妻が殺されているからだ。

僕はすっかり安心した。そうしてはっきりと筋道をたてて申し立てたのだった。ただたった一箇所、犯罪事件に関しては、まったくの素人の僕が心配した点がある。

それは賊《ぞく》が出刃で、妻をおどかしている最中、妻が悲鳴をあげたとすると、賊が持っている出刃を使用する方が自然じゃないかと思われたのだ。しめ殺すとすれば、出刃庖丁をほうりださねばならないわけなのだ。そういう場合、強盗は実際どうするか。出刃を投げだしてしめにかかるものだろうかどうかという点だった。

ところが係官は見事に僕の言うことに乗せられてしまった。おそらく判事も検事もその道にかけて玄人《くろうと》だから、かえってだまされたのではないかと考える。実際そういう場合があるのだろう。彼らの経験から推《お》して、僕の言うところに不自然さがなかったためだろう。見事に通ったのだ。

ところが君には僕の嘘が分かったね、君にさっき出刃のことを聞かれた時はいやな気持ちだったんだ。おそらく君はあの点から疑ったのだろうが、それはやはり君が僕同様に素人だからだよ。

これで僕の言うことは終わった。さあ聞かしてくれ、さっき僕の聞いたことだ。僕は妻を殺した。しかし妻は不貞ではなかったのだろうか」

もし部屋が明るかったら、山本の顔色は瀕死の大川にも増して、死人の色を呈していることが認められたろう。ごくりと唾をのんで山本が言った。

「君はどっちの答えをのぞんでいるのだ。君の妻が貞淑《ていしゅく》だったと答えたら、君は安心するのか」

「ああ、たまらない。貞淑な妻を疑って惨殺したとは！」

「では不貞だったと答えれば、君は満足できるのか？　久子が君の子でないと分かれば！」

「ああ、不貞だったとしたら！　それもたまらないんだ。ああどうしたらいいのだろう僕は！　しかししかしやはり聞きたい！　聞いてから死ぬ！　僕は子を作れるのだろうか。久子は僕のほんとの子だろうか？　それに君は蓉子によく会ってあの女の気持ちをよく知っているはずだ。医者として、親友として答えてくれ！　答えてくれ。

……僕は君の頭を信ずる！　君の言うことを信じる。君は何もかも知っているはずだ。僕の言葉のわずかの不自然さから、僕の嘘をあてた君だ。……しかし、それにしても僕の殺人の動機までは知らぬはずの君が……？」

とつぜん激しい咳が大川を襲った。啖《たん》がのどで鳴った。明らかに大川は断末魔に迫っている。

死人のような山本は、しかしおっかぶせるように大川の手をとって耳に口をよせながら叫んだ。

「今こそほんとうを言おう！　大川！　君には子はできないわけなのだ。だから久子は君の子であるわけはない。君の感じは正しかったんだ。君の直観は正しかったんだよ！

大川、もう一つ言う、言わなければならない。君の夫としての直観は正しかったのだ。しかし全部が正しくはなかったのだよ。……僕は君が蓉子を殺したことを知ったのではない。また推察したのでもない。君は夫として芸術家としての直観と言ったね。しかし僕のは……僕のは、恋人として、愛人としての……」

ここまで夢中になって語ってきた山本は、この時はじめて大川の異状に気がついた。医師としての観念が彼を支配した。彼はいきなり電気のスイッチをひねった。照らしだされたベッドの上に、彼はもはや永久の眠りに入っている大川龍太郎を見出だしたのであった。

山本ははじめて友人の死体と対話していたことに気がついた。山本の最後に言った言葉がどこまで大川に聞こえたか疑問である。しかし大川が聞かずに死んだとすれば、二人にとって幸福であったろう。なぜならば、山本正雄の語った言葉、そしてさらに語ろうとした言葉は地獄からでなければ聞き得ず、また地獄に陥《お》ちなければ語り得なかった事実であったであろうから。

＊　＊　＊

黄昏《たそがれ》の告白はここで終わる。

しかし次のことを一つつけ加えておかないのは事実に対して忠実ではなかろう。

大川龍太郎の死後、彼の一代の傑作は新しき表装のもとに再び出版され、親友たる山本正雄はその出版に全力をそそいだ。

大川の遺児久子は、大川の親友山本正雄によって育てられることになったが、大川の作の出版その他が完全にすんだ時、山本正雄はある日その家で久子の過失からとつぜん変死したことが発見された。

大川の遺品のピストルが山本によって愛蔵されていたのを、幼い久子がいつのまにかもて遊んでいるうち、過って引き金に手がふれて発射し、一発のもとに頭を撃たれて即死したものである。

しかしこのことを信じない人もかなりある。四歳の女児によってピストルがたやすく発射されないということを知っている人たちは、少しもこの話を信じてはいないだろう。が、なぜに山本が自殺したか。これを知るものはおそらくは一人もあるまい。

富士妙子の死

「どうしたんだろう。あのくらいはっきりと約束したんだから、来ないはずはないわ。何か用意がまだできないのかしら……それにしても坂田さんの方から言ってきた時間なんだから、間違いはないわけなんだけれど……」

夕闇がだんだん迫ってくる省線M駅の出口の辺りに佇《たたず》んで、富士妙子《たえこ》はこう独り言《ひとりごと》ちた。郊外の、まだあまり開けない小駅である。電車の着くごとに降りる客はいくらもないのだから、いくらあたりが暗くなったからとて、彼女が坂田種雄《たねお》の姿を見逃すはずはないのだ。

妙子は暮れこむ秋の郊外に立ちながらも、いまさら今日の会合のおそろしさを考えた。「朝《あした》に夕べに聖賢の道をとく小学教員たる自分が、同じ学校に教鞭をとる坂田とこんな関係に立ってしまって……もし世間に知れたらどうしよう。今まで品行について、いささかの噂も生まなかった自分が、半年ほども前から甘い恋に酔っていたと知れたなら！

いいえ、教師だとて人間なのだ。教育家ではあるけれど、自分はまだ二十歳という、女としてはいちばん喜ばしい若さにいるのではないか。それが恋をするのが不思議だろうか。恋をしたからといって、世間から非難されなければならないのだろうか。そんな馬鹿げた話が……」

こう感じて妙子は、なんとなく勇気づけられたような気もしたが、しかし、今宵の約束を考えては慄然《りつぜん》とするのを感じないわけにはいかなかった。

「だのに私はいま何をしようとしているのだ。坂田に対していつかあの話を打ち明けた時、坂田ですら迷っていたではないか。それを、いかにせっぱつまった境遇にあるとはいえ、世に出でんとする生命《いのち》を……」

こう思った時、妙子は堅い堅い決心にもかかわらず、目がくらめくように感じたのである。


富士妙子は××小学校の女教員であった。

きわめて厳格な家に彼女は生《お》い育った。軍人だった父親は早く戦死して、あとは母の手一つで養育されたのだったが、母親がまたたいそうしっかりした女で、自分の手一つで貧しい一家を支える傍ら娘に教育を受けさせたので、妙子は自分が学校を出ると直ちに教員として世に立つという決心をして、××小学校に勤めるようになったのである。

教員として数年、富士妙子は模範的教員と謳《うた》われ、児童からは親のごとく親しまれ、校長からは子のごとく信頼された。

母親も我が子の立派なつとめぶりには大喜びで、もはや望むところはよき養子をして早く孫の顔が見たいということだけであった。

その妙子は実は十ケ月ほど前から、同じ学校の教員坂田種雄と人知れず離れがたい関係に立ってしまっていたのである。

坂田種雄は二十六の青年である。故郷は大阪で、苦学の末、小学教員の資格を得て、十ケ月ほど前に××小学校に転じてきた。至極、明るい、気持ちのよい青年だった。だから、妙子が坂田に恋したから、といっても、また彼らが人知れずよい仲になってしまったといっても、必ずしも不思議なこととは思えないのである。

妙子の知っているかぎりでは、坂田種雄は大阪の生まれで商人の息子なのだが、彼が中学の時に父親が失敗してしまい、彼も中学を退かねばならなかった。その後いろいろ故郷で職を見出だしたが成らず、数年前に上京して叔父の世話で学校に通ったといっても、ほとんど独学苦学の有様だった。

妙子にはこの健気《けなげ》な種雄の奮闘、その気の毒な立場などが同情せられてならなかった。妙子の好意は種雄にも直ちに容れられた。二人とも生まれて初めての恋だった。彼らはただ花に狂う胡蝶《こちょう》のように、すべてを忘れて恋のうま酒に酔った。

ところが、二人は、人目よりももっと恐るべきものにぶつかってしまったのである。それは「自然」が二人の行為に対して、とうぜん報いるはずの事柄だった。

妙子の身体《からだ》は四ケ月前から異状を現してきたのだった。彼女の驚きは言うまでもなかった。元より妙子は自分が妊娠しうる場合をおぼろげに考えてはいた。いたけれども、それはただ想像だけに止まっていたのだ。甘き恋のささやきと楽しい抱擁に酔いしれていた彼女は、いまさら、厳粛な事実の前に立ちすくまなければならなかったのである。

妙子は最初自分で変だなと感じた時すぐに坂田に話した。しかし坂田は信じなかった。

また信じまいとした。次いで妙子がいよいよ確実なことを訴えたとき坂田は狼狽《ろうばい》した。そうして二人はただ途方に暮れるより仕方がなかったのである。

作者はここで坂田種雄について一言述べておく必要がある。彼は大阪のある砂糖屋の一人息子に生まれた。彼が学校に行っていた頃は家産も相当にあったので、親は彼に立派に大学の教育を受けさせるつもりでいた。

ところが種雄が中学四年の時、父は株に手を出して家産をまったくつぶしてしまった。種雄は不幸にも中学を半途で退かねばならなかった。それからすぐに彼は奉公に出された。呉服屋に二年ほどいたけれども、思わしくなくてやめた。次いで京都のある薬種商《やくしゅしょう》に奉公して薬剤師の見習いをしていたが、これも一年半ほどして辛抱ができなくてやめた。

次いでまた大阪に戻って染物屋に住み込んだが、ここでも二年と続かなかった。両親も困っていたところへ、東京へ出ていた種雄の叔父がようやく安定の生活に入ったので、種雄に上京させたらどうかという便りがあった。父母はもちろん渡りに舟と大喜びで彼を叔父の手元によこした。

上京後の彼は奉公口を探さないですんだ。叔父の世話で学問をすることができた。しかし元より叔父だとて、彼に高等教育を受けさせる余裕はない。しかし種雄は上京を期として非常に真面目になった。勤勉になった。そうして二年ほど前に、小学教員の免状を得て、未来の国民を教育するという重大な、しかも光栄ある職務につくことができるようになったのである。

彼が××小学校に転じたことがすべての不幸の源《もと》であった。彼はそこで富士妙子に会わねばならなかった。そうして彼も彼女もたがいに、生まれてはじめての恋を感ずるようになったものである。

妙子が妊娠したということを確実に知った時は、妙子も種雄もただ狼狽《ろうばい》した。けれどもこの事実はむろん妙子にとっては、いっそう重大問題だった。

第一、妙子はその当然の結果としてある時期は学校を休まねばならない。どんな理由に口実を設けたにしろ、彼女が一人の人間を産み落とすという事実をごまかしきれるものではない。未婚の女が子を生むということ！　おおそれはなんたる恥ずかしいことだろう。しかも神のごとき無邪気な児童に師とよばれ慕われる彼女が、夫もなくて子をうむとは！それは考えても堪らないことだった。彼女はたった一人でそう思った時でさえ、顔がほてるのを感じた。

第二に、この恥辱がもたらすその結果を妙子は思わずにはおられなかった。むろん彼女は学校を退かねばなるまい。彼女の細腕で支えている一家はどうすればいいのか。しかもいったん不名誉で放校される以上、再び同じ職務につくという望みは擲《なげう》たなければならない。けれど彼女はどんな新職業についたらよいのか。

最後に、しかしながら彼女にとって最も重大だったのは母のことだった。母は我が子の善良さ貞淑《ていしゅく》さを信じきって、近頃では他人にさえ恥ずかしいほど妙子のことをほめている。

その母親にこの事実を打ち明けるということ！　いやいやそれは絶対にできない。母はこのごろ彼女のためにいい婿をさえ見出だした様子である。

もし事実を母に打ち明けたならば、夫が戦場で戦死したという報知をさえ、けなげにも落ちついて聞いていた彼女は、恥辱のあまり自殺してしまうかもしれないのだ。

彼女の立場はまったくデスパレート〔絶望的〕なところにまで進んできてしまったのである。

せっぱつまったあげく、妙子はある日、種雄に恐ろしい考えを告げた。けれど種雄は、はっきりした返答をしなかった。さすがに彼もそれを決行する勇気はなかったのだろう。

しかし時は遠慮なく進む。妙子はいよいよ苦しみに悩まされて、しばしば種雄に決意を示した。種雄もだいぶ考えが動いてきたらしい。（と、妙子には見えた）

すると昨日《きのう》種雄から妙子にしらせがあった。薬を手に入れた。知っている薬屋にもらったから明日M駅で会おうと言ってきたのである。

（作者は、種雄と妙子とがこの問題についてかくのごときデスパレートな態度に到達するまでに、種々な会話があったことを信ずるのみならず、結婚問題その他についてもっともっといろいろな相談のあったことを信ずるものであるが、ゆえあってここには全部それを省く。作者はただ彼らが互いに許し合った時、男も女もほんとうに愛し合っていたものだと信ずることを記しておく）

うそ寒い秋の暮れ方に、恐怖と決意と、そしてある期待に青白くなって震えていた妙子が、坂田の姿をM駅の出口に見出だしたのは、約束の時よりも三十分ほどたって後であった。

「お待たせしました。さあ行きましょう」

さすがに坂田も非常な決意に興奮していると見え、ひどく口数少なく、よそよそしく歩きだした。妙子はただなんとなく恐ろしいままに、黙ってあとからついていった。

彼ら二人は国家の法律を犯そうとするのだ。恐怖に襲われることはけっして不思議ではない。

約三十分ほど歩いた二人は、もうまっくらになった森の中にわけ入った。

「坂田さん、大丈夫？」

「大丈夫です。確かな人に聞いてきたんです。薬はほらここにあります。水も持ってきました。この粉末をぐっと一息に飲めばいいんですよ。後始末は僕がやります。こんなことはうっかり町中の家ではやれませんよ。××したあとの始末が困るんです。たいていそれで足がつくんです。

僕はこの場所をこのあいだ見にきて、ここなら大丈夫、誰にも発見されないと見極めをつけたんです。それに、ほら、用意周到でしょう。僕は油紙ももってきていますよ」

「だけど、だけど、あなたそれをうっちゃっておくつもり？」

「冗談言っちゃいけない。埋めるんです。ちゃんとこの大きな木から四本目のあの木の所へ鍬《くわ》を運んであるんです。大丈夫ですよ。僕を信用なさい」

坂田はこういって手にしていた薬の包みを妙子に渡した。震える手で、彼女はそれを受け取って、おそるおそるその包み紙を開いた。

この時から富士妙子は、永遠に地上からその姿を消してしまったのである。

富士妙子が見るも無惨な死体となって現れたのは、この時から十日を経てからであった。犯罪の発覚の端緒は、ある酒屋の主人が、その子供と飼い犬をつれてM駅からかなり隔った森のそばを、秋晴れのいい空気を吸いながら散歩していると、森の中に入った犬が変なうなり声をあげておかしな挙動をした時に始まる。

酒屋はべつだん気にもとめず、子供を草原の中で遊ばしていると、とつぜん犬が変なものを口にくわえてとんできた。泥だらけになっているが、まぎれもなくそれは腐りかかった人間の片腕だった。酒屋は腰を抜かさんばかりに仰天して、犬のあとをついてゆくと、女の死体らしきものが木の下に埋められてあって、犬がくわえてきたのは、その死体の片腕らしい。酒屋が夢中になって近所の交番に届け出たことは言うまでもない。

直ちに係官の出動となって法律に従って死体は解剖に付せられたが、多量の毒薬〇〇が発見せられ、土に埋められた等の点からして他殺の嫌疑十分なるものとして、捜査機関は直ちに活動に入ったのである。

現場《げんじょう》にあった物品中明らかに被害者の所持品である、と断言できないものが二つあった。一は薬品を包んであったらしい半紙、これは土の中にあったが、この半紙には明らかに〇〇の粉が付着していた。次に、やはり土の中から油紙が発見された。これは何に使用したかちょっと分からなかった。

捜査機関は非常な活躍を示し、直ちに被害者の何者なるかを確実にした。次いで彼女の素行その他を調べ、一方、油紙の出所等を直ちに調べあげ、やがて間もなく、平然としていつものように小学校に出てきた坂田種雄は、捕縛せらるるに至ったのである。


検事、予審判事の水ももらさぬ綿密な取り調べにあい、坂田種雄は犯行の全部をかくすことなく自白してしまった。ただ一点殺意の点を否認したのである。

一言で言えば、彼があの日あの場所で、富士妙子に、毒薬○○を飲ませた事実は坂田もそのとおり認めるのである。

「けれど私は妙子を殺す気では絶対になかったのです。ただ堕胎《だたい》する目的であの薬を飲ませたのです」

と彼はあくまで主張した。

ところが取り調べの結果、ここに一つ坂田にとって非常に不利な点が見出だされた。それは犯行当日より約一ケ月以前に、大阪の父から彼のために非常に立派な嫁を世話してくれることになっており、彼自身一度大阪に行ってその本人と会って、結婚を承諾する旨の返事をしている事実であった。

そしてその妻たるべき女の家はそうとう立派な家で、坂田の有望なのを見込んで、かなりな金をもって嫁にくる約束ができたわけなのである。

検事は、この点に、殺人の動機が認められると信じて、この点から深くせめたが、彼はあくまでも否認した。

彼の陳述はだいたいにおいて次のとおりであった。

「私が妙子といい仲になりましたのは、もちろん互いに愛し合ったからでありまして、どちらも少しも浮ついていたわけではありません。けれど私も一人息子であるし、妙子も一人娘のことですから、お互いに結婚できるとは思いませんでした。この点は妙子もよく知っていたはずであります。

結婚できぬ者が互いに許し合うということは、いいことではないかもしれませぬが、それだからと申して私が妙子を愛していなかったというわけではありませぬ。今度大阪の某女との婚約が成立しましても、妙子は何も申す理由《わけ》はないのです。

もっとも私はその事実は黙っておりました。その理由は、これから申しますが、目前に迫った大問題がありましたので、妙子は私に会うたびごとにその話を致し、ヒステリックになっていたので、私はまず妙子の腹の始末をつけ、ひとまず落ちついてからゆっくり話すつもりだったのです。さき申したとおり、妙子ははじめから私と結婚できぬことは知っていたのでありますから、それを話しましても大丈夫と思っていたのです。

私が、妙子が妊娠したことを知ったのは、今から五ケ月くらい前だったと思います。妙子が私に申したのです。私はその時はそれを信じませんでしたが、いよいよ確実になった時はどうしたらよいかと考えました。

もし彼女が子を生むことにでもなれば、私も妙子も学校にいるわけには無論まいりませぬ。二人ともやめなければならないのです。妙子は泣きつづけておりましたが、あるとき私に、なんとか今のうちに腹の始末をするわけにはいかないものだろうかと申しだしました。私はもとよりそんな大それたまねはできませんから、はじめのうちはいいかげんにあしらっておいたのです。でも自分でも、なんとかしなければならないとは思っておりました。

そのうちにだんだんと月日はたってまいりますし、妙子の腹はだんだんと大きくなってきます。もう間もなく人には隠されぬという程になってきまして、妙子はますますヒステリックになり、もしこのままで進んでゆくなら死んでしまうと申すようになりました。

私自身にとっても妙子の腹のことは大問題なので、まことに申し訳ないこととは存じましたが、彼女の勧めがあまりに激しいものですから、とうとう私も堕胎《だたい》する決心を決めたのであります。それは一ケ月ほど以前のことです。けれども私には堕胎の方法は分かりませぬから、決心だけはついたものの手の下しようがなくてそのままに過ぎてしまいました。

そのうちに、はからずも私は毒薬〇〇を手に入れることができたのです。人様に迷惑がかかりますから、これだけは隠すつもりでいたのですが、こうなれば仕方がありませんから申し上げます。

私の家の近所に××薬局というのがあります。そこに田代という薬剤師がおりますが、私は銭湯でこの男と懇意になりました。それでよくいろんな話をするようになりましたが、ある日田代に、『子をおろす薬がないかしら』とひそかにききました。田代は『毒薬〇〇を×グラムくらい用いれば効き目はあるかもしれない』と申しました。

それで『実はせっぱつまってどうしても堕胎しなければならぬ事情があるんだが、どうかひそかにそれを×グラムだけわけてくれないか』とたのみますと、二三日うちにやろうというので、その日はそれで別れました。

私はもちろん毒薬の〇〇というのがどんな薬で、どういう働きをするものだかということは知らなかったのです。あんな恐ろしいことになるとは少しも思いませんでした。もし私が毒薬〇〇の効き目を知っていて、妙子を殺すつもりだったなら、なにも××薬局から貰わないでも、××小学校の理科教室にだってあるのですから、それを盗みだしてもいいわけなのです。

田代から薬を貰ったのは、あの事件の日より二日前でありました。

私は薬を貰ってからのち妙子にそれを飲ませるまで、包み紙を開いて中を見たことさえありませぬ。貰ってきたままで妙子に飲ませたのです。

私が妙子にM駅で出会い、薬を飲ませましたまでの順序は、この前申し上げましたとおりで、妙子もむろん子を下ろすつもりで飲んだわけであります。

私があの場所をえらびましたのは、人目が少なくてあとの始末がしよいと思ったからでありむす。

薬を飲ませますと、妙子は大変に苦しみだしまして、しまいには目をつり上げて私に、

『人をだまして殺すんだね』というようなことを叫びました。

私はただ狼狽《ろうばい》しているうちに、とうとう彼女は死んでしまったのでした。あの時すぐ自首すればよろしかったのですが、あまりの恐ろしさに驚いて、かねて下ろした子の始末をするつもりで運んであった鍬《くわ》で土をほり、その中へ彼女の死体を埋めてしまったのでありました。

なお、私が実際に貰った毒薬〇〇の量はかなり多くて、×グラム位は確かにあったようであります。

右申したとおり、毒薬〇〇を飲ませたのは確かに私でありますが、しかしけっして彼女を殺す目的で飲ませたのではありません。だいいち毒薬〇〇の性質を、まったく知らない私にはそんなことはできないわけです。のみならず私が子を下ろす目的であったということは、田代に語ってあるのですから、聞いていただきたいと思います。

それに、殺す目的だったら油紙なんかをあそこに持ってゆく必要は少しもなかったはずです。堕胎《だたい》した後の始末をつける必要があったからこそ、あんな物まで持参したのでした。鍬も無論その始末をするためなので、けっして死体を隠すつもりで運んだのではありません」

坂田の陳述はだいたい右のようなものであった。

証人として予審廷に出廷した田代は次のごとくに陳述した。

「私は××薬局に勤めている薬剤師であります。このたびはとんだことを致しましてまことに申し訳ございませぬ。以後謹みますから、なにとぞこのたびだけはご寛大のご処置を仰ぎとうございます。

私が坂田と知り合いになりましたのは、まだこのところ二月《ふたつき》位であります。同じ銭湯にまいります関係から懇意になり、家も近くですし、それにお互いに将棋が好きなところから、ちょいちょい縁台でやったりするので親しくなりましたのです。坂田はまことにおとなしい人で、それに堅い職業についている人ではあるしするので、無論こんな問題を引き起こすだろうなどとは考えませんでした。私はまったくあの人を信用していたのであります。

するとある日、坂田が私に『毒薬○○を少しわけてくれないか』と申すのです。それはたしかにむこうから薬品の名前を申したのであります。私はそのとき何に使用するのかと尋ねましたが、彼は判然たる答えをしないで、その時はそのままになってしまいました。

ところがそれから十日ほどたちましてから、また同じような要求を致しました。

ご承知のとおり、○○は毒薬でありますから、むやみにやるわけにはゆきませぬので、その旨申しますと、坂田は、そこを何とかしてやってくれないかと頼みました。私は再び何に用いるのかと申しましたら、何か消毒をしたいのだと答えました。○○水の方がよかろうと申しましたが、結晶のものの方がよい、少しでいいから、ということでありましたので悪いこととは思いつつ、やる気になったのであります。

今から考えますと、あの男が女を殺した二日ばかり前のことで、坂田がやってまいりましたので、私は○○を×グラムばかり紙に包んでやりました。

そのとき用いましたのは、いつも普通薬を包む包装紙でありまして、日本紙ではございません。彼はちょっと中をのぞいて見ていましたが、礼を言って帰っていきました。するとしばらくたってから、また戻ってまいりまして、○○で子を下ろすことができるだろうかと尋ねました。

私は初めて彼の目的を知ったような気がして、はっと驚いたのですが、もうやってしまった後ですから、どうすることもできません。私は×グラム位ならば目的を達するだろうと答えましたが、しかしずいぶん危険だから、量を少しでも越すと生命《いのち》が危ないぞと答えたのでした。

私が彼に薬をやった次第は右申したとおりであります。人を殺すことができるか、というような質問は受けませんでした。子を下ろすことができようかという質問を受けたことは、いま申したとおりでありますが、相談を受けたことはありません。

私は坂田が薬について語ったのを聞いたことはありませんから、彼が薬品に関してどれくらいの知識をもっているか、全然わかりませぬ」

富士妙子はM駅付近の森の中で、坂田種雄に毒薬を渡され、これを飲んで死んだことはすべての点から見て、一点の疑いはない。ただ坂田は検事の前でも、判事の前でも、妙子を殺すつもりではなかったということを徹底して主張している。

果たして被告人の言うとおりであるか。しからざるか。作者はこの大問題を読者の前に残してこの稿を終わる。

最後に一言作者から申しあげておく。

被告人の陳述には事実と相違した点が見出だされる。しかし被告人が一言嘘を言ったかといって、被告人の言うこと全部を嘘だと即断されてはならない。

それから、薬品授受の問題については、被告人の言うところと証人の言うところとはまったく違う。この場合には被告人も証人も、嘘をつきたい立場にいるという事実をお考え願いたい。

問題に対しての判断は、あくまでも合理的でなければならぬ。

「富士妙子の死」誌上陪審

【問題】

坂田種雄に殺意ありや否や？

【解答】（いずれか一方を消す）

殺意あり

殺意なし

作者の言葉

坂田種雄が富士妙子に毒薬○○を東京郊外のある場所で飲ました。その結果妙子は生命《いのち》を失ったのである。これだけは間違いのない事実だ。しかしこれだけで殺人事件とすることは無論できない。坂田は絶対に殺意を否認している。毒薬○○を妙子に飲ましたことを認めているけれど、しかしそれは彼の自白に従えば、妙子を殺すために飲ましたのではなく、他の目的のために飲ませたのだと主張している。

すなわち彼の主張に従えば、妙子に対しては過失致死が成立して殺人罪は成立しない。彼の行為は刑法の他の法条にも触れるけれども、それはこの場合問題としてないことにする。

問題は果たして坂田の言うごとく、殺意がなかったかどうかということである。

男がある女に恋し、のち他の女を獲《う》るために、従来の恋人から逃れるべくこれを殺すということは、必ずしも当然な帰結ではない。かような例は、必ずしも定跡ではない。けれども殺人の動機となり得ることもけっして少ないことはない。

それゆえ、この場合これを殺人の動機と見ても無理はないと思う。けれども殺人の動機があって、事実その相手の女が死んだからといって、直ちに被告人に殺意あるものとなすことは無論できない。

殺人の意思というものは、まったく本人の主観であるから、神様でもないかぎり直ちに看破できるものではない。したがってこの場合、他の種々な点からそれを考えなければならぬ。

坂田に殺人の意思があったか否かは、つまりこの場合、坂田に毒薬○○についての知識があるかないかという問題に他ならない。もし彼にして○○を×グラム人に飲ませれば生命がなくなるということを知っていたとし、しかしてこれを妙子に飲ませそのために妙子が死んだとすれば、もちろん殺意ありということになる。

ところが坂田は薬物に関してはまったくの素人ではない。彼は上京する前に京都で約一年半薬剤師の見習いをしておる。○○という毒物はけっして珍しいものではないから、彼がこれに関してまったく知識がなかったとは言いえない立場にある。のみならず、彼はうかと口をすべらして、予審廷において、

「なお私が実際に貰った毒薬○○の量は、かなり多くて×グラム位はたしかにあったようであります」

と言っておるが、目分量でこれだけの当たりをつけ得る以上、薬物の知識はそうとう、またはそうとう以上にあるものと見なければなるまい。

結局彼は妙子が堕胎《だたい》を欲しているのを奇貨として、これをあざむき彼女を殺したと見るべきであろう。

したがって油紙を持参したのは一種のトリックであり、田代に「子を下ろすつもりだ」

と言ったのも、自己に有利な言葉をわざと言ったものと解せられる。彼が薬の中味を見なかったということは、死体のそばに薬を包んだらしい半紙が発見されておるから、これも嘘だということになる。

この点、証人田代の「包装紙に入れてやった」という証言を採用してもよかろう。なぜならば、この点については証人は嘘を言う必要がないのだから。

そのほか証人の証言と被告人の陳述と矛盾している点があるが、このところ、証人の言は、必ずしも信頼できない。

証人はできるだけ自分が毒物を与えたことについて、自己に有利な情状を作りたい立場にあるからである。

正義

「ほう、すると君は今日あの公判廷に来ていたのか……そうだったのか」

「ええ、あの事件の始めから終わりまで傍聴していました。あの、あなたが弁護してやってる森木国松っていう被告人ですね、あれが松村子爵を殺したとは、僕にもちょっと考えられませんよ……あの事件当時、僕はずいぶん詳しく新聞を読んでいたんですがね」

「そうかね、僕は君のような芸術家が、あんな殺伐な犯罪事件に興味をもってるとは思わなかった」

衣川《きぬがわ》柳太郎は、こう言いながらシガレットを灰皿にポンと捨てた。そうして前においてあった紅茶の茶碗を取り上げて、すすりながら、今更らしく相手の顔にしげしげと見入った。

さえ返った春の寒さに、戸外はいつしか雪となり、暮れてからは風さえ加わってきた。

ぎっしりとつまった本棚に囲まれた洋風の書斎に、炉辺《ろばた》に椅子を相対して座した二人。主人は衣川柳太郎、客は清川純である。

思えば、二人がこの部屋で、炉辺に膝を交えて冬の幾夜をすごしたのは一昔も前のことである。衣川は清川には五ツ上であった。同じ高等学校、同じ大学にいた頃、二人は真の兄弟のように、信じ合い愛し合った。

けれど、青春の友情は青春の感激が去りゆく頃から、とかく薄らぎはじめるものである。

衣川は法律を学んだ。そうして父の後をついで弁護士となって、正義のために幾多の事件を争った。清川は青春時代の憧憬《あこがれ》のまま文学を学び、戯曲家として世に出た。彼の作は最近出ずるごとに華やかな脚光を浴びつつ、多くの若人《わこうど》らに幾多の悩ましき夜を送らしめている。こうやって二人の道は次第に隔たっていく。

三十六歳になる衣川は六年前に結婚した。しかし家庭は寂しかった。彼らには子が恵まれなかった。

そのうえ妻の静枝はいつも病身で、一年のうち半分は家をはなれて湘南の地方に保養に出かけていた。粉のような雪が戸外をとび散っている今宵《こよい》も、衣川柳太郎は寂しい一人の夕食を済ませて、夕刊にでも目を通そうとしていると、思いがけなく、今は旧友と名づけられる清川純の訪問を受けたのであった。

清川は久闊《きゆうかつ》を叙すると、いきなり今日自分が法律家として出た公判廷の模様について話しだした。けれどもこれは弁護士たる自分に対する一応の礼儀——世辞に過ぎないように思われる。

彼は対手《あいて》の訪問理由を憶測するのに苦しみながら、無理にも話の緒口《いとぐち》を見つけた。

「実際、君があんな殺人事件なんていうものに興味をもっているとは意外だったよ。僕らにはそうとう面白い事件なんだがね。……時になんだったらゆっくりあの話でも聞いていかないか。君は知ってるだろうが、ワイフは相変わらず弱くてね、正月から小田原にずっと行っているんだ。一人で寂しくて困ってるところなんだから、君の方さえよかったら久しぶりでここへ泊まってゆかないか、ゆっくり話そうじゃないか」

彼はこう言って好意ある微笑を見せた。

清川純は昔ながらの美しい笑顔でこれに応じたが、改めて答えた。

「僕はかくべつ殺人事件に興味をもってるわけじゃないんですがね、ただあの松村子爵が殺されたかどうかということだけが妙に興味をそそるんですよ」

この答えは衣川には意外であった。彼はただ清川をしてできるだけ気楽にその用件を（おそらくは通常の依頼人のように言いにくいものであろうから）言いきりださせるつもりで、自分が関係している事件を、言わば行きがかり上触れたにすぎない。

「ふーん、すると君は死んだ子爵と何か……」

「いや、ぜんぜん知らない。子爵とは会ったこともないのです。けれど森木が殺したのか、または子爵が自殺したのかということが妙に気になるのでね……」

自分が全力を注いでいる刑事事件についてこう言われると、衣川も勢い乗り気にならざるを得ない。はじめの考えを忘れて、今の清川の言葉の不自然さにも気づきながら、衣川はにわかに話を続けた。

「いやまったく、それは君ばかりではない。世人が等しくその真相を知ろうとしているところだろう。無論ぼくは子爵が自殺したものと信じている。少なくも森木国松が殺人者ではないと思っている。

しかし見たまえ、検事は立派に彼を強盗殺人犯人として起訴した。藤山検事は僕は私交上よく知っているが、めったに軽率なことをする男ではない。予審判事もこれを強盗殺人被告事件として、公判に移しているのだ」

「森木は検事の前でぜんぶ自白しているというじゃありませんか」

「まあ待ちたまえ。君がそんなに熱心ならば、僕が改めてあの事件を詳しくここでくり返してみよう。

あれはちょうど去年の秋、十月初めの出来事だった。あの月の初め、僕は事件の用があって約十日間ほど関西に行っていたが、その留守十月の三日、小田原に近いM温泉場で起こった出来事なのだ。むろん君もご承知のとおり、M温泉場のMホテルの第一〇三号室で、その前々夜すなわち十月一日の夜から滞在していた松村子爵が、死体となって発見されたわけなのだ。

当時詳細に伝えられたことだから、君も知っているだろうけれども、松村子爵は若い時から外交官生活をして、当時四十二歳になるまでまったくの独身だった。後継ぎのことについても、平生健康でもあったせいか一向に考慮せずにいたらしく、東京に帰ってからも外部からは至極寂しい、しかしながら気楽そうな独身生活をつづけていた。

十月一日の夜、松村子爵は飄然《ひょうぜん》としてMホテルにあらわれた。その前夜は沼津のN旅館で送ったとのことだった。Mホテルに来てからの子爵の様子には一向に変わったようすがなかった。三日の朝、ボーイの森木国松という男が用があって子爵の室《へや》の戸を叩いたけれども返事がない。しばらくしてからまた行ったが返事がない。ドアの外には子爵の靴が出ているので、内に子爵がいることはたしかなのだ。

ところでドアには内側から鍵がかかっていなかったので、森木は戸をあけて中に入ってみると、子爵がベッドに寝たまま死んでいるのを発見した。

　このところまでは、あの当時伝えられたとおりを僕が述べるに過ぎないけれども、森木の行動に不自然な点のあるのは否めない。したがって後に彼が被告人となり、彼自身でも供述をだいぶ変えているのだが、ともかくはじめは右のように伝えられたのだ。

　それは後にゆっくり研究することとして、子爵はどういう風に死んでいたかというと、（これはぜんぶ当局者が調べたところだが）ベッドの中に寝ていたままで、右の手にピストルをもち、右の耳の直上《ちょくじょう》を射っている。そこから鮮血が少しくこぼれているだけで、まったくその他に変わったところはない。検証の結果、子爵は前夜の十二時前後にピストルの一弾によって即死したものであるということが明らかとなった。

　さていよいよ問題は、子爵の死は自殺か他殺か、または過失死かということである。死体の様子から見て過失死であるということは考えられない。最も自然な見方は、むろん自殺というセオリーを立てることである。

　警察でもはじめは一応そう考えたらしいけれども、まず第一に、自殺の動機らしきものが発見されない。むろん遺書のごとき物はぜんぜん見出だされなかった。第二に、子爵は左利きであるということが分かった。左利きの男が、死ぬ時に右手でピストルを撃ったということになった。第三に、さきに述べたとおり、第一の発見者であるボーイ森木国松の供述がすこぶる怪しくなってきたのである。

そこで森木国松を取り調べると、そこに甚だ不利益な事実が暴露してきた。すなわち彼は、当時同所の白首《しろくび》〔酌婦〕に身を打ち込んで、借金でまったく首もまわらなかったところが、十月四日になって諸所方々の借金を約半分ほど綺麗に払ったのみならず、彼の室から約五百円の紙幣《さつ》が発見されたにもかかわらず、その出所を明らかにすることができなかった。

一方、子爵がどのくらいの金子《きんす》をもって旅に出たかは不明であるけれども、発見された時には弗《ドル》入れの中に二十円たらずの金があったばかりだった。

君はむろん気がついているだろうけれども、だいたい森木が子爵の死体を発見するまでの順序というものが甚だおかしい。

客が呼んだのならいざ知らず、ドアの外から叩いて許可がなければ、ボーイが室内に入るべきものではない。ことにMホテルのようなところでは、そういうことにボーイはじゅうぶん訓練されているはずなのだ。

それに終日客が出てこなければ、ともかくも午前十時頃までに客が朝食に出てこないからと言って、むやみにノックすべきものではない。だいいち何の用があって彼が一〇三号室の戸を叩いたか。彼はこの点をはっきり答えられなかった。

警察でひどくつっこまれてから彼は一時供述をかえて、前を通ったら偶然戸が開いていて中からうなり声がきこえた、などという出鱈目を言いだした。おまけに例の紙幣については、かれこれあいまいなことを言うばかりで、一向にらちがあかない。すったもんだをした揚げ句、警察では彼が犯人にちがいなしと見て検事局に送ることになった。

これはむろん無理のない話で、僕はこの際、一応彼を怪しむということはよく了解できる。

警察で厳重に調べられてから、不思議にも森木はまったく自分の犯行であるということを自白した。

彼の自白によれば、彼が強盗殺人者として起訴されるにじゅうぶん値しているのだ。前夜子爵に命ぜられて煙草《たばこ》を一〇三号室にもっていった。その時、子爵はベッドに入ったまま紙幣《さつ》の束を勘定していた。金に困っていた彼にはこれは甚だしい誘惑だったのだ。

しかしさすがに子爵を殺してその金を取ろうという勇気もなく、黙って戻ってきたが、一時頃、眠ろうと思って便所にゆく時、偶然一〇三号の室の前を通ると、戸が五分ほど開いている。さては中から鍵をかけるのを忘れたなと思った時、彼にはさっき見た紙幣の束が目の前に浮かんできた。金に困っていた彼にとっては、これはたしかに容易ならない誘惑だった。

何ものかに引きずられるようにして、森木は室内にしのび込む。スタンドの薄明かりで子爵の枕元には腹をふくらました札入れと、一挺《ちょう》のピストルが目についた。するすると進んで彼が紙幣入れに手をかけた刹那、子爵がふと目をさました。

そうして『誰だ！』と一声叫びながら、紙幣束をとり返そうとして手をのばす。夢中になって森木はそばにあったピストルをとるより早く、のしかかるように子爵の頭部に銃口を押しつけて一発放った。そうしてその紙幣を奪うと脱兎《だつと》のようにそこをとびだしたのだ。これが、森木が検事の前ではっきり言っている事実なんだ。すなわち彼は、他人の財物を得んがために、ピストルを放ってその所有者の生命《いのち》を奪ったわけになる」

衣川《きぬがわ》はここまで語ると、改めて新しいシガレットに火をつけた。

清川は塑像《そぞう》のごとくに身動きもせず、黙ったままストーブの炎を見つめて、聞き入っている。強い風が一しきり窓ガラスをばたばたといわせて通った。

「僕がこの事件の依頼を受けたのは、Mホテルの主人の友人を知っていたからだったが、僕が関係しはじめた時は、事件が予審に移ってからだった。君も知っているだろうが、予審中は事件の内容について詳しく尋ねるわけにはいかない。予審判事の取り調べが終わってからはじめて僕は森木国松にもあい、事件について詳しく知ることができたのだ。

森木は予審廷に行ってから、がぜん自白を翻した。そうして今日も公判廷で陳述したような事実を述べはじめたのだ。

君はあれを傍聴していたのだから、だいたい話の筋は分かっているだろうけれども、はっきり僕から話してみよう。

森木の言うところに従えば、松村子爵は彼の目前で自殺をとげたのだ。そうして彼が所持していた五百円の金および借金の穴うめに使った金は、子爵の自殺の直前、子爵自ら森木に与えたものなのだ。

一体、子爵はMホテルに初めて泊まったわけではない。既に数回来泊していて森木国松とはだいぶ面識がある。それどころか、そうとう可愛がられてさえいたらしい。君も見たように、被告はまだ二十四歳で、わりにきれいな顔をしているし、ちょっと気も利いているところから、独身子爵の身のまわりの世話をするのは、だいぶ慣れていたらしく思われる。

十月一日の夜、子爵は一人でやってきて、一〇三号室に泊まった。その当時は森木の見たところでも、少しも子爵の様子に変わったところはなかったそうだ。すると二日の夜十二時頃に突然、子爵の室《へや》から呼びりんが鳴った。森木はいそいで子爵の室にゆくと、ちょうど子爵はベッドに入って煙草《たばこ》をすっていたそうだが、彼の顔を見ると、突然、

『お前にもいろいろ世話になったが、俺はこんど遠い所に行くから、これをお前にやっておく。黙ってとっておいてくれ』

と言いながら、いきなり札束をつきだしたそうだ。

森木が驚いていると、子爵はだしぬけに、彼の左手をとって掌に札をつかませると同時にその手をぎゅっと握ったのだ。

森木には、この突然の子爵の振る舞いはちょっと解しがたかったそうだが、ともかくやるというものなので、礼を言ってその金をもらったのだ。

『もうよし、用はないから行って寝たまえ』

と言われて、彼はめんくらったまま、おじぎをしてドアを開けて外に出た。彼が、

『おやすみなさい』

と言って去ろうとする刹那、ぶすっというような異様な音が室内からきこえた。最前から子爵のようすが少しおかしいと思っていた彼は、いきなりいま閉めたドアをまた開けてとび込んで見ると、子爵は、ベッドの中に寝たままピストルで自分の頭を撃って即死をとげている。

このピストルはさきの会話の間は、子爵はベッドの中にかくしていたらしく、森木はその時までまったく気がつかなかったという。

さて、ここで、森木にとって最も賢明な方法はすぐにこのことをオフィスに行って皆に告げることだったのだ。君も無論そう思うだろう。しかるになぜ彼がその挙に出なかったか。

一言で言えば金の誘惑だったのだね。

むろん彼もすぐオフィスにかけつけようと思ったそうだ。しかし手の中に握りしめている大金を見た時、ふとその結果を考えたのだ。なるほど子爵の自殺は認められるだろう。まさか彼が殺したとは疑われはしまい。けれど、子爵が彼にこんな大金をそっくり今くれたということを誰が証明してくれるか。

彼は考えた。もし、彼がもらったことを主張すれば、役人たちはそれを信じないのみならず、かえって死因までを疑いはしまいか。欲を捨てればなんでもない。黙って札束をつきもどしておいて、人をよべばいいのである。けれども金はのどから手が出るほどほしい。

のみならず、この場合、たとえ証人はいなくとも正当に自分の権利に属している自分の金なのだ。

彼は迷った。迷った結果、愚かにもそのまま黙って自分の室《へや》に退いてしまったのだった。思えば子爵も罪作りさね。ほんとに森木にあれをやるだけの好意をもってるなら、なんとか一片の遺書を残しておいてやればよかったのさ。あれでは若いあの男を疑わせるようなものだからね。

一晩じゅう悶々《もんもん》として森木は床《とこ》の中で弁解の方法を考えたが、結局いい考えは出なかったわけなのだ。そしてやはりこわいもの見たさで、とうとう自分で子爵の室まで行ってみて、はじめて翌朝発見したふりをして皆をよび立てたんだ。だから彼の申し立てにあやしいところのあるのは無理もない。したがってまた警察で疑われてもやむを得ないのだ。

しからばどうして警察で自白したか。

これは単純だ。森木はさんざん責められたうえ、自分が大体はじめに嘘を言っているので、やりきれなくなり、勝手なことを自白してしまったので、こんなケースはめずらしくはない。

警察でどの程度まで被疑者をいじめるか僕は知らないが、よく嘘の事実を自白する人間のあることは君だって聞いてるだろう。森木もその不幸な人間の一人だった。最初にくだらない嘘を言ったがために、とんでもない嘘を言わなければならないようになってしまった。

彼はこのままで検事の前もすごした。もちろん一応検事の前では警察の自白を否認したそうだけれども、『そんないろんなことを言ってはいかん』と怒鳴られてから、またそのままに戻ってしまったのだ。

こうなると、被告人心理には妙な幻影ができてくるものだ。われわれが外部から見て、どんな馬鹿な目にあったって生命《いのち》にかかわるような出鱈目を言うはずがないと思うにもかかわらず、被告人はいったん筋道の立った嘘を言ってしまい、それをたびたびくり返していると、それがだんだん恐ろしくなくなり、しまいには案外平気になってしまうらしい。

森木国松は、恐ろしい強盗殺人の罪を自白してから、予審判事の前でも第一回、第二回目の尋問まで同じことを言っている。

彼が、いま言っているような事実を言いはじめたのは、ようやく予審の第三回目の尋問の時からなのだ。この回に至ってから、彼はがぜん今までの事実を否認して、自分の無罪を主張するようになったのだ。

お聞きのとおり、公判廷においては自分の絶対無罪なることを力説している。

彼の自白に基づいて彼を起訴した藤山検事の立場も一応よく分かる。また公判に移した判事の気持ちも分からぬのではない。

けれども罪なきものは何と言っても罪はないのだ。もし彼に有罪の言い渡しでもあってみたまえ。国家はとんでもない誤りをおかそうとするのだ。実に危ういじゃないか」

衣川柳太郎はやや興奮しながらこう言って、きっと清川純を見つめたのである。

清川純はまったく沈黙してこれを聞いていたが、この時とつぜん口を切った。

「なるほど事件の経過は詳しく分かりました……けれどあなたはほんとうに森木国松の無罪を信じますか?」

「……」

「いや、弁護士としてのあなたにこんなことをうかがったのは乱暴です。しかし、衣川さん。友人として、ね、友人としてこれは聞きたいのです。あなたはほんとうに森木国松が無罪だ、彼の言うことが——もちろん公判廷で今日言ったことがですよ……そのことがほんとうだと信じているのですか?」

「無論だ」

怒鳴るように衣川が答えた。しかし彼の顔色には明らかに急所をつかれた表情が見えた。

「どうしても?」

逃げる獲物を追うように清川がつっこんだが、彼の顔には意外な程の真剣さが浮かんでいる。

「もちろん……信じていないで、どうして今日のような弁論ができるか、君……」

ごっくりと唾をのんで衣川がつづける。

「無論、僕は弁護士だ。弁護士を商売にしてくらしているのだ。依頼人をあくまでも弁護すべき職業にいる。けれども、不肖ながら、衣川柳太郎、愚かなりとは言え、明らかに有罪と信じているものを、金銭のために目がくらんで、これを無罪と強弁しようとするのではない。

僕はそれならはじめから受けつけないのだ。もっとも、はじめ無罪と信じて引き受けたものが、後にそうでなくなるらしく思われることがある。かくのごとき場合に、弁護士たるものが被告人の防御を放棄すべきものなりや否や、放棄することが果たして正義の精神に合致するや否やは、かつて英国においても問題となったところの大問題である。けれども、今の場合はそうではない。僕は森木の無罪を信じているのだ」

衣川の興奮につれてなぜか清川は、だんだん冷やかな表情を示した。そうしてさらにつっこんで聞く。

「なぜですか。どういう理由からですか」

衣川はこの執拗《しつよう》な矢継ぎ早の質問に対して、ややあきれたように清川の顔を見ながら答える。

「なぜ？　なぜ君がそんなことを僕に聞くのか分からないが、一言で言えば、有罪とすべく証拠が薄弱だからだ」

いつの間にか衣川は立ち上がって、ストーブの前を歩きはじめている。

「清川、君は法律家でないから念のために言っておくが、法律の精神、刑法の精神に従えば、僕が被告の無罪を証明する義務はないのだぜ。これに反し、検事の方は被告の有罪を積極的に証明しなければならんのだ。判事が有罪と言い渡すためには、もちろん裁判所が有罪を証明しなければならん。

したがって、五分五分に見える場合、少しでも疑わしい場合は、被告は絶対に無罪であるべきなのだ。これは我が国ばかりではない。文明国のすべての制度がそうなっている。有名なクリッペン事件で、彼の情婦を弁護したバークネッド卿は、時のカウンセル・フォア・ザ・クラウン（検事の役をする弁護士）たるリチャード・ミューア卿が、自分に被告の無罪を証明することを要求したと言って大いに憤慨して本に書いている。

弁護士はいかなる場合においても進んで被告の無罪を積極的に証明する義務はない。しかし検事には被告人が有罪であることを証明する義務が絶対的に与えられている。これは、〈十人の罪人を逸するとも、一人の無辜《むこ》を罰するなかれ〉という精神からきているのだ。

もっとも、この精神そのものがはたして正義の精神かどうか一応考えられぬことはない。けれども人が人を裁くかぎり、この格言を遵奉《じゅんぽう》するよりほか仕方がないだろうと思う。

だから今度の事件でも、僕は森木の無罪を積極的に主張する義務はないのだ。——清川、これは君だから言うが、積極的に証明することは今の程度では、子爵の死が自殺であると積極的に証明することであって、それはなかなか困難なのだよ。しかし検事は、子爵が殺された、自殺ではない、しかも森木国松に殺された、と立証するべきなのだ。

一言で言えば、今日の検事の論告その他だけではそれが立証されてはいないと信じられる。藤山検事はあれで証拠十分だと思っているかもしれないが、僕は絶対にそうは考えない。

子爵に自殺の動機が見出だされなくて、かえって被告に殺人の動機が十分にあるなどということは、いまさら論ずるまでもなく、断罪の十分な証拠にはならない。人には誰しも秘密というものがある。ことに独身であったあの子爵のことだ。どんな秘密があったか、そうやすやすと分かるものではないのだ。発作的に死ぬ気になることだってあり得る。遺書を書くにきまっているとは限らない。森木に強盗殺人の動機はあるかもしれない。しかしそれだからやったに違いないと言われてはたまらない。

いちばん問題なのは、左利きの人がピストル自殺をする時に、なぜ左手を用いなかったかということである。これはもちろん左利きの程度によるのだ。けれども左利きの人間が右手で何かすることはけっして不自然ではない。左利きだけれども箸は右手で必ず持つとか、ペンは必ず右手にもつとかいうもので、ピストルだって必ず左にもつとは限らない。

いちばん残念なのは、現代の科学によっては、自殺か他殺か、すなわち自分でピストルを発射したか、他人が発射したか、ああいう場合にははっきりと決められないことなんだよ。あれが縊死《いし》だとかいうものになると、わりによく分かることもあるけれども、やはり紛糾することはあの小笛《こぶえ》事件でもよく分かる。

要するに僕は証拠不十分だと考える。のみならずほんとうのことを言うと、無罪を積極的に立証することこそできないけれども、僕は、森木国松のいうことが、まったくの事実だ真実だと考えるのだ。そう確信するのだ。ねえ、清川、君はどう考えるね」

夢中になって室中を歩きまわりながらしゃべり立てていた衣川は、一気にこう言い終わると、今度はこっちから食ってかかるように、清川の顔を見ながら、冷えきった紅茶をぐっと呑み込んだ。

「だから、僕はさっき言ったとおり、森木がやったんじゃない、という気がするのです」

今度は清川の方がややたじろぎながら、力のない声で返事をした。そうして、なんとなく手もち無沙汰そうに、思い出したように、紅茶の茶碗を手に取り上げた。


またしても沈黙がつづいた。

風はまだやまない。窓ガラスは時々音をたてて雪の激しいのを知らせている。

衣川《きぬがわ》柳太郎は清川に対して、否、万人に対して、今や法律家以外の何ものでもない。彼は自己に反撃する何者をも敵として、食いつこうとしている。彼はもはや昔の友情などを思い出してはいない。彼はなぜ、清川が雪の夜彼を訪ねてきたか、そんなことをもはや問題にしてはいないのだ。

しかし沈黙は清川によってまず破られた。

急に、深刻な顔貌《がんぼう》になりながら、清川が言った。

「衣川さん、あなたは森木の無罪を立証する必要はないと言われた。けれどもその立証ができればなおいいのでしょう。否、仮に、法廷において立証し得ないでも、あなたの前で立証する人があれば、あなたはますますその所信を強くし、したがって力ある防御ができるわけでしょう」

「あたり前さ、そんなことができる人さえいれば文句はないんだ」

「では言いましょう、衣川さん、森木国松は無罪ですよ。彼の自白は真実です。安心なさい。そうして、あくまでもあなたの信ずる方向に進んでいいんです」

「何？　君、なんだって？」

清川の言葉は青天の霹靂《へきれき》のごとくに衣川を驚かした。

「そうです。僕はある男を知っているんです。その男は僕の親友です。その男があの事件の推移を見て知っているのです」

衣川はとび上がるように椅子から立ち上がった。そして清川の肩に手をかけながら、

「おい君、そりゃほんとか。え、ほんとなら一刻も早くその男に会わせてくれ」

と叫んだ。

「まあ、驚かずに落ちついて聞いて下さい。実はそのために今日はここに来たのですから」

「おい君、なんだって今まで黙ってたんだ。もっと早く来てくれればよかったのに！　しかしああ、やっぱり君は僕の親友だった。君は信頼すべき人だった。そのために今日わざわざ来てくれたのか。ありがたい、感謝するよ」

衣川は興奮した顔つきで清川の手を握った。

「衣川さん、礼を言うのはまだ早すぎます。僕がなぜ今まで黙っていたか、これには深い理由があるのです。僕はあるいは今日あなたに会ったことを後悔するかもしれません。

あるいはまたあなたも……」

「君、馬鹿なことを言っては困る。いかなる理由があろうとも、無実の罪を着ようという人間を目前にひかえていながら君、何を躊躇《ちゅうちょ》したんだ。何でまた後悔することがあるんだ。君は知っているだろうが、強盗殺人の刑は、死刑か無期懲役か二つしかないんだぜ。君は森木が無罪なことを知っている。または知っているという男を知っている。それでいて何を考えるのだ……」

「深い理由があるものだから！」

「いや、どんな理由があろうともだ、正義、そうだ。正義がまさに蹂躙《じゅうりん》されんとしている今……」

「衣川さん、僕はその正義ということを考えていたものですから」

「無辜《むこ》の者がかくのごとき刑罰を言い渡されはしないかという今、それを黙って見ていてどこに正義がある！　いったい正義ということは……いや、議論はあとですることにしよう。ともかく君の知ってる話だけでもしてくれたまえ」

強いて心の激動を抑えつけながら、衣川は清川に迫った。

「衣川さん、僕が今日まで黙っていたことがいいかどうか、あとで言って下さい。ともかくあなたも言われるとおり、僕は僕の知っているだけを話してみますから。

僕がいま言ったように、これは僕が親しくしている男の話なのです。この男は嘘は言いません。仮にAと名づけましょう。Aがどうしてあの事件を知っていたか。

衣川さん、あなたはM温泉のMホテルを知っていますか。一〇三号室というのを知っていますか。あの室《へや》はMホテルの最も右翼にある室で、前が庭ですぐ塀になっているのです。ところがその塀を一つ隔てて一軒家が立ってるのを知っていますか。その家はもとKという富豪の別荘だったのですが、昨年から、東京のホテル営業者が買い取ってホテルにしているのです。

そのMホテルの三号室が二階にあって、ちょうどMホテルの一〇三号室を見下ろせるように接しているのです。もちろんそうはっきりしたことは見えません。けれども見下ろしていると、一〇三号の回転窓のガラスの幅だけが、ブラインドの外してある場合は明らかに中が見えるのです。これは僕も最近行って見てためしたところですから、間違いはありません。

衣川さん、Aは十月二日の夜半にEホテルの三号室にいたのです。そうして、偶然にもとなりのMホテルの一〇三号室の上の方の回転窓のところだけがあいていたので、ガラスを通して室内の一部だけを見ていたのです。

Aがなに心なくそこを見たのは、夜の十二時頃だったそうです。そこからは室内のスタンドの明るみで、ベッドの一部分だけが見えたのです。と言ってもこれは後の話ですがね。いくら近くても肉眼でそうはっきり見えるわけはありません。はじめは別に注意していなかったので、それがベッドの一部分であることもわからなかった。

ところが何かの拍子で突然ピカッと光るものが見えたのです。それが一度ならず目に映じたものだから、Aは急に好奇心をおこして、そばにあったオペラグラスを取りだして一生懸命にピントをあわせて見たのです。すると、男のらしい頭と、片手とが見えました。光るものをよく注意して見ると、それがピストルの銃身らしいことが分かったのです。つまり一〇三号室の中で、ピストルをいじっているのが見えたわけです。

Aはなお息を殺して眺めていると、とつぜん見えていた手が引っ込んでしまって、それきりしばらくは何も動かなくなってしまった。それで、もう何事もないのかと思って、目からオペラグラスを外そうとした刹那、彼は再び片腕を見ました。それははっきり覚えていないそうですが、頭のあった位置から後で考えると右手だったらしいのですが、その手がニュッと出ると手の中に紙の束のようなものをもっているのです。

そのうちその手がいろいろに動きはじめたので、Aははじめて、誰かベッドのそばに人が立っていて、腕の主はその人と何か話しているのだなと感じたそうです。

するとはたして、反対の側から黒いような洋服のらしい腕が出ました。ベッドの中の手とその手とがからみあいました。それから紙の束が、後から出た手にうつったのです。空になったベッドの手は、まだしきりに動いていろいろ話をしているようでしたが、そのうちそれがぱったりやんでしまったので、話が終わったのだなとAは考えたそうです。これは面白いわいと思って見ているとたん、ベッドの手がまた出ました。

今度はさきのピストルをもっています。あっと言う間にその右の手は、自分の頭にピストルの銃口をあてました。Aが思わず声をあげようとした時、他の見えない左手でかけ蒲団をひきずり上げたと見え、不意に銃口も頭もなかば以上蒲団におおわれました。矛盾したような話ですが、この時Aは全体をはっきり知りたいために、オペラグラスをはなして顔をつき出したそうですが、その刹那、にぶい音を聞いたのです。やったな！と思って再びグラスを目につけると、ベッドの中の頭はさっきの形のままですこしも動きません。すると突然さっきの洋服の手が今度は二ツ出てきました。そうしてふとんをちょっとはいで見て驚いたようにすぐ手をひっこめたのです。

Aは、あまりの恐ろしさにそのまま目をとじてしまって、あとを見なかった。いや見得なかったそうです。それから約三十分の間、彼は肉眼で窓ガラスを通して内を見ていたそうですが、もはや少しも、動くものはありません。だからAは何人《なんぴと》かが自殺をしたのを知ったのです。それから何人かがその自殺事件を発見したらしいことをも知ったのです。

どうです。これは被告森木の言うところとまったく一致するではありませんか」

清川はここまで言いきたって、ぐっと唾をのみこんだ。先程からにらみつけるような顔をして耳を傾けていた衣川は、堪りかねたか不意に言う。

「うむ、うむ、それ見たまえ、僕の信じているとおりじゃないか。それでその君の友達はどうしたのだ。だまっているのか」

「親友たる僕に、最近その話をしただけです。あとは誰も知りません」

「けしからん、君もまた君だ。それだけの事実を知っていて、しかも一方森木が捕まったことを知っていながら、なぜ君は、君は！　そしてその男は、訴えでないのだ」

返事によっては、そのままにはおくまじき切迫した気持ちが衣川の顔をおおう。

「しかしAは訴え出られぬ理由があるのです。AにはAの立場、僕には僕の立場があるのです。衣川さん。その点をちょっと考えていただきたい」

「清川、君はなんという情けないことを言うのだ。君と僕とは親友だったじゃないか。僕は君がそんな人間になってしまったとは、今の今まで思わなかった。なるほど君は法律家ではない。けれどもこのくらいの理屈が君には分からないのか。

いいか、ここに森木国松なる青年が、あらぬ罪をきて、いま死刑になるかもしれないという状態にいるのだ。いいか、一方に彼が無罪なることを明らかに知っている君の友人Aなる人と君とがいる。この場合、Aと君はいかにすればいいか。どうすれば正しいのか。こんな分かりきったことがAにも君にも分からないのか。いくら芸術家であっても君にこのくらいの理屈がわからないはずはない。

清川、くどいようだがもう一度いう。正義は蹂躙《じゅうりん》されかかっているのだ。否、既にあの被告を長い間捕まえたことによって、正義は蹂躙されているのだ。君らに対して法律は何も命令はしない。法律上の義務はないだろう。けれども道徳は何と教えるか。正義はどこを指すか。清川、少し考えてみてくれ」

清川は冷ややかに答える。

「衣川さん、あなたの言うところはよく分かっています。しかし、それなら僕が承りたい。Aは自分を犠牲にしても森木を救う義務がありましょうか」

「犠牲？」

「そうです。すなわち深い理由というのはその点なのです。Ａは自ら名乗りをあげると同時に、身を犠牲にしなければなりません」

「とはまた、どういうわけだ？　Ａの生命《いのち》にでもかかわると君はいうのか。たとえば、Ａが殺人者だとでも……」

「いいえ、違います。お聞きなさい。十月二日の夜半、Ａは一人でＥホテルの二階にいたのではないのです。はっきり言います。彼は恋人と二人でその夜をそこであかしました。しかもその婦人は人の妻です」

愕然《がくぜん》として衣川は清川の顔を眺めた。清川はさらにつづける。

「Ａはある人妻とその夜Ｅホテルにいたのです。これはむろん非常な秘密です。したがって、もしＡが森木を救おうとすれば、なぜそのとき彼がＥホテルにいたかということを調べられるでしょう。そうなれば、しぜん彼の恐ろしい恋は、暴露されるに決まっているのです。

Ａは、今日もおそらく涙にくれているでしょう。彼は森木が捕まって以来、一日としてこの問題を考えなかったことはないのです。衣川さん、Ａだって僕だってそう馬鹿ではないのですよ」

ちょっとした沈黙の後、衣川がおごそかに言った。

「なるほど、そういう次第なのか。よく分かった。しかし、清川、僕は、なんら問題はないと思うがね。けしからん話じゃないか。

Aは立派に法律上の罪人じゃないか。彼の立場には一応同情はできる。けれど一方は死刑になる事件だぞ。一方はそんな重い刑にはならない。この点から言っても、Aは進んで名乗るべきだと思う。だいたい君自身がAのような犯罪人に同情するというのが不思議に思われるが」

「あなたは法律家だ。だからすべてが法律的にしか考えられないんだ。Aにとってこの恋の発覚は、あるいは死刑以上の問題かもしれない……」

「それは自業自得というものだ。何を考える必要がある。清川、森木国松を救ってくれ。頼む」

「衣川さん、それはあなたが法律家として、または弁護士としての利己主義からじゃありませんか」

「何、利己主義? けしからん。何を言うのだ。君は、さっきもたびたび言ったとおり、問題は正義ということにあるのだ。正義の命ずるところ……」

「いや僕はあなたが利己主義者というわけじゃないんです。ただ僕はあなたがあまりに森木のみしか考えていないということを言いたいのです。衣川さん。Aが名乗り出るとします。問題はA一人ではありませんよ。むろん相手の夫人も犠牲にならねばなりません。しかしあなたは言うでしょう、自業自得だと。

なるほど、あなたのような冷ややかな法律家には、そう思われるでしょう。よろしい、僕はあえて反対はしますまい。けれどここにもっと大きな犠牲があることを忘れてはいけませんよ。この事件の最大の犠牲者は、何も知らずに平和に生活をしているその夫人の夫その人です。あなたはそれも自業自得だと言いますか。

無論、妻をとられるような夫を馬鹿だと言ってしまえばそれまでです。しかしあなたはあえてそれを言いますか。そう言いきることは恐ろしくありませんか。衣川さん。森木国松一人を救うために、三人の人が犠牲になるのです。一方は生命《いのち》、一方は生命あるいはそれ以上のものをすてようという場合です。

僕は法律家ではありませんから、一人の生命と三人の生命とを比べて算術をするようなことはしません。ただ事実を言うだけです。僕から言えば少なくもそれだけは自業自得だと言えないような気がするのです。もしそれならば森木国松だって自業自得だと言えないことはありませんからね。僕にはこの問題は恐ろしすぎるのです」

目をつぶって何か考えにふけりつつ衣川が言う。

「お互いに考えの相違は仕方がないとして、それならば僕ははっきりと聞きたい。君はA氏または君自身が訴え出ることはぜんぜん不可能だというのかね」

「だから……だからその点について僕は迷っているのです」

「清川、そんなら僕がもう一つ聞く。そんな不可能なことならば、なぜ君は僕の所へやってきたんだ。いったい何のためにそんなことを言いにきたのだ。いっそはじめから黙っていてくれた方がどんなに僕は気が楽だったか知れないじゃないか」

衣川の言葉はむしろ怨《えん》ずるもののごとく響く。

「だから僕はあとで後悔しやしないかと言ったんです。しかしなぜ僕が今日ここへ来たかその問いに答えましょう。Aは最近になって事実を打ち明けたのです。僕は驚きました。そうしてどうしようかと思い悩んだのです。

ところが今日、あなたがあの被告事件につき出廷するということを聞きました。それで僕はさっそく法廷に行って、始終のようすをきいていたのです。僕はあなたの熱意に感激しました。罪なき人を救うためにあなたは全力を注いでおられる。あなたのやっていることは正しい。尊敬すべきことです。

ただそのとき僕は思った。あなたはほんとうに森木国松の無罪を確信しているのかどうかということを。こう思った時、僕はどんなにかしてあなたに真相を告げたい。そうして少しでも今以上の確信と勇気とを与えたいと決心したのです。

法律家でない僕には、真相を語るだけでも語らないよりはましだとしか考えられなかったのです。今あなたが言われるように、そんならいっそ何も言わない方がいいとは思えません。と同時に真相を語ることが、すぐにそれを立証しなければならないことだとも思いません。Aの話をしたことは、しないよりいいはずです。Aの話をしたからAを法廷に引っ張り出さなければならぬとは思いません」

「……」

「あなたは法律家だから、Aの話をする以上、Aを法廷に引っ張り出さなくては何もならないとお考えになるのでしょう。法律問題としてはそうかもしれません。しかし僕は法律家ではないのです。僕はただ事実をあなたに伝えたかった。そうしてあなたにただ確信と勇気を与えたかっただけなのです」

言い終わると彼は、はっきりと衣川の顔を見つめたのである。

いろいろな感情が、衣川の心の中を動いているようであった。

「清川、お互いに考えの相違は仕方がない。それはいま言ったとおりだ。君の言うことも分からないではない。しかし同時に君は僕の立場を理解してくれることもできるだろう。どうだ、君お互いに妥協しあうことはできないだろうか」

「……というと？」

「つまりA氏に法廷に出てもらうのだ。けれどその時、ただ一人でM温泉に行っていたことにすればA氏に迷惑はかからないだろう」

「しかし、裁判官にどうしてその時そこにいたかと聞かれたらどうしますか。Aは嘘をつくのですか。あなたは弁護士として証人に嘘を言わせる気ですか」

「いや、けっしてそうではない。刑事訴訟法第百八十八条には、証言をなすによって自分に法律上の危険がきうる時には、その点について証言を拒むことができるように規定してある。すなわちA氏の場合には、見た事実だけを語ればいいので、その他の点は証言を拒めばいいわけなのだ」

「衣川さん。あなたは実に法律家ですね。そして実に法律的にしか考えられないのですね。考えてごらんなさい、なるほど法律はそうできているかもしれません。しかしAがその点について証言を拒むことは一面から見れば、ある種の自白と同様じゃありませんか」

「しかしけっして危険はないわけだが」

「それは法律問題です。事実問題として危険がないとどうして言えますか。この事件にAのような証人が飛びだすことだけで新聞は賑わいます。物好きな記者たちはEホテルに行くかもしれません。いや行くにちがいない。そうすればそこではAが当夜泊まったことと同時に、立派な家庭の夫人が同時にいたことが証明されます。

衣川さん。そのホテルのオフィスに、もちろん偽名ですが二人がサインしているのです。夫人の筆跡がちゃんと明らかになっているのです。Aは逃れることはできません」

「ではその夫人だけに出てもらうわけには……」

「絶対に不可能です。あの時分そんな所にいるべき女でないのです。のみならず、夫人自身が実見していないのですから仕方がありません」

「それではもはや妥協の余地はないのだね」

「ただ僕自身があなたの前で言っただけのことなら法廷に出ていってもいいのですが」

「しかしそれは、ぜんぜん作り話だと思われればそれきりの話だ……よし、仕方がない。こうなった以上、僕は僕の信ずるとおり行動するよりほか仕方がない」

「というとどうするのですか」

「われわれ法律家に、Let justice be done though heaven fall.という格言がある。正義を遂行せしめよ。清川、僕は正しいことのために争うのだ。君一個人に対しては、恩を仇《あだ》で返すことになるかもしれない。君の好意は好意として受ける。しかし、僕はあの話を聞いた以上、黙ってはいられない。断じて」

「あなたはAを捕まえるのですか」

「僕としてはAを捕まえるか、あるいは君を法廷につれだすか、いずれも僕の義務だと思う。清川、くり返して言うが、これは僕の利己心からではない。正義のためだ。正義のために戦うのだ」

「待って下さい。僕はその正義の名においてあなたにもう一度考慮を望むのです。そうです。何が正義か。もう一度考えて下さい。正義ということは尊いことでしょう。しかしそれに対して人間が、あわれな無力な人間が勝手の行動をとるということはおそろしいことですよ。人間が考えている以上に運命はおそろしいことをします。あなたはそう勇敢に進むことがおそろしいとは考えませんか」

「僕は文学者ではないから君の言うむずかしい言葉は分からない。僕はただ正義をふみにじることを恐れるばかりだ。それが恐ろしいのだ。この場合いかなる犠牲を払っても、森木国松を救うことがいちばん正しいことに違いないのだ。

よし、君との妥協は不可能だ。あすにもEホテルについて取り調べて必ずAの正体をつきとめてやる。清川、最後に言うが君とAとはよほど密接なようだ。よもや君がAなのではあるまいね」

「もはや言い合うだけは言いました。すべてはあなたの考えにまかせます。しかし衣川さん、僕がいま言ったことは忘れないで下さい」

風はますます強く雪はいよいよ降りつのる中に、旧友はかくして争い、かくして別れた。旧友を送ったあと、衣川柳太郎は、一人炉辺《ろばた》に座してまんじりともしなかったのである。

翌日は昨日《きのう》にまさる大雪であった。午前四時頃になってようやく就眠した衣川柳太郎は、さまざまの夢幻《ゆめまぼろし》におそわれつつ、ひる頃まで寝てしまったのであった。

なんとなく物憂《ものう》いまま彼は終日家《うち》にこもることにきめて、窓外《そうがい》の大雪をながめていた。

清川は変わった、まったく自分と考えがちがう。彼は不義の罪人をかばうことを正しいと信じているらしい。何が正義か、問題は実に簡単ではないか。不義の罪人をかばうことは、清川がその罪人である場合にのみ、その気持ちにやや同情はできる。

こんなことを考えつつ、彼は書斎で窓外の吹雪《ふぶき》を眺めていた。

けれど、けれど清川は俺の親友だ。彼に良心の無いはずはない。彼が来てくれたことが、既に彼の心の煩悶《はんもん》を表している。彼は今日は来るだろう。来てすべてを自分に告げるに違いない。

衣川柳太郎はこう考えて終日、家に留まることにした。

けれどもこれはあてにならぬ予期だった。

たよりにならぬ空頼みだった。

その日もくれたけれども、清川は姿を見せなかった。

夜のとばりがおりた時、彼は戸外の大吹雪のおそろしさを思った。たった一人で小田原にこの寂しい夜を送っているであろうところの妻、静枝の上をふと思いおこして手紙を書きだした。そうして夜おそく床《とこ》についた。

前夜安眠をとれなかった彼は、睡眠剤を多量に服してその夜は床につくなり、ぐっすりと寝こんでしまった。

翌日は好晴《こうせい》だった。雪も風もやんだけれども、あたりは一面の銀世界である。

おそい朝食をすませたところへ、女中が、

「お手紙でございます」

と言って厚い封書をもってきた。

静枝に送る手紙をひきかえに、女中に渡した彼は、その封書の裏を返すと、そこには明らかに清川純という三字が読まれた。

心をおどらしながら封を切った彼の眼前に展開された手紙は、次のようなものであった。

衣川柳太郎様

僕はここに親しきあなたに向かって最後のごあいさつを申し上げます。あなたは永遠に僕を忘れて下さい。この手紙があなたの手中に落ちると同時に、あなたと僕とは、地上においてまったく関係のない二人の人間となるでしょう。すべての事情はおそらくあなたと僕とを永久に別れさせてしまうに違いありません。

衣川さん、昨日《きのう》仮にAといったのは、あなたが察しておいでのように、僕自身ではないのです。しかし、僕の分身のような人間です。そうです僕と同じなのです。Aは実は僕の肉身の弟だったのです。肉身の弟清川弘のことなのです。

おろかにも僕は弟のおそろしい恋を最近まで知らずにいました。大学を出たばかりの僕からは、まだ子供のように思われる弟、弘がそのようなおそろしい恋をしていることはまったく知らなかったのです。

弘は、昨日申したとおり、Eホテルで森木国松の事件をすっかり見ていたのでした。不義の恋に対して天がいかなる方法をもって報いるか、人間のはかり知り得ることではありません。弘は、好奇心から見たあの事件のために、あれ以来、一夜として安眠を得たことがないのです。

衣川さん、弘に良心がないと思うのはかわいそうです。弘はちょうどあなたの言われたとおりの考えを持っていたのです。ことに法律を学んだ弟には、自分を犠牲にしても名乗って出ることが正しいと考えられたらしいのです。

けれども、一方彼はただれた恋に陥っていました。愛する女を犠牲にしなければならないということが、いちばんその決心をにぶらせたのです。そうしてあの事件以来、名乗って出よう、名乗り出なければならないと思っては、それをなし得ず、また自決することもできないで時をすごしてしまったのでした。

ところが、森木国松の事件はいよいよ進行し、しかも被告に最も不利に進んでしまいました。新聞でそれを伝えられるたびに、弟は身を切られるような思いをしていたのです。そうしていよいよ第一回の公判が開かれ、被告の身がいよいよ危険になると知るや、弘はたまりかねて、あのおそろしい事実と恐ろしい恋の話を僕に打ち明けたのです。

その時の僕の驚きを察して下さい。さらにその夫人の夫の名をはっきり聞かせられた時、僕はさらに驚いたのです。その人は社会的に立派な地位をもって、しかも最も妻を信じている善良な紳士なのですから。

しかも、その紳士は僕のよく知っている人なのです。よく知り、よく信じ、よく愛している人なのです。

衣川さん、僕の立場を察して下さい。もしあなたが僕の立場に立ったら、あなたはどうなさるでしょう。あなたは思いきって弟を法廷につきだしますか。

理論は僕の進むべき方向を示さないわけではありませぬ。僕の立場に立ったものが進むべき一歩は明らかでしょう。けれどそれは実に実に忍びぬことです。

僕は弟を犠牲にすることを一度は決心しました。もちろんその相手の婦人をも犠牲にする覚悟をしました。

けれども僕は裏切られた夫のことを思った時、どうしてもその決心を遂行できなかったのです。

その人は僕の親しい友です。僕が尊敬し、理解していると信じている人です。この人の運命を一撃にたたきつぶさなければ森木国松を救えない、とこう考えた時、はたして正義というものは、その友をまで犠牲にしなければならないものかと思わざるを得ませんでした。

僕を信じて下さい。

これはけっしてごまかしでも何でもありません。肉身の愛に溺れて僕が決心をにぶらせていたのではありません。僕は罪深き弟を犠牲にする覚悟は今でも十分もっています。けれども天地がくずれても、僕の親しい友が妻に裏切られた顔を見ることはできません。衣川さん、僕が友人にいかに忠実であるかということは、僕があなたに対する真情でも知ることができるでしょう。

一方に不幸な肉身の弟をもち、一方に不幸な友をもち、しかも他方不幸な森木国松あるを知っている僕の立場を察してやって下さい。

僕はできるならば、すべてを何とかうまくまとめようとしたのです。けれどそれは何といっても卑怯なごまかしにすぎませんでした。昨夜もあなたから言われたとおり、僕は何としても事実を打ち明ける心がにぶっており、そのくせある程度まであなたに知らせるという矛盾した行動をとらなくてはならなくなったのでした。

こうやってこの不幸な僕は、いつまでこの苦しみの中にもがいていなければならぬのか、そう思い悩みながら僕は昨夜うちに帰ったのでした。

けれども悲劇はついに大詰めにまで進みました。弟は、この兄のくるしみも察せず、昨夜ついに死の旅路についていってしまったのです。

僕が、あなたを訪問したことを知った彼は、すべてを僕があなたに打ち明けると思ったのでしょう。そうして法律家としてあなたがとるべき道を察したのでしょう。彼は、一片の遺書を残して、大吹雪《ふぶき》の中を、東京をあとに旅に出てしまいました。頼みがいない兄と思ったでしょう。あるいはまた正しいことを一歩もまげない兄とも思ったでしょう。

弟はかねて好んでいたS県のA山麓で死にたいと書き残しました。そうしておそらくは、その恋の結末として、婦人をも道づれにするでしょう。遺書によれば、かねて相手の女もこの場合あるを覚悟していたそうですから。

今頃はA山麓の大吹雪の中に、二人相擁《あいよう》して倒れていることでしょう。

僕は、とめればその死をとめ得たかもしれません。けれど僕は弟の死を、とどめる気に今ならないのです。

Ａ山麓に二人の人間が死ぬということはすべてにとって不幸なことです。二人にとっては無論です。しかし女の夫にとってはさらに不幸です。さらに森木国松にとっては最大の不幸です。

けれども、一歩退いて考えれば、僕のような人間のはかない力で、この運命をどうくい止められるでしょう。よし、弟の死を救ったところで、どうなるのです。

衣川さん、僕にとってどの道がいちばん正しいのでしょう。

僕にとって、正義の道はどこにあるのでしょう。

僕は、この手紙をあなたに出すと同時に、僕も旅に出ます。しかし僕は死にません。ただあなたに永久に顔をあわせぬ所に行こうと願っています。

最後に、二人の今はおそらく死についているであろう生命《いのち》に罪つぐなわれて、魂天《たましいてん》にかえることを祈ります。森木国松のために、何か偉大な救いの来ることを祈ります。

そうして最後に、僕が最も信じ愛しているあなたに、いかなることがおころうとも、幸福あらんことを切に切に祈るものです。

清川純

読み終わった衣川の顔色は、この世のものとは思われなかった。

しかし彼が考えをまとめようとするとたん、ドアを叩いて女中があわただしく入ってきた。

「旦那様、お電話でございます」

「どこから」

「あの……長距離電話で、どこかの警察だそうでございます」

「何、警察？」

ある恐ろしい、いまわしい予感におそわれて彼は電話室に立った。

「……僕衣川《きぬがわ》柳太郎です……え？　何？……S県Nの警察？……はあ、はあ、何です。よく聞こえませんが……それは僕の妻の名ですが。何？　雪の中、死んで？……何ですかもう一度言って下さい、そうですよ、それはたしかに僕の妻ですが……僕にあてた手紙がある？　死んだのですか、ほんとうに？　え、紳士態の死体？……、……何、清川弘！」

外にいた女中は、主人のただならぬようすを注意していたがこの時、突然、電話室のガラスがくだける音がして、主人がよろよろと倒れるのを見た。

衣川柳太郎は脳貧血をおこして倒れたのであった。

数日の後、
臥床《がしよう》して誰にも会わなかった衣川柳太郎は親しい藤山検事が、一私人として見舞いにきたのを聞いて強いて居間に通した。
わずかの間にいたましくやつれた主人の顔を見ながら、藤山検事は一応の見舞いをのべ、からだの養生をするように、おだやかにいとまをつげようとした。

「藤山君、勝負は僕の勝ちだよ」

「……」

いたましい家庭の悲劇を知っている藤山検事は、不意に衣川にこう言われて何のことかちょっと分からなかった。

「藤山君、森木国松の事件だよ」

「ああ、あれか、あれは君、弁護の辞任届けが出ているが……今、養生が大切なんだから無理もない」

「藤山君、勝負は僕の勝ちだよ。あれは有罪だと思って弁護を辞したのではないよ。いやその逆さなんだ。森木国松は絶対に無罪だよ。君、君はとんでもないまちがいをしているのだぞ」

「……」

「藤山君、もう一言君に言っておく。Let justice be done though heaven fall.だ。しかし何がJusticeか、僕らは考えてみる必要があるよ」

こう言うと、冷たい気味の悪い微笑を唇の辺りに浮かべながら、衣川柳太郎は病床にあって、再び目をとじた。

島原絵巻

あなたは大矢月堂《おおやげつどう》という名を聞いたことがありますか、日本画の画家なんですがね。これが彼の作品ですが、どうですそうとう物凄いでしょう。

私から言えばちょうど父親位に当たる老人の箕島《みのしま》さんは、老眼鏡を鼻柱のところにぐっと下げながら私の方を見て微笑をもらした。手には一巻の巻物をもって、その紐をほどいている。

ね、あなたのように物凄いことばかり書きたがってる方にはお気に向くと思って、今日はわざわざ婆さんにそう言って蔵からこれを出させておいたんですよ。

大矢月堂という男はいま生きていれば四十五六になりますかね、仕事に熱心なある意味では感心な人でした。ただ仕事のことになると少々気狂《きちが》いじみたところはありましたがね。ほら、絵にもだいぶその性格が出ていましょう。

こう言って老人の手によって広げられた絵巻は、なるほど一瞬にして私の目を奪ってしまったのである。

何と言っていいか、いわばグロテスクな、変態とでも言おうか、そういったような血みどろな物凄い光景が陸続として私の目の前に展開されてきた。

男がいる、女がいる、少年がいる、少女がいる、否、赤ん坊さえも母に抱かれている。それが皆、血みどろになって、あるいは天に向かって叫び、あるいは地に伏して断末魔の苦悶《くもん》を味わっている。私はその絵を見た刹那、一体これは何を意味しているのかと疑った。

老人は私の疑問に答えるようにつけ加えた。

これは島原の殉教者たちを描いたものなんです。月堂はこの絵を完成して死にました。この絵を完成させるために生きていたと言っていいくらいなものです。おしいことをしましたよ。あれが今頃まで生きていれば、近頃の何とか趣味にうまく合って、絵もさかんに売れたんでしょうがね、何と言いますか、まあうまい時に出くわされなかったのですね、運がなかったとでもいうのでしょう。不運な男ですよ。

どうしてこんな絵を描いたかというと、これが彼のほんとの趣味だったのです。ご承知のとおり、大家にならなかった画家というものは惨めなもので、月堂も平常は芝居の絵だの、雑誌の挿絵なんか描いて食っていたんですが、一生のうち、百人の人間を立派に殺してみたい殺してみたいって言ってました。と言ったって無論ほんとに人間を殺すわけじゃありません。ちょうどあなた方が小説の中で何人も人を殺すように、立派な人殺しを絵の中でやりたいって言うんです。今でまず変態な趣味とでも言うんでしょう。ひまがあると斬《き》られたり殺されたりしている人間を描いていました。

ところでどうです、ようく一人一人見ていってごらんなさい。この絵が非常によくできていると思いますか、物足りないとは思いませんか。

こう言われて、私ははじめて、はじめの魅力から逃れた気持ちで再びその絵を見直したのである。素晴らしい、なるほど素晴らしい絵には違いないが、老人にははっきりそう言われて見ると、絵の調子にどことなく誇張があるように思われた。

あなたは、気がつかれたろうが、この絵にはだいぶ嘘がある。きれいな絵のすきな素人をごまかすのにはこれで十分だが、こういうことに趣味をもっている人をごまかすことはできないってのが月堂の不満だったのです。なぜかと言えば、月堂自身が、殺された死体はたびたび見たことがあるが、殺されようとする刹那の人を見たことがないからだ、というわけですね。

こりゃもっともな話で、そうざらにそんなところを見る人もないものですが、月堂は死ぬまでにどうか一度そういうところが見たい、見たいって言ってましたが、とうとうその望みが達せられて、――しかも下手人《げしゅにん》が月堂自身なんですが、――その結果できあがったのがこれなんです。

老人のこの終わりの方の言葉が、私に非常な驚きと好奇心をよびおこしているのを尻目にかけながら、老人は新しい一巻を取りだして私の目の前にさっと広げた。

私はその絵を見た時、ぞっと全身が震えるのを感じた。

絵は三尺に二尺位のそうとう大きなものだが、そこに描かれているのはたった一対の男女だった。美しい小姓姿の男と可愛い娘とだが、小姓の方は全身を裸体にされた上、鎖できりきりと後ろ手に縛られて鉄の柱にくくりつけられている。娘もやはり縛られたまま柱に倒れかかっているのだが、すさまじいのは小姓の顔面の表情であった。

画面にはこの二人物《じんぶつ》以外に何もなく、ただ小姓の膝の辺りに墨がぼかしてあるばかりだったが、小姓の顔色から、今にも彼が焼き殺されようとする最後の刹那の説明がはっきりと分かる。今や火が上がってこようとするのだ。

小姓は自分の運命を知ってはいながらも、なお身もだえて逃れようとしている。その刹那、火に対する極度の恐怖と、刑を行おうとする、描かれていない役人に対する燃ゆるがごとき呪いと憎念が、どんなにまざまざと浮かび出ていたことか。

炎の一片をも描かずして、火あぶりの物凄さは局面一杯に広げられている。何という手腕だろう。美しい小姓は今にも私に向かって呪いをあびせようとしている。

私はぞっとして絵から目を離して老人の顔を見入った。

月堂《げつどう》はこれを描くために人を殺したんですよ。いや、人を殺したためにこの絵ができたんだと言っていいでしょう。

こうやって見ただけで火あぶりと分かるでしょう。可愛そうに、二人の人間が月堂に焼き殺されたんです。

けれど誰だって月堂が人殺しをした話なんか知ってはいません。知っているのはこの私一人なんだから、月堂が肺を患って死ぬまぎわまで私にも言わなかったことですからね。ではどうしてそんな大それた罪が誰にも知れずにすんだか。すっかり初めからお話ししてお聞かせしましょう。

簑島《みのしま》老人の言葉はいよいよ奇怪になってくる。私は火あぶりになっている少年の絵を前に広げたまま、老人の話を一語も聞きもらさじと耳を立てた。

大矢月堂の若い頃のことはよく知りませんが、私が月堂を知ったのはあの男が三十位の時だったと思います。私がなに大したことでもなかったのですが、ちょっと世話をしてやったことがあったので、それ以来、たいへん私ら夫婦を徳としてはちょいちょいやってきたものです。

結局それが縁となって私はこの男の死に水を取ってやるようになり、また、この絵を手に入れ、そうしてそれにまつわるおそろしい物語を聞いたってわけなんです。

私が月堂を知ったのは今も申したとおり、あの男が三十をちょっと出たくらいの時でしたが、その頃は、新派の某《それがし》という俳優たちの一座から買われていて、舞台の背景なんかをやってました。

その頃もいつも世話場なので時々、風景を描かせては私の旧藩主の家《うち》なんかに行っていくらかにしてやったものでした。

人殺しの絵の趣味は無論その時分からなかなか盛んで、暇さえあれば一生懸命にかかっていたわけですが、この仕事にかかると奴さんまったく気狂《きちが》いじみてくるんです。よく責めの絵をかく絵描きは、人間をほんとに縛ったり転がしたりして写生するって話ですが、月堂もやっぱりそうなんです。

下まわりの役者に頼んでは倒れてもらったり、縛られてもらったりしていたんですが、その絵をかいている時はまったくむきなので、しまいにはその何とかいいますね、そうそうモデル、そのモデルになっている人間が気味が悪くなって逃げるっていうことですよ。だけれども月堂はいつも不満を言ってました。役者をいじめたり縛ったりしたって結局芝居にすぎない。おまけに役者はなかなか表情がうまいし、また芝居心があるからかえってうそに流れっちまうというんです。それで時々素人の男女をひっぱってきてかかるんですが、はじめは納得してもしまいには気味が悪くなって、みな逃げるんだそうですよ。

いつだったか、ある役者をモデルに使っていた時なんざ、いざ斬《き》られるという時の表情が見たいってんで、モデルを縛っておいて、いきなり台所から出刃庖丁をつかみだしてきたんですね。それがほんとに斬りそうにしたもんですから、その役者はおそろしくなって大声をあげたんです。

するとと月堂はますますいい気になって、とうとう腕のところをちょっとでしたが突いて傷をさせてしまいました。それであとで大さわぎとなり訴えるとか何とか言うことになりましたが、結局いくらか金をやっておさめたことなんかがありましたっけ。

ところで月堂のあとでの言い草がいいじゃありませんか。あの表情をほんとに見つけるのに五十円とはやすいもんだ、金で殺せるなら誰かやってみたいんだが、とつくづく嘆声をもらしていました。

といってもこの男平生はちっとも変わったところはないんですぜ。あの頃まだ独身でしたが、仕事にかからなければ男にも女にもたいへんやさしいんです。けっしてこの頃あなた方のよくいう奴じゃなかったと思うんですがね。

話が長くなりますから、この辺でおもしろいところへ飛んじまいましょう。

大正も十年頃になって月堂は女房をもらいました。そうして本所の方のある町に小さな家《うち》をかりてそこにまあ世帯をもったわけなのです。

私は当時からこの郊外に住んでいたので、奴さんとあんまり会う時もなく、時々絵でももってくると、なんとかよそへ売れ口をさがしてやっていたんです。

するとその翌々年の初夏頃でしたろう。

突然、月堂が私の所へやってきました。珍しくその時は手ぶらでしたが、顔色がどうもあまりよくないのです。おまけに咳をゴホンゴホンしていたので、私は身体《からだ》の具合を聞いてやりました。

月堂の話によると、どうもこの二三年前から身体の具合がわるく、咳が出たり熱が出たりするのだそうです。かかりつけの医者は、肋膜《ろくまく》だというそうですが、どうも自分はそうは思わない、肺の具合がひどくわるいらしく仕事もあまりできない、ついては今のうち後世に残すに足るようなものを描きたいっていうのです。

ひどく心細いことをいいますが、同時にひどく大きなことを言いだしたわけなんです。それが私がどんな絵をやるんだと言いますと、いよいよ大がかりな殺しの絵にとりかかっているというのです。

なんでもその筋は島原のバテレンが殺されるところで、人物を五十人くらい描いてゆく。それに一人一人生命をうち込んで描いてゆく。無論これがみな殺されかかっているところなんですよ。

そこで、私をたずねてきた頃には半分ばかり描きあげた。しかしいちばん大切なのがどうしても描けないって愚痴をこぼしているんです。何がいちばん大切なのだというと、一対の若い男女を焼き殺すんだが、これだけは特に大きくやりたい、これがこの物語の主人公だからと申すのです。

詳しいことは、覚えていませんが、月堂の頭の中にそのころ描かれていた話の筋の主人公というのは、どっかの武士の娘なんです。

むろん場所は島原なんですが、名前なんか忘れちまいました。この娘がかねてある小姓とねんごろになっている。ところでこの小姓はある武士の子なんですが、これがバテレンなのです。

娘は男を恋するあまりに、自分も一緒にその信仰に入るのです。するとここに他に一人の武士がいて、この娘に横恋慕《よこれんぼ》してはねつけられる。この武士は娘が小姓といい仲であることを発見し、同時に二人がバテレンだということも知ります。

そこでしまいに娘をおどしにかかります。自分に従わなければ、お前が伴天連《ばてれん》だということをお上へ訴えるというわけです。

娘は自分はかまわないけれども、恋してる男に不幸がきては大変だと煩悶《はんもん》します。といって他の男に許すわけにはいかない。そこで進退きわまって自殺をしに出たところを捕まります。横恋慕の武士は今はこれまでというので、バテレンの一件を訴え出る。そこで二人はむろん二人の家《うち》のものもみな捕まって責められる。

結局この二人はどうしても信仰をひるがえさないので、恋仇の見ているまえで焼き殺されるという次第なのです。

つまり月堂はこの悲劇の主人公二人を他の大勢の殉教者とともに描きたい。特に二人だけを大きく、そうしてほんとうのものにして描こうということになったらしいのです。

ところが、今まで殴ったり切ったりした表事《おもてごと》はあるけれども、焼き殺されようとする人を見たことがないので、こいつがいちばん困るといっていましたよ。そりゃそうでしょうとも、そんな注文どおりのモデルなんか、昔でなければ見られるはずもありませんからね。もっともそのとき帰りぎわに、姿だけは二人ともモデルを発見したってよろこんでいました。何でも女の顔はそのころ浅草の芝居に出ていた女役者の顔をかりるんだそうです。男はどうも素人のきれいな顔でなくちゃいけないというんで、なんでも近所の八百屋か何かの十六七の伜《せがれ》で、いい顔をした少年を見つけたって言ってました。

さて、私はこの日、月堂にあったきり、その年の九月まで会わなかったのです。九月に月堂が私の所に来た時は、もうおそろしい罪を犯してきたあとなんですから、それがどうして行われたかということは月堂が死ぬまぎわになってやっと話したことなのです。だからこれから申し上げることは、全部月堂から聞いたとおりをお話しするわけです。

簑島《みのしま》老人はこう言って渋茶をぐっとすすって、そろそろうるさくなってきた藪蚊をうちわで追いながら月堂の犯罪を物語った。以下記すところは老人の話である。

その頃、月堂は、簑島老人が語ったような絵を描くのにほんとうに真剣だった。実際、彼の生命は彼が信じていたとおり、あまり長くもないように見えた。自分の生涯が大して長くないという自覚と、その短い間にせめて、自分が画家としての記念碑を残そうという決心が、彼を駆って、まったく真剣ならしめた。

どうしても二人の男女のすがたを描こう、美しく、しかも悲惨に！　これが彼の最後の望みだった。

彼はまず女の顔を発見した。しかしその女は老人の言ったような役者なので、うちに入れるわけにいかない。ポーズをとるのにはすべて自分の妻を用いた。

夫のこの苦しい、しかし真剣な決心を知っている彼の妻は、甘んじてそのモデルになった。それには、真夏であることが都合がよかった。月堂は、初夏から夏の最中まで毎日のように、妻を半裸体にして柱に鎖で縛りつけては、その形を研究したのだった。

ところがある日、彼がいつも通る近所の八百屋にきれいな子供がいることを発見した。彼はその少年を一目見た時、いつの間にかはるか昔、その少年が稚児《ちご》姿になって、苦しめられている幻影を脳裏に浮かべたのである。

簑島老の話によっても、またその他のことから考えても、月堂を美少年好きと解釈することは当たらないらしい。

彼はまったく自分の芸術のために美少年が入用だったのである。

八百屋の子供に渡りをつけることは必ずしも難事ではあるまい。しかし彼の望みどおりのモデルに使うのはかなり難事だったに違いない。

けれど、今はすべての難事は忍ばれなければならない。どんな苦しい思いをしても月堂は少年と近づく必要を感じた。

必要でもない青物を買って、わざわざそれを茅屋《あばらや》にもってこさせた時、月堂は初めてその少年と語った。少年の名は勇吉という。月堂は貧しい中から相当な金を勇吉に摑ませて、まずその甘心《かんしん》を買った。そうしてだんだんと懇意になっていったのである。

少年勇吉が月堂の家《うち》の柱に初めて後ろ手に縛られたのは、暑い八月に入ってからだった。十六歳の勇吉にはもとより月堂の真意が分かるはずはなかった。一応の説明を月堂から聞かされても、それが月堂にとってどのくらいの値《あたい》のあることかは、分かるはずはなかった。ただ彼が月堂のモデルになったのは、それに対する月堂からのご褒美がほしかったからであった。

月堂は勇吉を縛るためにはあらゆる努力をおしまなかった。彼の貧しい懐から彼にとってはかなり多額な犠牲が払われていた。彼は勇吉に、絶対に父親にはモデルの話をしないという約束をさせた後、父の八百屋に対しても好意をもたれるようにしむけて、用もない書物を買ってやるようにさえした。

勇吉にしてみれば、まるで他《はた》から見るようないやな役目ばかりしていたわけではない。うちにおれば始終こきつかわれているが、月堂の所への届け物といえば父も月堂からのつけ届けでいやな顔をしないで、長時間のひまをくれる。

柱に縛られているといっても、両手が不自由なだけで、しばらく我慢しておればいいんだし、その間、別に殴られたり突かれたりするわけではないのだから、一方から言えば、うちに働いているよりよほど楽だったとも言える。

ただ初めて、絵のモデルとなって縛られてくれと言われた時は、さすがにちょっと驚いたけれども、それに対する報酬がたしかに彼を誘惑した。

月堂は、勇吉の形をうつした後では必ず映画を見につれていったり、時には鰻を食わせたりした。

女でないから裸体になるのを少しもはずかしがらないのは、ことに月堂にとってはよかった。その年の八月は十分に暑かったから、勇吉にすれば着衣でない方がよほど楽なわけであった。

月堂は、妻と勇吉とを交わる交わるモデルに使用して、殉教者のいろいろなポーズをまず描いた。

下図はかなり成功して進行した。ただ気になるのはその群衆の表情だけだったが、群像は群像として心にかなうようにすすんできた。

そうしてその下図ができあがった頃、月堂はいよいよ主人公の二人を描きださねばならなくなった。彼は八月半ばになって、いよいよとりかかろうと決心した。

いよいよその仕事をはじめるに当たって、月堂は二人のモデルを同時に使うことに決めた。

家《うち》の柱に、二人を同時に縛りつける。妻を胸まで露出させてくくりつけ、それに接して勇吉を裸体のまま縛るのだった。

彼はこうして、島原の美しい一対の形をとろうと試みた。

この試みは意外な成功をもたらした。

これはたぶん、勇吉を喜ばしたものであろう。

少年といっても十六になっている勇吉には、自分と肩をむきだしにして接触している年《とし》増《ま》女をそばに感じていることは、たぶんかなり好奇心を満足させたにちがいない。

勇吉は一人の時よりははるかに長い間、縛られることに甘んじた。

その第一日は、月堂はいろいろ研究して二人の姿態を調べた。次の時、彼は勇吉の美貌をはっきりと頭にきざみ込んだ。


「しかしあれは平和な村の顔だ。けっして焼き殺される時の顔じゃない。だめだ、だめだ」

その夜月堂は悶々《もんもん》として夜を明かした。


八月の最後の夜はすぎて九月に入った。

勇吉は、昼前から父に暇をもらってとつぜん月堂の家にやってきた。

勇吉が進んでくるようになったのは、妻と一緒に描かれはじめてのことなのであった。

勇吉の両腕をその背中のところで、手くびを細い鎖が肉にくいこむ程ほんとうに固くぎ

りぎりとからげながら、月堂は、

「今日こそ何とかして、この顔に苦悶《くもん》を出させてみなくては、いっそ、いつかの役者の時のようなことをしてみようかしら」

と考えていた。

妻も鎖でぎっちりと縛り上げて勇吉のそばにくくりつけたまま、月堂はぼんやりと二人を見つめていた。

「おじさん、どうしたの？」

勇吉にそういわれても、彼は下図に使う鉛筆を手にとらなかった。

「どうも、まだうまくゆかないんだよ」

彼にはまだはっきりした決心がつかなかった。

このままで今日も終わるのでは何にもならない。といって、手荒なまねをして勇吉の父から文句をつけられても……と思いながら、何気なくふとそばにおいてあった安物のボンボン時計をながめた。

月堂の時計は正午《ひる》を五分ほどすぎていた。

「どうもうまくいきそうもないんだが。……まあ、お昼にしてからまたかかろうか」

月堂がこう言って彼の妻をながめた時だった。ちょうどその時だった。

遠雷《えんらい》のような音がしたと思うと、彼はいきなり足を取られたように感じてそばに倒された。

「地震だ！」と思ったとたん、台所においてあったものがガチャンとこわれる音がしたが、同時に家《うち》が傾いたような感じがして、めりめりと戸が音をたて、簞笥《たんす》の上にあったいろんな道具が頭からふりかかってくるのを認めた。

彼はまったく夢中だった。

二人を縛った柱が斜めに曲がったように思ったが、自分以外のことは、そのとき考えられなかった。否、その自分でさえも、あの激動がちょっとやむまで、どこにどうしているのか分からなかった。

激動がちょっと止まった時、彼は飛鳥のごとく入口にとんでいった。しかしはたと行き止まった。真っ昼間、こんなモデルを使っている月堂は、仕事にかかると必ず入口に厳重な錠をおろすことにしている。そこから逃れようはずはなかったのだ。

彼は身をひるがえして台所へ行った。そこの裏口には隣の家の軒が倒れかかっていたが、そこから無理に外にとびだした。

その刹那、前にも増した大きな激動が彼をおそった。泳ぐようにして路地から出ようとした時、はじめて自分の家の中から女の悲鳴を聞いた。つづいて「おじさーん」と叫んでいる勇吉の声を聞いた。

月堂が、自分ののこしてきた家にまだ二人の人間が、しかも身動きもできぬように縛られているのだということを考えたのは、その時がまったく初めてだった。

激動がまたしずまった時、月堂は再び裏から室《へや》にとび込んだ。妻に早く一緒に逃げろと言うために。そして一刻も早く勇吉を自由にしてやりたいために。

月堂は、おそらくは恐怖に身もだえしているであろうところの、妻と勇吉とを見出だすと考えてとび込んだのだった。

ところが事実はややその考えに反していた。

この点はごくわずかなことだけれども、人間というものの心のうつり方の恐ろしさを考えるためには、じゅうぶん明らかにしておかなければならないのである。

もし、妻が、泣き叫んで彼に救助を求めていたなら、彼はむろん通常の人間どおりに行動したに違いない。

しかるに、身もだえをして苦しんでいたのは、勇吉一人だけだった。生来、非常に地震を恐れていた彼の妻は、最後に悲鳴をあげた刹那、そのまま気絶してしまっていたのだった。喪心《そうしん》状態になって、――したがって鎖で半分身体《からだ》を宙につられたまま青くなっている妻のところに、月堂は本能的に駆けよった。

そうして、ひどくからだをゆすぶりながらオーイオーイとよんでみた。

「おじさん、おじさん、早く解いてよ――」

勇吉は死に物狂いになって叫びつづける。

月堂はそれが耳に入らぬもののように、なお数回妻を抱いて名をよんだ。身体をゆすぶった。

しかし妻は死んだもののようになっている。

勇吉は涙を流しながら足ずりをして叫んでいた。

その時、月堂は真っ青な顔を上げると思うと、不意に妻の身体を突っぱなして、ぶらんと鎖にぶらさげたまま、右手でいやというほど勇吉の豊かな頬ぺたを殴りつけた。

この不意打ちは勇吉にはまったく意外だった。しかし今はそれどころではない。彼は何とかして両手を自由にしようと身をふるわせながら、

「早く、おじさん、早く……」

と叫んだ。

月堂の頭はまったく不思議な魅惑で占領されていた。

彼はいきなり懐中にあった小布《ハンカチ》をとりだして、驚く少年の口の中に無理やりに押し込んだ。つづいて傍らにあった手ぬぐいをとって、きりきりとその口を縛りはじめたのである。

理由も目的も分からないけれども、勇吉は死力を出して防ごうとした。しかし両足までも鎖で縛りあげられてる以上、わずかに首を振って抵抗し得るだけだった。

無論、月堂の力にはかなわなかった。

悲鳴はおろか、息をすることさえもようように見えるくらい、完全に猿轡《さるぐつわ》をかけた月堂

は、まだゆれ返す大地の怒りには、もはや何らの恐れのないもののように、また戸外に走り出た。

そこはまるで戦乱の状態だった。

右に走るもの左に走るもの、子を探すもの親を探すもの、一言にして言えば、大正十二年九月一日の正午すぎの、本所のあの町の有様を想像されればよいのである。

月堂は、たった一人、家《うち》の前に木像のようにつったっていた。まもなく彼は予期していた人を見つけた。それは勇吉の父親だったのである。

「あ、おとっつあん、たった今、あんたん所へ戻ってゆきましたぜ」

非常な場合には、人はきわめて大切な用だけしか言わないものである。

「あそうですか。行き違ったんでしょう。火がきてますから、私たちゃ、例の広っぱへ皆で行ってます。もしまた勇吉にあったらそう言って下さい」

勇吉の父親はこれだけ言っていそいで走り去った。その広っぱという所で、その日数万の生命が失われたのであったが。

「火がきた」と言われて初めて月堂はかなたに目をやった。なるほど近所から出火している！

たびたび襲来するゆれ返しをまったく気にしないような様子で、黙々として月堂は再び家にはいった。

激震につづいて出火の報をきいた近所の人たちは、てんでに自分以外のことは考えなかった。板一枚となりにどんなことがおこっているか、誰だって尋ねようとするのんき者はなかった。

だからもし、月堂が、二人の人間を放置しておいて逃げだしたところで、そうしてたとえ勇吉の悲鳴が聞こえたところで、彼の家の前を通った数万の人々のうち一人でも、この家の中へ来てくれる者はなかったかもしれない。まして、一人はまったく失神して倒れており、一人は物も言えない状態にあるのだ。

黙々として部屋に戻った月堂は、冷ややかな目つきで勇吉の方をながめた。勇吉は、身動きもできぬ悲惨な状態で、しかしまだ死力をつくして少しでも手をゆるめようとあせっているけれども、鎖は肉にくい込むばかりで一分もゆるむことではなかった。

はじめ地震の恐怖のために真っ青になったその顔面は、今や自分の辿ろうとする恐ろしい運命から逃れようとする努力のために紅《あか》を呈している。その紅顔《こうがん》の上を油のような涙が流れおちている。

何と思ったか月堂は黙ってそこにしゃがんでしまった。

人類のもつあらゆる残虐性が月堂を支配した。そうしてそれと、人間の死ぬまで捨てられぬ自己の欲望――月堂の場合には絵に対する何ものをも犠牲にしてもやまぬ欲望が、彼をまったくとりこにした。

残虐性と欲望とが、人間の形をしてできたものが、ちょうどその時の月堂だった。

全身の筋肉をはりきって苦しんでいた少年の横っ腹の辺りに、まげをがっくりとくずれさせて、死体のように、女が宙づりをされている。

この形は月堂には、ただ一つの構図としか考えられなかったかもしれない。


外路を走る人たちの叫び、遠くに聞こえる大砲のような響き、この物凄い交響楽を伴奏とするには、ふさわしい物凄い室《へや》の中の空気だった。

刻一刻外の人声ははげしくなった。

火足の早いことを思わせる。

月堂はもう一度外に走り出た。

もはや木の燃える臭いがする。燃えさかった木片が足もとに落ち散ってくる。

このままおけば、あの子も女房も焼き殺される！　こう思った瞬間恐ろしい考えが彼の頭をかすめた。

月堂はとぶようにして室に戻った。

物に憑《つ》かれた人のように、彼は勇吉の前に屑や木片をつみかさねた。家《うち》の中の、いやしくも火のつき得べきものは手あたり次第にそこにおかれた。

理由は知るまい。動機はわかるまい。けれども勇吉は早くもその意味をさとったらしい。彼は最後の努力を全身にこめてもがく。そのたびごとに、手首が鎖に嚙まれて真っ赤な血が流れ出る。

月堂は、二人を写生した下図を手につかんでべりべりと引き裂いた。そうしていきなり燐寸《マッチ》でそれに火をつけると、それを手にとって、そこにうず高く積まれている屑に炎を移そうとした。その瞬間だった。

彼は己の耳を疑ったほど、異様な、物凄い唸《うな》り、――まったくそれは唸りというべきものだった――を聞いた。

勇吉の努力で猿轡《さるぐつわ》が多少ゆるんだのだった。

月堂ははっきりと勇吉の顔を見た。

見た。見た。彼はそこに一生涯探していた顔を見た。火刑《ひあぶり》にされようとする人の顔、焼き殺されようとする美しい少年！

あらゆる人間の呪いと恨みと、苦しみと、火に対する恐怖の顔色！

積まれた紙に火が移ったとたん、月堂は、今まで描いた群像の下図を懐にしたまま身をもって家《うち》からとびだした。

彼もまた広っぱに逃げるつもりでいた。

しかし少年の父親がそこに行っているということが、月堂をしてそこを避けしめた。猛火の中をくぐりくぐり、とうとう彼は大川へ走って一晩じゅう水の中にひたたって生命をまっとうした。


猛火が去った時、月堂の一番おそれたのは、万が一罪が発覚しやしまいかということだった。

彼はまだ燃え残っている町を歩きながら、自分の家をさがし回った。

彼が再び戻った時、二人の死体に対してどんな始末をしたか、それははっきり知れていない。

けれどもあの際、犯罪を隠すのは、きわめて簡単だったはずである。

呪われたあの鉄鎖を片づけることによって、月堂は誰からも怪しまれなかったにちがいない。

よしんば、そのままにしておいたとて、あの際、ある家の焼けあとから二人の死体が出てきたとしても、どれほど人はそれを疑うであろうか。

まして鉄鎖を取り除いておいたなら、二人がどうして死んだか誰が知ろう。

乞食《こじき》のようになって月堂が簑島《みのしま》老人を訪ねたのは、それから二日たってからだった。

それでも懐中に入れてあった下書きはもっていましたよ。無論ぐしゃぐしゃになってはいましたがね。その日からまあ病人のことでもあり、行く所もないって言うんですから、うちの離れをあてがってやりましたが、毎日毎日、絵を描いてるんです。大勢の方が先にできましたが、月堂は、

「こりゃただ飾りさ。ほんとうの人間じゃねえんだ。これから描くのがほんものだよ」

と言ってましたが、とうとう血を吐くようになってもまだやめず、いよいよこの二人の絵にとりかかったのです。

それから数日の間は、まったく一間にとじこもったきりで、誰もよせつけませんでした。なんでもこれがすっかりできあがった翌日でしたよ。いよいよいけないっていうんで、家じゅう大さわぎで介抱したんですがね、本人も自分の運命を覚悟していたと見えて、私に今までの話をしっかりしてしまったんです。そしてまもなく逝《い》っちまったんですよ。

いや、私もまったく驚きました。あんな鬼のようなことをする奴だとは思ってませんでしたが、人間なんてまったく信用ができないものですよ。やれる時がくると何をおっぱじめるか分かったものじゃありませんからね。

まあ死んでくれて助かりました。私や、法律のことは知らないんですが、そんな大罪人と知って、家《うち》においとくわけにもゆかず、といってお上へ出るのもちょっといやでね、まったく死んでくれて助かりました。もっとも天罰でしょう。人を殺しておいて逃れるはず

はありませんや。あの男も肺病人のくせに一晩水の中につかってたんじゃ助かるわけはないんですからね。

助からないのは勇吉って子ですよ。かわいそうに、その一家もみな被服廠《ひふくしょう》跡で死んだんだそうです。勇吉だってそこで死んだかもしれませんが、この文明の東京で火あぶりになるとはよくよく不運な男です。

いや、気味の悪い話で恐縮でした。しかしまあ、あなたには少しでも参考になったかもしれませんね。

老人の話はこれで終わった。

改めて島原絵巻を見ると、まったく鬼気《きき》人に迫るものがある。

少年勇吉をモデルとした美しい小姓は、今にも鎖を切って見るものに食いつこうとしている。その有様を子細に見ていると、月堂の目の前でなぶり殺しにされた勇吉のその時の様子がはっきりと考えられて、おもわず、目をそむけずにはいられない。

また気を失って倒れかかり、わずかに鎖で引きとめられている美しい娘。顔は他にモデルがあったのだろうが、おそらく月堂の妻はこういう風になったまま焼かれたのであろう。

そう思ってこの絵を見ると、話を聞くまでは遠い昔の絵巻物をながめていたようなのが、急に現実の写真を見るようで、気のあまり強くない私は、一生懸命にそれを巻いて老人の手もとに返したものだった。

だから、もし気に入ったらもっていらっしゃいという簑島さんの非常な好意に対して、ありがた迷惑の形で切に辞退してきたのだった。

もし誰かほんとうにそういう趣味を求めるものがあるなら、簑島さんはあの島原絵巻をよろこんで譲ってくれるにちがいないと思う。

簑島さんの物語はいろいろなことをわれわれに考えさせる。

あの関東の大震災を、偶然とはいえ月堂のように犯罪に利用した者は他になかったろうか。また、あの関東大震災は、あの直前に起こった幾多の大犯罪の証拠をどんなにたくさんなくしてしまったか。最後にわれわれ人間には、平生は考えられぬくらいの残虐性が多分にあるということである。

探偵小説作家の死

一　探偵小説作家というもの

私はこれから露木《つゆき》友也という亡友の死の真相を物語ろう。もし本名を言っても分からなければ、あの英国の探偵小説作家コナン・ドイルの名をもじって、土居湖南《どいこなん》というペンネームをもって世に知られた青年探偵小説作家の死の真相を――正しく言えば、死の真相と信ぜられるところを明らかに記してみようと思うのである。

無論、これを記すのは、この事件がきわめて珍しいもので、おそらく読者の好奇心を幾分なりともそそるだろうと信じられるからなのだが、一面において、今の世にあまり知られざる探偵小説作家のほんとうの赤裸々の生活を発表したいからなのだ。

そう最も忠実な内面的の生活だ、彼らのほんとうの性格をここにはっきりと世に知らせたいのだ。

私はもとより、一雑誌記者に過ぎないけれども、探偵小説作家にかなりの知己《ちき》があったし、またはからずもある書類を手に入れたので、それによって最も正確にこれを記述し得るのである。

世に探偵小説作家の実生活があまりに知れていないのは不思議なくらいである。彼らがいかに実際上怪奇な趣味を有し、いかに変態的な生活をしているか。かつまた平生犯罪というものを描きつけているせいか、いかに犯罪というものの前に、その神経がもしくは良心が鈍くなっているか、けだし驚くべきものがあるのである。

私の信ずるところによれば、探偵小説作家というものはけっして偶然にできあがるものではない。彼らは他の職業をとることができないのだ。いいかえれば、彼らは犯罪というものと縁を切っては暮らすことができない人たちなのである。

すなわちほんとうの犯罪人になるか、または犯人を追う警察官になるか、もしくは探偵小説作家になるか、という人々によって成立している一群なのだ。

彼らは、その描く犯罪によって、わずかに、自分が犯罪人たることを免れている。彼らはそれによってようやく自分が犯しそうな犯罪の衝動をごまかしているのだ。ちょうど青春期の人々が性の衝動をある想像によってわずかに慰撫《いぶ》しているように！

こういう人たちがじっさい犯罪を行ったとて何が不思議だろう。

私は、世の人々が、彼らをいまだかつて一度も実際の犯人として疑ったことのないことをふしぎだと思うのである。

一体、小説の読者というものは、作中の人物すなわち作者という風に早呑み込みをしたがるものだ。

ところが、探偵小説を読む人は、けっして作者をその中の犯人とは思わない。まさか、と考える。まさか、実際に作者が人殺しや泥棒をしているのではあるまいと考える。したがって探偵小説には、作者すなわち主人公というイリュージョンは起こらない。

諸君は探偵小説作家にごまかされてはならない。

諸君は、普通の小説を読む時に作者は作者、作中の人物は作中の人物とはっきり区別ができないくせに、どうして探偵小説の中だけでは、はっきりとこれを区別するのだ。なぜここで一歩踏みだして疑ってみないのだ。

ある探偵小説作家が、ある犯罪をじっさい行った場合、彼らにとって最も安全な逃げ場所はどこだろう。

いうまでもなく、その犯罪を大っぴらに、探偵小説の形で告白することではないか。世の人々は実に簡単にこの欺瞞《ぎまん》にかかってしまうのだ。

諸君は文壇の巨匠と仰がれている白崎氏の『青と赤』という小説を読んだことがあるだろう。白崎氏は探偵小説作家ではないけれども、この小説はきわめて探偵小説味を多分にもっている。そしてこの小説には、氏一流の鬼気《きき》人に迫る名文で次のような話が描かれている。

作者aは友人bをモデルにして、bという人物をその作中に書く。ところがうっかりしてbのことをBという本名で記した。その作の主人公aは、明らかに作者aと人に見られる立場にいる。

したがって、bが明らかにbとなっている以上、作中のa対bは実際上a対bの関係だとはっきり世間に知られ得る有様となる。ところでaは自らbを殺す動機をもっていることを作中で明瞭にしている。この辺は例の名文でどうしてもaがbを殺すことが当然のように描かれている。いいかえれば、もし事実上、bが死ぬか殺されるとすれば、犯人は必ず、aすなわちaだと思惟せられるようになっている。

さてaはbのことをBとうっかり書いて非常に後悔する。

「今もしBが殺されたら、必ず自分が疑われるだろう。またもしここに自分を恨んでいる人間がいたとしたら、いま必ずbを殺して自分に嫌疑をかけさせるだろう」

こう彼が恐れているところへ、実際bが死体となってあらわれ、自分ははたして恐れたとおり被疑者となってしまった。

以上が『青と赤』に描かれた筋だが（あるいは多少違っていたかもしれない）私はこれを読んだ時、なぜかこの逆のストーリーを頭に浮かべてみた。

すなわち作者aがほんとうにbを殺すつもりである。彼はその筆を利用して小説を書く。その中で明らかにaがbを殺すのだ。しかして後、aがbを殺したとしたら、世間はほんとうにaを疑うだろうか。必ずまさかと考える。したがってむろん疑いは少しも起こらず、aはまんまと責任をのがれるという筋の作だ。

犯罪小説の大家がけっして犯罪を行う者だとは疑われないことは、あの『戦慄』の作者白崎氏にしろ、また『人獣』の作家戸川反哺《はんぽ》氏にしろ、一回だってその嫌疑をうけたことがない事実によっても明らかである。

諸君、私は今までに、じっさい探偵小説家で、かような恐ろしい計画を立てた人を二人まで知っている。一人の作はじっさい世に発表された。他の一人のは、偶然私の手に入って、ついに今まで発表されずにしまった。

ここまで語れば諸君はあるいは推察されたかもしれない。その発表された作とは、すなわち白根東一郎の「探偵小説作家の犯罪」一編である。

そうしてついに発表されなかった作とは、即ち露木友也の手になるもので、不思議にもこの題名が「探偵小説作家の死」というものである。

私は、これらの作と、現実に起こった事実とをこれから簡単に記してみようと思う。

二　事実の推移

昨年の三月十五日の××新聞の夕刊には次のような記事が出ている。

探偵作家の自殺

探偵小説『青白き雨』『父の犯罪』を世に問うて、がぜん探偵小説界に登場した青年作家土居湖南《どいこなん》こと露木友也氏（二十九）は、本日午前七時ごろ、その住居たる××区××町探偵作家白根東一郎氏（三十四）方の階下八畳の間において、短銃《ピストル》で右額部を射て死体となっているのを発見された。急報に接し××署より直ちに係官、医師ら駆けつけたが、既にいかんとも手の下しようがなかった。死体は本日中に大学で直ちに解剖に付するはずである。

同氏の死が自殺であることは明瞭らしく、先輩白根氏にあてた遺書もあり、その遺書には作家としての自己の苦悶《くもん》が記されてある模様である。

露木氏は白根氏の名を慕って同家に弟子としてはいり、種々指導をうけていたもので、師事していた白根氏が戸川反哺、相良三郎氏らとともに探偵小説界第一線の人なることは既に人の知るところである。

しかして最近白根氏の某誌に発表した「探偵小説作家の犯罪」はちょうど露木氏をモデルに取り扱ったと思われるものであり、しかも同家において殺人の行われる模様を記したところもあるが、さすが小説には死体を平気で取り扱う白根氏も、現実の自分の家で死体を見せつけられては、いい気持ちもしないと見え、近々引越したいと記者に語った。

以上の新聞記事で明らかなように、露木友也は昨年の三月十五日の朝、先輩の白根東一郎の家で死体となって発見された。そうして解剖の結果も他殺とは認められず、ことに原稿紙に記した本人の手になる遺書が出てきたので、まったく自殺と認定されるに至った。

当時くわしく報道されたところによれば、露木は、ふとんの中にもぐって右手でピストルをもって自ら額にあてて一発の弾丸で絶命したものらしく、ピストルはかねて郷里から上京する途中護身用にとて求めたもので、とこのそばにその皮袋がおかれてあった。

第一の発見者は白根氏の妻で、同人は二階に主人とともに寝ていたのだが、朝早く階下の台所に行こうとして、八畳の間の障子が半分ほどあけはなされている所から中を見ると、おびただしい血が流れているのを発見、驚いて二階に上がり、まだ寝ている主人白根氏をおこしたものである。

なお後に参考になる事実を記すと次のとおりである。

白根東一郎は妻良子と二人暮らしで子はない。女中もおらず、ただ露木友也がそこにいわば弟子として入りこんできただけで、つまり白根家には三人の人間だけしかいない。白根は酒を好まないが煙草《たばこ》を好む。露木は煙草も酒も好み、現に死体解剖の時も胃中にはその痕跡が認められた。

白根は数年前から重い肺患にかかっていた。そしてかなり激しい程度に達していた。(今春、彼がそのために死去したことは諸君の知れるとおりである) 彼は昨年中わずかに「探偵小説作家の犯罪」と他に短編二つを発表したきりだった。

白根は、不眠症にかかっていた。しかも強度の不眠症で、数年前から激しい催眠薬の力をかりてようやく眠ることができた。

そうして最近ではよほど多量の強い劇薬を用いなければ眠れなかったらしい。露木が死んだ当夜も、彼は数種の劇薬を用いて就床《しゅうしょう》した。したがって妻の良子が夫を起こさなければ、おそらく昼ごろまで床《とこ》についていたろうと想像される。

露木の死体の発見された前夜、すなわち三月十四日の夜、いちばん早く就床したのは露木で、白根の語るところによれば、それまで露木は何か書き物をしていたが、十一時ごろちょっと郵便を出しにゆき、三十分ほどたってやや酔って帰り、直ちに就床した。次に就床したのは白根良子で、彼女は十二時ごろ二階に眠り、白根はいつものとおり、夜の二時ごろ、薬をのんで寝たそうである。

白根夫妻はそれから熟睡したとみえ、階下でピストルの音がするのをぜんぜん知らなかったそうである。

解剖の結果、露木の絶命時間は発見より約四時間以前で、すなわち午前三時ごろだろうということだった。

白根の妻良子は、老いた母親一人を郊外に一人おいているので、時々泊まりにゆくことがある。ことに白根が夜中執筆する際などは、その許しを得て泊まりにゆく。たいてい一ケ月に一度ぐらいだったそうである。

露木はむろん独身であった。しかし人には秘密があるものだから、どこでどんな女性と懇意になっていたかはわからない。

露木の遺書は、先に言ったごとく、原稿紙に書かれているものだが、次のようなものであった。

　自分は行き詰まった。まだ老いたとは思わないが、既に衰えを感じる。作家として自分の精力を出しつくしてしまったくらいみじめなものはないだろう。しかも自分はちょっともおくれてはならないのだ。右にも左にも敵がある。最も近くに最も力強い敵がいる。しかしその敵に対して自分は何という無力な存在だろう。かくして生まれたことの悲しみを感じる。われ敗れたり、これただ一言この世に残しておきたい言葉である。ただ自分をして最後の決意をなさしめた直接の動機は他にある。これいうには忍びない。ただいう自分は欺かれたのだ、裏切られたのだった。女を信ずるなかれ。これが最後に残したい一言である。

ご覧のとおりきわめて短い抽象的なものであった。わずかにうかがい得べきものは、作家としての苦悶《くもん》と恋の破綻であるが、後者については、この遺書を世に紹介した白根氏すらまったく知らぬと言っているため、まったく世間には分からない。敵というのはおそらく仕事の上の競争者であろう。かく解することが最も自然でないかと思われる。

この遺書は封筒に入れて露木の枕元におかれてあったものである。

さて以上で大体、あったことを記したつもりだが、なお詳しくは二つの作品を紹介する際に、一つ一つ注を加えて説明していきたいと思う。

三　「探偵小説作家の犯罪」

白根東一郎の作った「探偵小説作家の犯罪」は諸君も知らるるごとく、昨年の××の四月号の巻頭を飾ったものである。××の四月号は三月の十日ごろに発行される。したがって白根がこれを完成したのは少なくも二月中でなければならない。

つまり、「探偵小説作家の犯罪」を作家が執筆したのが昨年の二月、これが発表されたのが同じく三月上旬、しかして露木友也が死んだのが、同月十四日の夜半ということになっている。これだけのことをまず頭に入れておいていただきたい。ところで「探偵小説作家の犯罪」とは次のような小説である。

ここに寺井泰夫という探偵小説作家がいる。数年前から斯界《しかい》に名をなして、立派に第一線に立っている男だ。しかるに最近になって非常に自分ですべてに衰えてきたことを感じている。

健康も無論よくない。ことに肺に疾患があって甚だしく疲れる。咳《せき》は出るし、寝汗をかく。一言にしていえばまったく自分の身体《からだ》に信用がおけなくなっている。

この状態にもってきてさらに悪いのは、頭が働かないことだ。ペンが走らないことだ。同じ第一線に立っている他の作家が、さかんに諸作を発表するにもかかわらず、自分だけはまったくスランプに陥っている。

「彼は毎日の新聞を見るのすら避けた。そこには必ず彼の仲間が堂々と作を発表していることが広告されている。こうやって自分一人だけが取り残されてゆくのかと思うと、彼は時々床《とこ》の中で人知れず泣いた」

などという描写が至るところに出てくる。この苦しみのためにますます彼は進めないで、非常な神経衰弱に陥り、毎晩劇薬をのまなければ眠れぬという状態になっている。

こういう作家寺井は妻と二人で東京の近郊にいるのだが、ここへ山路三郎という青年が飛び込んでくる。

ただ同郷の青年というだけの縁でやってきたのだが、この青年が自分が書いた探偵小説の原稿を見てくれといいだす。

寺井はちょっとくすぐったい気持ちになった。自分のような人間を、いまだ先生といって慕ってくるものがあるのだ。こう思って好意をもってその申し出を承諾した。

「しかし彼は山路と名乗る青年の原稿『白き雨』という一編を読んで実は恐怖を感じた。実に素晴らしい傑作だ。探偵小説界はこぞってこれを迎えるだろう。こういう人間が自分の所へ弟子（何というくすぐったい名だろう）としてくる！　彼は喜んだ。そうしてさっそくある雑誌に紹介した。山路はこれが縁でいったん帰郷したが、また上京してそのまま寺井の家に寄宿することになってしまった」

これが小説の描写である。

「白き雨」の一作は果然、探偵小説界にセンセーションを起こした。山路は矢継ぎ早に「子の罪」という短編を発表したが、これはさらに好評だった。

この二編の巨弾のために、他の作家はけしとんだかとすら思われた。ことに寺井がそのころやっと発表した「迷える人」の一編のごときは、どうひいき目に見ても、「子の罪」の足もとにすら及ばなかったのである。

ここまでは寺井と山路との関係は至極、円滑にはこんできた。

しかし、山路の名が上がるにつれて寺井は不安を感じだす。弟子は衰えつつある師をまさに追い越していこうとする。寺井はあせる、あせるけれどもいかんともしがたいのであった。

この二人の間に一脈の黒雲《こくうん》を投げたのは、寺井の「野原の殺人」だった。寺井は、書けない苦しさのあまり、いったん山路がうかとしゃべったあるストーリーをそのまま自分で作ってある雑誌へ発表した。

「山路が今ほどの名を得たのは誰のためだ。みな俺のおかげじゃないか。俺が苦しんでいる際、彼のプロットを一つぐらい取ったって少しもかまわないじゃないか」

と寺井は自分に言い訳をしている。

「いったい探偵小説の作家というものは、先輩たると後輩たるとを問わず、仲間の前で、いやしくも、自分の思いつきをけっして語るものじゃないのだ。いったんしゃべったが最後、それは早く書いた者の所有になるのだ。しかし反対の場合もある。自分と同じようなことを書こうとしているらしい者があったら、少しも早く、俺は今こういう話を書いているとを叫ばなければいけない」

などと寺井はこの辺で大へん作家としての心得を書いている。

「野原の殺人」はしかし決定的な不和を来したわけではなかった。むろん山路にとっては不快ではあったろうが。

けれども次いで、「熱涙《ねつるい》」という寺井の作がある雑誌に発表されるに及んで、問題は果然大きくなった。

寺井は苦しいあまりに、山路の「遍路」という作の文章を見ているうちに、これを自分がそっくり取ろうと決心した。そうして最も早く発表されるある新聞社の週刊××に「熱涙」と題してこれを発表した。つづいて何も知らずに出た「遍路」は、まさしく「熱涙」の模倣だと評せられ噂された。

ここで諸君にちょっと注意する。記憶なき方々は一昨年の春週刊××に出た「人鬼」と、××に出た「迷路」との問題を想起されるだろう。前者は白根東一郎の作、後者は露木友也の作。しかして前者の発表が後者に先だったこと約二週間であった。どちらも、アリバイを使った、同工異曲の探偵小説である。

さてこの問題は少なくも寺井の家では大へんなことになった。山路はついに面を正して寺井にくってかかった。寺井ははじめは、何とかかとか言っていたが、しまいにこんなことを言いだす。

「盗んだのは僕が悪い。その点はあやまる。しかしいったい探偵小説家なんてものは、盗むことをそんなに問題にすべきものだろうか。われわれが犯罪を常に取り扱っている以上、われらは犯罪なんていうことをそんなに恐れる必要があるのかしら。僕らは一般の人と同じような良心をもっていてもいいものかしら。

ほんとうの犯罪小説は、犯罪人的の気持ちからできるものじゃないか。僕の作ったものが今までの名を支持し得たのは、僕がそういう人間だからなんだ。僕はいつ人殺しをやるかわからない人間なんだよ。あたりまえの人間だと思われちゃ困るよ」

若い山路はかえって寺井のために言い伏せられたばかりでなく感心してしまう。

「でたらめを言ってごまかしている気で、寺井は、ふと、それが真実だ、お前はそんな人間だぞと誰かに言われているような気がした」

と書いてある。

寺井はふと思いつきが浮かんで次のようなことをいう。

「君の話を盗んだかわりに僕が思いつきを一ツ言おう。ちょうど探偵小説作家の話が出たがね、その作家が自分の友達の作家を殺すんだね。まあ動機は何としてもいいさ。そこで彼がいちばん安全だと思った思いつきというのは、自分が先からやろうとする殺人の計画をすっかり書いて発表するのさ。

そうしてあっさりその友達を片づけるわけなんだ。いいかね君、実際の話じゃない小説だよ。しかし実際そのくらいのことができる度胸がなくちゃあだめだね」

山路はおとなしくこれを聞いていることになっている。

ところでだんだんと寺井はあせりだす。山路はだんだんと発表していく。山路が進歩するにつれて寺井は衰える一方である。

後輩に対する嫉妬、先輩に対する羨望《せんぼう》、同僚に対する邪推、これらのものが寺井を悪魔のようにしてしまう。

この中でいちばん恐ろしいものは、後輩の山路だった。ついに彼の顔を見ることさえも不安になった。

「寺井はある夜、自殺しようかと考えた。しかしふとその時、どうせ死ぬなら一番の敵をやっつけて死のうと思いかえした。

ところが、つづいて、彼は、ただ敵を殺してみよう、ほんとうに人を殺したらどうだろう、かえってこのスランプから抜けられやしまいか、その時の気分はどうだろう……こう考えると目はいつの間にかさえて、自殺の決意はいつしか消え去った。彼はそばに眠っている妻の寝息を聞きながら、階下に安らかに眠っているあの青年作家を殺してやろうということに考え入った」

寺井はとうとう殺人の決心をしたのだ。

次にいかにして山路を殺すかということになる。

このところに寺井がいろいろ人殺しをする方法を考えるくだりが出ている。

要するに探偵小説によく出てくるいろんな考えだから、大して珍しいものではない。そこでその点をとばして次にいくと、こういうことが記されている。

「彼はいかにしてまず嫌疑を免れるべきかという点についていろいろ考えた末、ふと、いつか山路に出まかせに語ったプロットを思い浮かべた。そうだ、あの方法をとろう。俺が山路を殺すところを先に世の中に発表するのだ。そうしておいてほんとうに山路を殺せば、かえって世の人は疑わないに違いない。よしさっそくはじめよう」

ここで寺井は最後の努力をその作に集中する。

最後の全精力を傾けた彼の作は、ついにできあがった。そうして探偵雑誌××に発表される。その小説の題名は「探偵小説作家の死」と称するものであった。

その小説の内容は次のとおりだ。

ここに探偵小説作家山崎猪之助という男と、新進探偵作家木下茂という男がいる。山崎が木下の先輩で二人は同じ家に住んでいる。二人はともに独身だ。山崎は先輩だけれども、実力の点において後輩木下に追い抜かれはじめた。それで山崎はあせりにあせるが、とうてい追いつかぬ。

加うるに健康が衰えはじめる。そこへ二人はある女性を中心として恋愛の暗闘を始めた。結局勝利は若い木下のものとなりそうになるので、ついに山崎は木下を殺す決心をする。

そこで彼はその方法として探偵作家らしい思いつきに達する。すなわち木下をじっさい殺すに先立って、ある探偵小説を発表し、その作中に、あたかも山崎と木下との関係と同じものに違いないと一般に思われるような人物を書く。

そうしておいて、ほんとうに木下をやっつける考えなのだ。そこで山崎は最後のガンバリで一作を作る。それは「探偵小説作家の犯罪」と名づけられる。

さてその作の内容として、二人の探偵作家が現れる。戸川青嵐と池田一郎という人物だ。

戸川が先輩で池田が後輩である。この二人はともに独身で同居しており、仕事の上の競争者であるが、今では後輩の池田の方が戸川をしのいでいる。それでとうとう二人の間に暗闘が起こる。加うるに恋愛事件が起こってとうとう戸川は池田を殺す決心をする。

その方法をいろいろ加えた揚げ句、ここに探偵小説作家らしいことを彼は考えだす。すなわち自分のこれからやろうとする犯罪を、創作の形で世の中に発表しようというのだ。そこで戸川は「探偵小説作家の死」という一編を書いて世の中へ出す。この小説は二人の探偵小説作家の争いを書いたもので、関次郎と渡辺正という二人の探偵小説作家が描出される……。

諸君、この辺を詳しく述べることはいたずらに諸君の頭を混乱させるばかりと思うから私は簡単にいってしまおう。

戸川の作中の作「探偵小説作家の死」の中では、関次郎がついに渡辺正を殺してしまう。

山崎の作中の作「探偵小説作家の犯罪」の中では、戸川青嵐がついに池田一郎を殺害する。

しかしていずれも予期したとおり、うまく嫌疑をまぬかれることになっている。

そうして、寺井の作中の主人公たる山崎猪之助は見事に木下茂をやっつけてしまうのである。むろんぜんぜん嫌疑をかけられない。

さて、寺井泰夫のこの作はついに発表された。いかにして山路三郎をやっつけるかということばかりが残れる問題である。

彼は山路を殺して自殺したと見せかけようと考える。自殺の動機なんていうものはそうはっきり外面にわかっているものではない。だから山路が自殺したからといって、反対に他殺だろうと思われるはずはない。その上、遺書が出ればばしめたものだ。

しかし偽筆は絶対にいけない。どうしても山路自身にペンをとらせて遺言を書かせなければならぬ。

いかにして書かせ、いかにして殺人を決行するか。以下、犯行の日の有様を、小説の中からそのままぬいてみよう。

その日、夕方から寺井の妻は里に病人ができて泊まりがけで出掛けた。あとには寺井と山路がたった二人残されているきりだ。くらくなりかける頃から空もようが怪しくなって、雨と風とが東京一面を襲いだした。

物凄い晩だ。寺井はふと山路を書斎へ呼び入れた。

「君ね、すまないけれどちょと書いてもらいたいものがあるんだけど。実はさっきから短編を書いてるんだが、肩がこっちゃってね、君、やってくれるかい」

「よろしいとも。僕いま何もしていないんですから。紙は？　この原稿紙から書きだすんですね」

「そう、ペンはここにある。いいかい、読むぜ。書いてくれたまえ……え？　ああはじめの行からぶっつけてくれたまえよ」

寺井は目をつぶりながら次のように読む。山路は一字一字筆記していった。

「自分ハ疲レタ、モハヤ一歩モ進メナイ。世間ガ自分ヲ思ッテクレテイルヨリ、自分ハ遥カニ小サカッタノダ、タッタ一言コノ世ヲ去ルニ当タッテ……」

「何です、遺言ですか？」

山路がとつぜん聞く。

「ああ、僕みたいな人間が死ぬところなんだよ。ある作家が死ぬ場面なんだ。つづけてくれたまえ。何、タッタ一言、これはまずいな、そこを棒で消してくれたまえ。世ヲ去ルニ当タッテ、何ライウベキコトハナイ、タダ一言……そうだ、恋愛の動機がいいかもしれないな。あったかなかったか誰にも分からないからね……タダ一言、最後ニ記ス、人ヨ、女性ヲ信ズルナカレ。彼ラヲ決シテ愛スルナカレ……と。そこで君、何行くらいになったろう」

「まだいくらにもなりませんよ。第一これだけじゃあまり簡単ですな。何とかありませんかね」

山路はそれが自分の遺言となるとは知らず、至極無邪気に聞くのであった。

「君、すまないが一つ助けてくれないか。つまり何でもいい。ある作家が仕事にゆきづまったと同時に失恋して死ぬという遺書なんだが、一つ作ってみてくれないか」

「年はいくつくらいなんです」

「そう、まあ君くらいの男としてだね」

「考えてみましょう」

山路が下の室《へや》に去った後、寺井は山路を殺す方法を考えながら、へんな緊張味をもってたった一人電灯を見つめていた。

しばらくして山路が一枚の原稿紙を携えて上がってきた。

「先生、文語でもいいでしょう、ちょっとひねって文語にしてみました」

彼の手から渡された遺言は次のようなものだった。

〈余《よ》は凡《すべ》てに絶望せり。余は敗れたり。凡てに。今にしてわが死の動機を尋ぬる勿《なか》れ。その理由をいうだに、余は血涙にむせばざるを得ず、余はただ目前に墳墓がわれを迎うるを眺むるのみ。然《しか》り、墳墓に対して余はこの数ケ月、相対《あい》したり、如何《いかん》かして光が視界から遠からんと幾度か空《むな》しき努力をつづけたり。然れども凡ては無意味なりき。余は世の余りにわれを迎えすぎたるを今にしてくやめり。

死に行く今、われ何をかいわん、ただ一言次の語を以って決別の辞に代えんとす。青年よ、余りに早く盛名を得んとする勿れ、盛名はやがてその身を亡ぼすものなればなり。青年よ。女性を信ずる勿れ、しかして彼らを決して愛する勿れ〉

「どうも前後が分かりませんからね。こんなところで」

寺井はその紙片をもちながら山路にいった。

「いや結構結構。十分だ。ところでこの主人公が首をつって死ぬんだがね、その形が分からないんだ。それを書く必要があるんだよ。むろん君にブラ下がってもらわないでもいいんだが、ただ首にひもをまいて立ってみてくれないか」

この無気味な申し出を、山路はちょいと驚いて聞いていたがすぐに承諾した。

「下の台所の所に縄がある、一緒に行ってみようよ」

二人はかくして台所に下りた。外はあらしが吹きすさんでいる。

寺井は台所のあげ板のちょうど上に縄をひっかけるに都合のよい木が出ているのを知っている。寺井はかなり丈が高くて、そこに立つとちょうど木が頭の辺にくるのだったが、今、山路を立たせてみると、頭の上にこれがくることがわかった。

「仮にこの木にぶらさがっていたとするんだがね、縄の具合がどうなるかしら」

山路はこう言われてそばにあった縄をとって自分で首にまきつけている。やがて寺井はそれをとって背のびをしながら上の横柱にぐるぐるとまきつけた。

「どうも具合がわからんね」

しかしこの声の中には、かくしきれぬ興奮が感ぜられた。山路が不安そうに、

「ほんとうにそこへ縛るんですか」

と叫んだとたん、寺井はいきなり、山路の立っているあげ板を二枚はねとばした。

昼のうちに中のものをすっかり出して、ある箇所を強くけるとすぐにはねとばせるようにしておいたのだ。それと同時に寺井は必死で首の方に上げようとする山路の両腕をおさ

えた。そうして、辛うじて、桟《さん》の端にかけようとする彼の両足を蹴ってはねとばした。息づまるような数秒だった。両腕の争闘がまずゆるんだ。バタバタとしてかかりを必死で求めていた両足が力なくブラさがってきた。

こうやって完全に寺井は山路を殺したのである。

彼が最も注意したのは、両腕を抑えている間に、自分の重量を相手の身体《からだ》にかけないことだった。二人の重味で縄が首にくい込んだとすれば、その深さによってこういうことになれた検事に一目にして看破されると思ったからである。

たった一つまだしなければならないことがあった。それはこの不自然な首くくりを正規（？）の首くくりの位置になおすことだった。

いくら変わった男でも、丈の立つ所に立って、あげ板をはねとばして死に得るものではない。苦しさのあまり足がどこかの端へとどくであろうから。

寺井は踏み台をもってきた。そうして全身の力をこめて柱の縄をほどき、そのままの形で一尺ばかり上へ持ちあげて、ちょうど、一尺ほど上に横に並行している柱に縛りつけた。こうすると、山路の死体の足の先が床《とこ》から七八寸ほど上がっている。

つまり山路は踏み台をもってきてここに上り、上の柱に首を縛って、踏み台を蹴ったことになる。

寺井は板をもとどおりにしておき、横に踏み台を倒してそっと上に上った。

それからさきの遺書を、死体の懐中に入れておいて、激しい催眠薬をのんで寝《しん》についた。

かくして寺井の犯罪はうまく行われ、山路の死体は翌朝十時ごろ、帰ってきた妻によって発見されるということになっている。

万事は寺井の思いどおりに進む。

出張の係官はまず遺書にまちがいのないことを認める。次に縊死体《いしたい》が不自然でないということになって、ついに山路三郎は自殺ということに決まってしまう。

世の中なんて甘いものだと寺井は感じた。

彼の前に夜明けがひろがったような気がした。俺も山路も「探偵小説作家の死」の中で死んだんだ。これから生まれかわって仕事にかかろう。

白根東一郎の小説「探偵小説作家の犯罪」は以上をもって終わっているのである。

これに対する私の感想は最後に述べようと思う。

四　「探偵小説作家の死」

不思議にも白根東一郎の作と題名が似ている――しかも白根の作中には二度までこれと同じ名が出てくるが――露木友也の原稿については、これを紹介する前にちょっと付け加えておかなければならないことがある。

それはどうしてこの作を私が手に入れたかということである。

私はさきに、露木友也が死ぬ前夜、郵便を出しにいったと語った。すなわちその郵便こそ私にあてたもので、私はそのころからある雑誌社に勤めていたので、その手紙には「先にお送りした小説の後半ができあがったから明日でも使いをよこしてくれ」という意味が書かれている。

これによって察せられるごとく、私はこれよりさき彼からある探偵小説の原稿を受け取ったのであった。

読者よ。時日をはっきり記憶していていただきたい。私が、彼に寄稿を依頼した期日はその年の一月一杯ということだった。期日がきても、いっこう送ってくれぬので、矢のごとくに催促すると、ちょうど二月なかばになって、ともかくも半分まで書いたから送るといってきた原稿が、ここに紹介する「探偵小説作家の死」である。

ところで、これは作の性質上、二回にわたって載せるべきでなかったので、私はこれを握ったままあとをおいていたわけなのである。

しかるに月を越えて、三月の上旬になると、白根東一郎の作「探偵小説作家の犯罪」が発表された。

私の手元にある露木の作は、後に紹介するように、甚だこれに似ているので、私はやや呆然としていたのであったが、つづいて、露木の死んだ日に彼から手紙を受け取った。いそいで使いをやってはじめて彼が自殺したことを知ったのである。

しかも、いろいろな原稿が発見されたにもかかわらず、ここに掲げる小説のつづきはついに見出だされなかった。かくしてこの小説は永く未完成となってしまったのである。

ところでこの小説の筋は次のとおりだ。


二人の探偵小説家がまず描出される。

読者よ。諸君は「二人の探偵小説作家」という文句に何度悩まされることだろう、その点は十分お察しする。しかしもう少し我慢してこの文句に対していただきたい。

既に大家の列に入っているのは、児玉宇吉という三十四になる男だ。彼は妻帯者である。ここへ同郷の青年藤田保（二十九）がたずねてきて、その力作を発表してもらうことを頼む。

児玉は快くこれをある雑誌に発表してくれる。これは「青き空」という作である。これは意外の好評を博し、彼はつづいて「父の死」という作を世に問う。この時分から彼は児玉の家に寄食することになる。この第二作もさらに好評を博した。

「自分の作がこうまで順調にすすんでゆくとは、藤田自身も考えなかった。ただ、探偵小説というものが、いっこうに批評の論壇に上がらないことは遺憾だけれども」

などと藤田はうっぷんをもらしてはいるが、しかし、そうとう得意なことははっきりと描かれている。そのころから児玉は健康を害し、甚だしき神経衰弱にかかる。そうして不眠症に悩まされ、しまいには劇薬を用いてようやく安眠し得るようになる。そのうちに児玉とのことに妙な関係が生じた。

藤田はこのごろになって妙な気持ちを児玉に対してもつようになった。はじめはただ、尊敬する先輩ということだけだった。彼が尊敬したのはむろん児玉の盛名とその実力だった。ところがこのごろでは、その性格から一種の圧迫を受けるようになってきたのだった。

彼がそれを第一に感じたのは、小説「灰色の犯罪」を児玉が××に発表して好評を得た時だった。その作は、実は藤田の頭の中でできていたものであって、かつて先輩児玉に語ったところのものだった。いわば弟子ともいうべき自分の作を、そのまま盗んで平気でいるところの児玉を、相当な不快さで藤田はながめたのである。

「先生、あの『灰色の犯罪』は僕のこないだの話でしょう」

「ああ、そうさ」

こう答えて平然としている児玉の顔を藤田はむしろあきれて眺めたのだった。けれどももっと激しく彼を動かしたのは、その次に、児玉が発表して、その蘇生を世に感ぜしめたところの「活路」という小説だった。

これが出た時、藤田は実は驚いたのである。これこそまったくの窃盗品だった。藤田はちょうどそのころ「郷愁」という一編をある雑誌社に出した。そのまえに文章のまずいと思われる点をなおしてもらうために、児玉に見せたことがあった。それをそのまま児玉が盗んだのである。

制作の時は、藤田が先であったが、発表されたのは、児玉の作が先だった。したがって藤田の作は、かえって、「活路」の模倣だと見られた。これはいやしくも作者にとっては忍ぶべからざる不名誉であり、名誉棄損であった。

今度は黙っておられなかった。藤田ははっきり児玉に抗議を申し込んだ。ところが児玉は平然として少しもおどろかなかった。

あっけにとられている藤田を前において児玉は余炎《よえん》をあげる。

「なるほど盗んだのは僕が悪かったかもしれない。しかしいったい探偵小説作家なんてものは、そんなことは平気でいいのじゃないかしら。僕は生活すなわち作品だと考えてすらいいと思う。否、それがほんとうの犯罪小説作家なのじゃないかね。君は盗まれたことをぐずぐずいっているが、君は盗むことは悪いと思っているのか。人殺しに戦慄《せんりつ》しながら、人殺しの話を書くのかい。そんなのは僕は感心しないな。

人殺しを現実に味わいながら書くのでなければ駄目だね。僕の作がうけるのはそこなんだよ、僕はこんな美人を殺したいなと思いながら美人を作中で殺すんだ。ここでこの男の胸に短銃《ピストル》をぶちこんだらどんなだろうと胸をとどろかせながら犯人にぶっ放させるんだ。君にはそんなことがわからないのかい。一言でいえば、世間的の良心をすてるんだ。犯罪をすべて中心にするんだ、もっと早くいえば悪魔に魂を売るんだよ」

と児玉がいう。

言い訳だ、言い訳だと思いながら、いつか藤田はその先輩の言うことにある暗示を受けはじめる。一旦これを耳にすると、すべて児玉の言うことがほんとうのような気がする。

今まで自分のやっていたことがまったく平凡に見える。自分の作中の犯罪がことごとくい、うそのような煙のような気がしてきた。そうだ、悪魔に魂を売ろう、何でもやってみる。そうして犯罪の恐怖にほんとうに身を震わせながら筆をとってみよう。

とうとう青年藤田保は児玉のためにそういう決意をかためてしまう。

彼はがぜん世の中を別な目で見はじめた。彼の最も近くにいる人間は、どうしても児玉夫妻だった。彼はまずこれらの人間に対して、何かある種の犯罪を行いたくてたまらないという衝動にかられはじめた。

こう考えた時ふと彼の頭に上ったのは児玉の妻のことだった。

人妻を奪う！　何という恐ろしいことだろう。しかしまた何という快き戦慄《せんりつ》だろう！

ふとこう思いついてから、彼にとって児玉の妻は急に今まで見ていた女と別な女性に見えてきた。

無論、今までだって、若い彼にとっては、豊満な肉体の所有者である児玉里子は、たしかに一種の魅惑だった。けれども今までは、彼女は尊敬する師の妻だった。指をふれることもゆるされない神聖な存在だった。だから、毎日わりに親しく話してくれる彼女に対して、彼は、弟子として立派に謙譲な態度をとってきた。

しかし今やそうではない。尊敬すべき師は、尊敬すべき大悪魔だ。自分はなりたての小悪魔だ。大悪魔の妻を小悪魔がとる。何とそれは快いことではないか。いや、とりそこなってもいい、とられやしまいかという憂え顔を大鬼《おおおに》にさせて見ることは、小鬼《こおに》としてはたしかに面白いことだ。よしさっそくとりかかってやれ。

こう決心すると、藤田はその日から態度をかえて里子に対した。

以前はどこかの女優だった。児玉に嫁ぐまえには某《ぼう》の妾《めかけ》をやっていた。そんな事実が藤田をいっそう勇敢にした。

児玉がおそく帰ってくる時など、今まででも寂しいので、里子はよく藤田の室《へや》に来ておそくまで話していた。しかし今までは、自分の仕事もあるので、なるべく早く立ってもらうように仕向けた藤田は、今度はそんな時には自分の方から誘うようにした。平生でもなるべく、二人でこそこそ話をやりはじめた。

まだ、里子にとっては、何らの効果を与えないうちに、児玉には有効にききはじめた。児玉は明らかに不快がっている。よし、やれやれ、藤田は目的に向かって邁進した。

ある目的をもって進んだ彼は、しかし、いつのまにか自分が熱情の囚徒《しゅうと》となっていることに気がついてきた。里子と少しでも話していないと、同じ家にいるくせに、寂しい思いがした。あの唇、あの頬、あれにちょっとでもほんとうにふれることができたら……。

藤田の作「獣人」が発表されたのは、実にこのごろの話であった。この作は彼の今までのものとまったく異なった物凄いものである。里子は元来があまり堅い女ではなかったらしい。

こうやっていつの間にか、二人の男女はほんとうに悪魔になってしまったのだった。

このごろになって藤田ははっきりと児玉の存在をのろいはじめた。児玉がいなかったら？　こういうことは恐ろしい考えだ。けれども毎夜必ず彼の頭をかすめたことなのだった。

「児玉を殺そう、自分に悪魔の哲学を教えた師匠に対し、自分がいかにその教えに服したかを示そう。これは比較的簡単に決心ができた。どうやって児玉を殺すか」

ここにもまた探偵小説によく出てくるいろんな方法が描かれている。このところを飛ばしていくと……。

彼はその第一歩として最も悪魔らしいことを考えた。すなわち、彼が行おうとする犯罪を、探偵小説の形でさきに発表する。そうして実際に殺人を行うのだ。さすればかえって嫌疑を免れるに違いない。どんな馬鹿な犯人でも、自分が行う犯罪をあらかじめ広告するということはありえないはずだから。

藤田はそこでさっそく原稿紙に対してペンをとる。

その題名は「探偵小説作家の犯罪」と名づけられる。この作の中に二人の探偵小説作家が出てくる。

私は読者に対してあまりにも悩ましき「二人の作家」という言葉、およびこれについての詳しい描写を避けよう。一言でいうと、この中に二人の探偵作家が出て一方が他を殺す。そのために一方が探偵小説をかく。またしても二人の探偵作家が出て一方が他を殺す。その嫌疑をさけるため、また二人の探偵作家が出る。小説を書くのだが、この方法はちょうど白根の作と同じなのだ。

ただ白根の作の中のは常に先輩が後輩を殺すことになっているが、露木の作中ではちょうどこれと反対で、常に後輩が先輩を殺すということになっている。

それで「探偵小説作家の犯罪」の中では、探偵小説作家東栄《あずま》一郎があらかじめ「探偵小説作家の死」という殺人小説を発表しておいても、先輩探偵小説作家鰐沢《わにざわ》春光という人間を殺して、誰にも疑われずに嫌疑を免れるという筋である。

このことだけいっておいて、さて原文に立ち返ろう。

藤田の作「探偵小説作家の犯罪」はついに発表された。彼の犯罪の第一歩は踏まれたのである。

次に彼はいかにすべきか。

藤田は児玉を殺して、それに自殺を装わしめようと考えた。殺人の方法はきわめて簡単である。児玉がはげしい不眠症に罹《かか》っている関係上、劇薬は常にうちに貯えてある。しかも患者自身がそれを調合することを絶対にしないようになっている関係からして、この薬を取り扱うのは常に児玉の妻里子か、または弟子の藤田に限るのだ。

しかしてこの事実はぜんぜん世間に知られていない。しかしてこの薬は水薬だから、量がふえてものむ時ちょっと味がちがうくらいしかわからない。

したがって藤田が、激しい量の劇薬を児玉に盛って殺したとしても、彼が殺したと誰が思おう。いわんや児玉自筆の遺書が出てくるにおいてをや。

もし疑うものありとせば里子である。しかし里子は自分と相愛の人だ。女は恋人をけっしてかかる場合に訴えるものではない。否、場合によりては、あらかじめ里子を犯罪の仲間に入れておいてもいい。

藤田は、自分に殺人鬼になれと教えてくれた師匠児玉を、まず血祭りに上げることを考えて妙な喜びの戦慄《せんりつ》を感じた。

ここから数枚とばしていくと、いよいよ、藤田が児玉に遺書を書かせるところになる。

「先生、ちょっとお頼みがあるんですが」

「ああ、何だい、何でも言ってみたまえ」

「ある男が自殺するんですがね。その遺書がむずかしいので書けないんですよ。ご承知のように、今まで僕は作中の主人公に遺書を書かしたことがないんです。それでまったく見当がつかないで困ってるんですが」

「それで？」

「一つ先生書いてくれませんか」

「だっていきなりそんなことといったって無理だよ。だいいち男だか女だか分からないし、どういう動機で自殺するのか分からないんだもの」

「動機なんかどうでもいいんですよ。ありふれた奴でね。死ぬのは男です。作家でまず先生位の年ですな」

「じゃ、まあ仕事の関係か、恋愛を主題にするんだね」

「じゃ、こうしましょう。僕がちょっと書いてみますから、先生見た上で、別に一ついいやつを書いてくれませんか」

「ああよし、じゃやってみたまえ、うまくできたら僕が書く必要はないじゃないか」

「ま、やってみます」

藤田はこういって下に下りた。彼はできるだけ下手な遺書を書かねばならぬ。そして児玉にまったく新しく書きなおしてもらわなければならない。

「やがて彼が書いた遺書は次のとおりのものであった」

諸君、露木友也の「探偵小説作家の死」の一編はここまできて、ポツンと切れてしまっているのだ。すなわち、あの年の二月に私に送られた彼の原稿は、ここまでで終わっているのである。

さて私は、これですべて諸君に紹介しようと思ったことを述べたつもりである。

以下、私自身の感想、想像および推理を述べてみようと思う。

五　私の推理

白根東一郎の作「探偵小説作家の犯罪」と露木友也の「探偵小説作家の死」との二ツを並べたところで、読者は甚だしくその内容が似ていることを発見されるだろう。

しかして、注意しなければならないのは、制作の時日もほとんど同じだったろうと推測されることである。

すなわち、昨年の二月ごろに、階上と階下において、この二人の探偵小説作家は同じようなストーリーを書いていたと考えられる事実である。

この事実は果たして偶然の一致だろうか。

人生は短く、宇宙は永遠である。我らの頭脳をもって、大自然のたわむれを計ることを誰があえてなしえよう。

同じ時、同じ場所、二人の人間が同じような小説を書いたという偶然が絶対にないとは誰がいえよう。しかもそれが何らの理由もなく、起こりうることだって考えられぬことはないはずである。

けれども、さかしらだてをなしたがる我々は、同じ時に同じ場所で何らの共同の原因もなく、二人の作家が、まったく出鱈目な空想を抱いて、それがはっきり一致している場合に、それがまったく偶然の一致だとは考えないのだ。少なくも何らかの理由を見出だしたいのが吾人《ごじん》の性能である。

しからば、彼らは二人で相談しあって同じような作をつくりつつあったか。

無名作家の間ならいざ知らず、既成作家である彼らが、そんな児戯《じぎ》をしていたとは考えられない。ましてや二人はともにその作を発表しようとしたのだ。白根の作は立派に発表された。露木もまた発表しようとしていたのだ。

白根の作が発表されたのは昨年の三月上旬だった。露木の死はその月の十五日である。しからば、露木にしても、白根の作が発表されたのを知らぬとは思えない。それにもかかわらず露木は、その死の前日、先にも申したように、その作の後半を私に送ろうとしている。

この事実は何と解すべきであろうか。もしその後半が追完されて、私の社の雑誌に発表されたとしたら、世間はどう思うだろう。

かつてこの二人の間におこされたような模倣問題が必ずやおこるにきまっている。相談していたにしろ、せぬにしろ、露木がこの危険を見こしてなおかつその作を発表しようとしたのである。

何かそこには、非常に根強い理由があったのではなかろうか。

何らの理由なく、同時に同所で二人が同じストーリーを書くという事実は、絶対にあり得ざる場合でないにしても、吾人《ごじん》はそう考えたくないということは先に述べた。

しかしてまた、二人がそろって仲よく同じようなストーリーを書きっこしたのでもないだろうということも述べた。

しからば、二人はまったくお互いに知らずに作ったか、もしくは一方だけは他の作を(むろん未発表のうちに)知っていたか。

これは甚だ問題である。ある切迫した事情があると仮定すれば(たとえ、彼らの小説に出ているような動機)、二人がまったく独立して知らずに同じようなストーリーを制作していたということは考え得る。

それから、既に二人の間には模倣問題を生んだくらいであるからして、仮に白根の作中の事実を真実だとすれば、一方が他の作をそっと見て、直ちにそのまねをしたのかもしれない。いずれにせよ、二人が相談して同じことを書いたとは見られない事情にある。

次に、(これは最も重大なことであるが) 二人の作はどの程度までが実際のことを描写し、どこまでが空想であるかという問題である。

一体、小説の中でどこまでが事実で、どこまでが空想かということは、なかなか読者には分かるものではないのだが、この場合には、二つの作が同時に並べられている関係上、その点は比較的容易に判明するのではあるまいか。

すなわち、我々は、二つの小説の中で、一致している点だけを最大公約数として摘出することによって、客観的事実を推知し得られるわけである。それをしも偶然の一致と見ればだけれども。かくして得たる最大公約数は次のようなものである。
一、二人の探偵作家が同じ家に住んでいること。
二、一方が先輩で他が後輩であること。
三、先輩は有妻で後輩は独身、しかして先輩は甚だしき神経衰弱にかかっていること。
四、一方が他方を殺すという事実。
五、その殺人の嫌疑を免れるために、犯人があらかじめ探偵小説を作ってそれを発表するということ。
六、殺人の後、被害者に自殺を装わしむるということ。
七、そのためにはある方法をもって、あらかじめ被害者に遺言を書かせるということ。
諸君、以上の諸点を頭に入れて、さて現実の事実と比べてみよう。

白根は有妻の作家である。露木は後輩で、白根の家に住んでいた。白根は常に不眠症に悩んでいる。白根は「探偵小説作家の犯罪」と題する小説を発表した。昨年三月十五日の朝、露木はピストルで自殺していた。しかして彼の手に成る遺書が発見されたのである。

さきにあげた最大公約数を組成《そせい》せる一から七までのうち、この現実の事実にあらわれていない点はただ第四の殺人という一項だけである。

その殺人の動機については、二作甚だしく異なるがために、まったく客観的事実として握るべきところがない。白根の作によれば、まったく仕事に行き詰まって殺すことになっているが、露木の作によると、後輩は立派に先輩の妻をとっている。したがって、もし逆に先輩が後輩を殺すとすれば、妻を奪われているという憤激が立派な動機となり得るわけなのである。

以上に挙げた数点をもって、私が白根が露木を殺した、しかして露木が白根を殺そうとしたと推測するのは、けっして無理ではないと読者は考えられるだろう。ところで、しからばどうして露木より早く白根が攻撃をやったか。またどうして彼はその作品どおりに行わなかったか。

次に私の思うとおりの想像をのべてみたい。無論これから述べるのは、今までいったすべての事実の上に立った私の仮説に過ぎないのだが、以上の事実に基づいていかほどまでの想像がされるものか、読者もともに考えていただきたい。

私は、「露木友也は白根東一郎に殺されたものである」と考えるのである。「しかして、もし白根が露木を殺さなかったなら、逆に露木が白根を殺したであろう」と付加したい。

しからば白根の殺人の動機は何か。

この点について私は二つのものを考える。第一は彼が仕事における嫉妬、第二は恋における嫉妬である。

白根が仕事に疲れていたことは一般に認められている。彼が近来ほとんど沈黙を守っていたことは明らかな事実だ。しかして、多くの後輩に追い抜かれていたことも間違いない。ことに、露木がその最も有力な敵であった。これらの点に関して私は、白根の作「探偵小説作家の死」中の事実をそのまま信ずるものである。

次に、露木の「探偵小説作家の死」の中における姦通の事実もほんとうなのじゃあるまいかと推測される。ことに、露木が、水準以上の美男子であること、白根夫人の今までの評判等から推してそう信ぜられる。

なにゆえに白根がこの事実を小説の中に謳《うた》わなかったか。これは言うもつらいことだったのだ。書くも汚らわしく思い出すのも嫌だったことに違いない。だから白根自身これをわざと避けたのだろう。彼は作家として殺人の動機をできるだけ作家らしくしたかったのだ。

芸術上の苦しみから人を殺すということは、法律では許されないけれども、「ジュピターのかなた」では許されるかもしれない。しかし妻をとられた嫉妬からの殺人では、地上では情状を酌量されても天上で永く嗤《わら》われると彼は考えたのだ。

かく考えた彼は、これから一気に殺人の方法に思いふけったのだ。これらの点については私は全部、白根の小説を引用してよろしいと思う。作家の苦悶《くもん》、作家が殺人までの心理描写、これらは白根の描写をそのまま読者に伝えるまででいいと信ずる。

ただその上に、

「良子の様子が怪しい。否、露木はたしかに良子を奪っている」

という言葉を加えれば足りるのである。

いよいよ彼が殺人を思い立ったのは昨年の一月の末ごろであろう。

そこで白根は二月になって、その小説を完成したのである。

それと同じころ、露木もまた小説を発表してから白根を殺すことを思い立った。彼の場合においては、その動機については、私はその小説そのままを信じていいと思う。ただ、

「ついに夫は俺の行動を発見したらしい。一刻も早く、手を下さねばならぬ」

という言葉を付加すればいいのだ。

白根は作を雑誌社に送った。あとはただ思想を実行にうつせばよいのである。

私の考えるところによれば、はじめ白根はその作にあるとおりの方法をとるつもりだったのだ。良子は一ケ月に一度位は必ずその母の所に行って、泊まったのであるからして、彼の作中の人物寺井泰夫のとおりにことを運べばよかったはずだ。しかるに、なぜあんな方法をとったか。

いうまでもなく、彼の計画に狂いが出てきたのだ。いいかえれば、彼の計算がどこかで誤っていたのである。彼の重大な誤算は「露木が同じように自分を殺そうとしている」ということに気がつかなかったという事実なのだ。

露木の方でも同じ誤算をしている、彼はそれがために生命を犠牲にしてしまったわけなのである。

種々な理屈をぬいて、直ちに私の想像する事実を述べよう。

昨年の三月まで白根と露木は、各自、自分らが書いているような動機からして相手を殺そうとしていた。そしてその小説を起稿した。

白根の方は早く脱稿して送ってしまい、露木の方がおくれてしまう。

さて、白根は、作を送っておいて、おもむろに時期のくるのを待っていた。

一方、露木はまったく白根の方のことを知らずに、作を半分私の方に送って、やはり時期を待っていた。（だから、私は、二人が互いに知らず知らずに小説を書いていたと考えるのだ）

ところが三月十日ごろになってとつぜん白根の作が発表された。

これを見て露木は驚いたに違いない。彼は少なくもこれは大変だと考えた。そこで自分の方の作を非常に急いで書きつづけたのだ。

この点においては、かえって立ちおくれただけ、露木の方が有利だった。彼は少なくも油断ができないと思った。そうして早く実行に移るべく自分の小説をいそいだのにちがいない。私は、同じことなら、なぜこのとき露木が今までの計画を擲《なげう》って直ちに、白根を殺さなかったかを疑う。

しかしもしあの時、白根が変死をしたとすれば、あるいはかえって露木は嫌疑をうけたかもしれぬ。むろん露木の作は永遠にもみけされるにしても、白根の発表した作のみから嫌疑をかけられたかもしれぬ。

しかるに露木は白根の発表作を見ても、自分の計画をかえようとしなかった。彼はただいそいだのみである。

三月十四日の夜、彼はようやく完成して、私の所へ手紙を出した。彼が模倣問題などを恐れなかったところを見ると、その決意の堅さが思われる。

おそらくその夜、彼は寝る前ごろに、彼の作の中の藤田と児玉の間に行われたような会話を、じっさい白根としたのではあるまいか。

藤田の「できるだけ下手な遺書」というのは、諸君、実に、露木の遺書として残されたものではないであろうか。

私が第二章に記した露木の遺書なるものを、もう一度くり返して読んでいただきたい。われわれは、露木ともあろう者が、へんに下手な遺書を残していることに気がつくであろう。

「自分は行き詰まった。まだ老いたとは思わないが既に衰えを感じる」などという文句は、露木の遺書というよりも、はるかに児玉宇吉または白根東一郎のそれにふさわしいではないか！

ことに「まだ老いたとは思わぬ」などという言葉は、二十九の人間が言うとするよりも、三十を越えた人の言葉ととらるべきではないか。すなわち、あの夜、露木の遺書と称せられる一片の原稿紙は、露木によって白根に示されたのである。

この紙片を見て驚いたのは白根である。彼はこれほどまでに事情が切迫しているとは思わなかったのだ。彼は妻の泊まりにゆく夜を待っていた。また露木に遺書を書かせる日を待っていたのだ。

露木にこの紙片を呈出《ていしゅつ》された時、彼は直ちに自己の危険を感じたにちがいない。一刻もゆるがせにすべからずと思ったに相違ない、と同時に、最も利用され得べき材料を摑んだと感じたのである。さてここで白根がどうしたか。

この点はいろいろに考えられるけれども、おそらく白根は露木の言うままに、さりげなく遺書を書いてやっただろう。その代わりに露木の方の分は自分が取っておいたに相違ない。

一方、露木はまずこれで十分と思って、手紙を私に出しにポストまで行く。前祝いにでもと酒をのんだらしい。(解剖の結果酒の痕跡があったことは記した)

その夜、露木が多量の劇薬を水にまぜておいたかどうかは私にも分からないけれども、まずそうしたと見るべきである。

白根はもとより警戒している、その薬をのむはずはない。

露木が寝たころにおき上がる。露木は、白根が自分の代えておいた水薬をのんだものの、または飲むものと信じて安心して就寝する。酒がこの際ことに眠りをさそったであろう。

おき上がった白根は、露木の所へおりてゆく。露木の寝入っている所にしのび入って、かねて知っていたピストルを取りだしてとこの中につっこむ。

音の洩れないように、ふとんをずっと引っかついでおいて、寝ている露木の右手にピストルを持ち添えて——これは一瞬間のことだから相手が目をさましてもかまわない——右額部めがけて一発発射する。

これで簡単にことは終わってしまったのである。

それから彼はそこらじゅうを探して、さっき彼が露木に書いてやった遺書の原稿を見出だしてこれを破りすてる。おそらくそれと同時に偶然残っていた未完成の小説（すなわち翌日私がとりにやったもの）を発見して、これもなんとか始末をしてしまう。

次に、先にとっておいた露木の下手な遺書の原稿紙一片を封筒に入れて死体の枕元におく。

かくして改めて催眠薬を飲んで床《とこ》に入ったのである。

この場合、自分で薬を作ったか、または眠っている良子をおこして作らしたかは私にも分からない。いずれにしても、露木が作っておいたものを飲まなかったことは確かだ。

この犯罪中、良子は二階で眠っていたと考えるのが正しいと思う。

しかし、仮に彼女が音で目をさましたか、どうかして彼を疑ったとしても、やはり彼は安全なはずだ。なぜならば、かかる場合に妻はけっして夫を訴えるものではない。もしまた殺された露木が彼女の恋人ならばなおさらのことだ。もし訴え出るとすれば、自分の罪をあばくようなことになる。夫がわが恋人を殺したという理由を説明するがためには、自分と被害者とが姦夫姦婦であると自白することを必要とするからである。

その意味で彼の妻は死ぬまで沈黙を守るにちがいない。

事実、あれから後、一度でも白根夫人が夫のことについて、何か語ったのを聞いた人はないのだ。

まことにこの怪奇な出来事の秘密の扉をひらき得るものは、全世界にただ白根良子一人があるのみである。


読者諸君、私が今日想像しているあの事件の推移は、今まで述べたところでほぼ尽きる。私は想像というよりも、そう信じているのだ。

私は法律家ではないが、私の考えが、法律的には何らの証拠にはならないものと思っている。しかし、私の考えに反対する事実が現れてこないかぎり、私は露木は白根に殺されたものだと、確信するのである。

恐るべきは世に探偵小説作家とよばれる人々の心である。

最後に私は二つの疑問を言っておく。

白根は、露木が私の手もとにあんな小説を送ってきていることはまったく知らなかったらしい。ましてそれが半分のものとは知るはずもなかった。けれど、もしそれを白根が知っていたとして、彼はあのような犯行をしたであろうか。どうだろう。

もし彼が露木を殺した後、たしかにあったはずの露木の残りの原稿を見出ださずして、後に他の人々によってそれが発見され、私の手もとに着いて、それが発表されたとしたなら、白根東一郎にとってそれはどんな影響を及ぼしたであろう。

もし不利なことが少しでもおこり得るとすれば、あれだけ考えぬいた白根の犯罪も、実に重大な手ぬかりをしていたということになるのだ。

次に、露木の死体を発見したのは良子である。彼女のいうところに従うと、露木の部屋の障子が半分開いていたので、偶然中を見て死体を発見したことになっている。

この言葉は果たして信ずべきだろうか。時は三月の半ばである、障子は通常閉めてなければならないはずだ。

当局者の意見のように自殺とすれば、遺書まで作った露木は最後に障子を閉め忘れたまま自殺したことになる。

また私の考えるように白根が殺したのだとすれば、白根はその部屋を去る時に障子を閉め忘れたことになる。これはかなり大きな手ぬかりであり、同時に、捜査機関の手ぬかりとなるのだ。

私には良子のこの言葉がどうも信じられないのである。

何か、他のある偶然からして彼女が露木を見出だしたと考える方が正しくはあるまいか。この物語の中のいろいろなことからして、良子が露木をその部屋に見出だすことは、必ずしも不自然だと考えられぬのではなかろうか。

虚　実

――あり得る場合――

一　病院内の出来事

手術台の上では、患者の苦しみはだんだん落ちついてゆくようだった。頭の方に立った若い医師は、緊張した面持ちで、麻酔剤を送りつつ患者の表情をまばたきもせずに見守っている。二人の看護婦によって横たえられた患者の下腹部の表面は、完全に露出せられ、かつ完全に消毒された。

そばに立ったまだ若い、男ぶりのいい眼鏡《めがね》をかけた医師が手術を引き受けるらしく、片手に鋭く光るメスをもって、さっきからしきりと左手にはめた腕時計に目をやっている。

緊張しきったこの手術室の一隅に、寂しく立つ一女性がある。驚くべき美貌の女性である。彼女は、ただ心配そうに患者のようすを遠くから覗《のぞ》いていた。

急に医師が婦人をかえりみて言った。

「嫂《ねえ》さん、さっきも申したとおり、××市の氏家《うじいえ》博士に至急きてくれるように頼んではあるのです。むろん博士はいま途上にあるかとは思いますが、なにぶん山道で多少の時間がかかるかもしれません。

一方、兄さんの容態は非常に危険な有様なのです。一刻も手術をおくらせることはできません。僕のこの病院長として、医者としての自信は十分あります。博士の来るのを待ってはいられないと思うのですが……」

「……」

「こういう場合ですから、すぐに手術にとりかかろうと思うのです。断じて間違いはありません。ただ大事の上にも大事をとって博士をよんだだけですから。女であるあなたに、ここにお立会いをお願いするのは忍びませんが、速急のこの場合、嫂さんより他に来ていただく方がないのです。ただそこにいて下さればいいんですが……」

「健さん！　お願いです。どうか早くあなたのいいとお考えになるように、おやり遊ばして！　どうかすぐに手術におかかり下さいまし」

きっぱりした答えをなした彼女は、こう言い終わると急に両手で顔を覆った。それは感情に迫って流れくる涙をかくすようにも、また恐ろしいものを見ないようにするようにも思われた。

若き院長はふり返って、手をあげて助手と看護婦たちに命令を発した。室内は急に一斉に活動に入った。

急激な盲腸炎の発作に対する腹部切開の手術ははじめられた。

健さんと呼ばれた執刀者は、自身の言のごとく、素晴らしい手腕を着々と表しはじめた。手術は手順のごとくに進行した。

そうして、まさにこの手術の最も重大な点にきたその途端だった。

室内の者は皆、患部とその辺に動くメスに視線を集中していたので、院長の挙動には今まで誰も気がつかなかった。が、不意に、今まで手ぎわよく運ばれていたメスが医師の右手にかたく握られたままぶるぶる震えた時、一同ははっとして院長のようすを見た。次の瞬間に、メスはポトリと右手からはなれると同時に、院長は真っ青な色になって立ったまま後方に倒れかかった。

「脳貧血⁉」

院長のすぐそばにいた看護婦は、とっさにそう考えて彼の身体《からだ》をささえた。

「先生！ 先生！」

という気狂《きちが》いのような叫び声がおこった。

同時に麻酔剤を送っていた若い助手は、急に自分の位置の重大なのに気がついた。彼は一方、院長をどうにかしなければならない。しかし同時に刻々に出血している患者をどうする？

この混乱の間にあって彼は、勇敢に患者のために尽くした。しかしそれがためにはまったく人が足りなすぎた。看護婦たちが狼狽《ろうばい》しすぎた。なるほどこの場合、失神した院長を極力介抱することも重大事だった。しかし一方、それに力をつくすと同時に、腹の開かれたままの患者は、まったく絶望的状態に陥るよりほか仕方がなかった。

はじめ院長が倒れかかった時には、まだ何事であるかをはっきり認識しなかったらしいあの女性——すなわち患者の妻——は、室内の混乱とともに、すべての事情を知ったらしい。

彼女は、失神せる院長にとびついて、

「健さん！　健さん！」

と力限り叫んだが、その効《かい》なきをさとると、直ちに、若い助手のところへかけよった。

「あなた、大丈夫ですか？　え？　大丈夫ですか」

しかしこの若き助手の顔色からも何らの慰めを見出ださなかったらしい。

彼女はついに、患者のそばにかけ寄り、その首をしかとかかえてただ、

「あなた！　あなた！」

と叫びつづけていた。


二十分ほどたってからようやく駆けつけた氏家博士は、やっと意識を回復しかけた院長を見出だしたが、同時に、生死の大手術の真っただ中で、執刀の医師に倒れられた患者は、その手術を急に中止されたまま、後の手当てが不十分であったために（たとえ現場にいた人々は全力をつくしたとはいえ）ついに生命を失わなければならなかったことを知って、自分の自動車が途中でパンクしたことを、韮《にら》をかむような思いでしみじみと心の中でくりかえしくりかえし悔いたのであった。

二　竹内健次郎の話

まったく夢のようだった。あんなことになろうとは誰が思おう。じっさい一寸先は闇とはよく言ったものだ。

兄竹内義彦が盲腸炎の劇烈な発作を訴えたのは、あの前夜夜半だった。なにぶん自宅では手当てに不十分なので、とりあえず私の病院に収容したのだが、容態は刻々に悪くなる一方だった。どうしても早く手術をしなければならない。それで私は直ちにその用意をしたのだ。

あいにく副院長の生島《いくじま》君はちょうどY山の向こう側へ急病人の手当てで行っている。自分一人で十分やれる自信はあったが、なにぶん大手術のことだから、大事の上にも大事をとって、××市の病院院長の氏家博士に電話で至急来てもらうことにした。だからあのさい自分としてはできるだけの手配はしてあったつもりなのだ。

けれど一方、兄のようすは時々刻々に悪化して、もはや一分といえどもそのままに放置しておくわけにはいかなくなったのだ。それで、嫂《あね》の承諾も得て、すぐに大手術に取りかかったわけである。

手術は順調に運んでいった。ちょうど盲腸の部分を摘出しようとする刹那だった。急にあたりが暗くなるような気がした。

「おや、これはいかん」

とはっと思ったきり、その次の瞬間からはまったく記憶がない。気がついた時は、氏家博士が私の顔を覗《のぞ》き込んでおられた。自分が目を開いたのは自分の病院の一室であった。

厳粛な顔をした博士は、ただ一言、

「竹内さん、患者はだめでした」

と言ったのみだった。

医師としての取り扱いにつき、私は一応当局者の取り調べを受けなければならなかった。むろん私としては何ら非難さるべきところはなかったと思う。あの急の場合、私自身執刀しても少しも差し支えないし、またするべきであった。私があんな有様にならなければ、手術は完全に行われたと思われるからであった。

ただ、時々襲われる脳貧血にちょうどあの場合出会わしたのは、兄にとっても私にとっても不幸だったと言わなければならない。

当局者も私の立場をじゅうぶん理解したと見え、別に何の咎《とが》めもなかった。むろん当然のことではあると信じるが。

三　その後の出来事

竹内義彦は、C県の病院の一室で、不慮の死に遭遇した。彼には若い美しい春子という妻があるのみで子は一人もなかった。

春子は夫の死後、里に戻るとかいろいろの噂があったけれども、その噂は実現せず、若い美しい未亡人として、竹内家にとどまっていた。

竹内義彦は竹内家の当主であり、かつ莫大な財産の所有者であったとか、彼の死とともに、弟の健次郎が竹内家の当主となり、その遺産も健次郎にうつることになった。

だからといって健次郎はけっして嫂《あによめ》春子を粗末に取り扱うようなことはなかった。否、かえって親切すぎるくらい彼女の世話をよく見てやった。

こうやって義彦の死から約一年半たってから、健次郎と春子との結婚問題がもち上がったのである。これは双方の親戚から起こった話で、けっして、不自然な話ではなかった。ことに、はじめ竹内家から春子を嫁にと望んだのが、実は健次郎であって、義彦ではなく、春子が兄の方をえらんだのは、春子のその時の考えであったことがいまさら分明すると、兄の亡い後、彼女が健次郎の所に嫁《か》することは、そう不自然ではないのである。

この噂はまもなく実現されて、春子はここに竹内健次郎の妻となり、莫大な財産を再び事実上もつことができるようになった。

その後、二人の運命は恵まれ、大財産の主たる健次郎はまもなくC県の山の中という辺鄙《へんぴ》な所から、S県のN市にうつり、そこに堂々たる病院を経営するようになったのであった。

四　湖上の出来事

竹内義彦の死から、ちょうど三年ばかりたってからのある夏。

Ｈ山のＡ湖畔に、勉強かたがた避暑に行っていた大学生が四人、月のいい八月のある夜八時頃に、湖上をボートをこいでまわっていた。

すると、その中の一人が突然、女の叫び声を聞いたように思ったので、その方向をすかして見ると、二丁ほど隔たった沖に、月光に照らされた和船が一艘《そう》見えた。

近づいてみると、声の主はまさしくその船の中にいて、その船には女の人がたった一人いたばかりであった。

彼女は狼狽《ろうばい》して、自分の夫が今、ここで水泳中、急に姿が見えなくなったと訴えたので、血気にはやる若い大学生らは皆ひとしく素裸体《すはだか》となって水にとび込んでみたが、どうしても彼女の夫の行方は知れなかった。

とりあえず学生連は上陸して急を報じたので、駐在所はじめ土地の人々は力を合わせて、死体を捜索したが見当たらず、とうとうその翌朝になって、岸から二丁ばかり隔たった所に、浮き上がった男の死体を発見したのであった。

いろいろ取り調べの末、こういうことが分明した。この夫婦はＮ市の竹内健次郎およびその妻春子で、約五日ほど前から湖畔ホテルに滞在していた。毎晩、二人は船を借りて湖に出るが、水泳のすきな健次郎は必ずタオルと水着を船にのせて出るので、その夜も、七時半頃出かけ、沖で、船を流したまま、着衣を水着に着替えて水に飛び込んだものである。実際、調べたところによると、船の中には乾いたタオルと着衣が残されており、死体は水着を着たままであった。

死因はまったく溺死で、水泳中疲労のためらしく、外傷そのほか怪しむべき箇所は一つもないのであった。

春子夫人は三年前、目の前に第一の夫の死を見、今またほとんど目の前で第二の夫の死を見たわけである。世間が彼女の稀な不幸に満腔《まんこう》の同情を捧げたのは、必ずしも彼女が美しいばかりではなかったろう。

五　竹内春子の話

思えば私ほど不幸な女が世にまたとあろうか。はじめの夫義彦は、私の目の前におりながら、あんな不幸な死を遂《と》げなければならなかった。そうして、今の夫健次郎は、これも私の身体《からだ》からわずか三間《げん》とは隔たっていない所で、もがきながら死んでいったのである。

忙しい身体を休めるつもりで、私たちは一年中の恵まれた時として、この暑い夏の一週間だけをえらんだのだった。

湖畔ホテルに着いたのは、まだ五日前である。

その日から夫と私は、昼と夜とたった二人で湖水に船を浮かべるのがきまりであった。今になっても、あの船中で語り合った楽しい物語などが頭から去らない。——A湖と言えば、さきの夫だった義彦と二人で、……に来た思い出もある。

あの頃、私ははじめて結婚して、世にも幸福な身の上であった。ああ、あの新婚の旅にも、私と義彦とは湖上で、あの明るい美しい月の光を幾度、讃美したことであろう。

その同じ月が、今度健次郎の死を冷やかにながめていようとは！

あの夕べ、私たちがホテルを出たのは七時半頃だったろう。夕食のカフェーを飲み終わると、健次郎は、卓上のバナナと西洋梨を、船中で二人で食べようじゃないかと言って、ハンカチに包んで食堂を出た。

いつものように、泳ぐかもしれないというので、私はいったん室《へや》に帰り、水着とタオルとを持ってきた。湖畔に出た時はもう夫は艪《ろ》に手をかけていた。

私たちは幸福だった。一寸先は見えぬ人間の浅ましさで、二人は山の端から上がろうとする月をたたえながら、湖の中心の方へと進んだのである。

岸から五六丁も隔たった所で、私たちはバナナや西洋梨を食べた。快活な夫は、梨の一ツを力一杯投げて、はるかに水音をたてて沈む果物をすかし見ながら自分の腕の力を自慢した。

つなぐべき場所も無いので、夫は船を浮かべたまま、水着一つになって湖にとびこんだ。月光にてらされた湖上は、美しいけれども物凄いようでもあった。もしこの夜はじめて夫が湖に入るのだったら私は恐ろしさに止めたかもしれない。けれどその日で、夜の泳ぎは四五度目《たび》だった。

私は船から隔たっていくポツンとした夫の黒い首をながめて、何の不安も感じていなかった。

はじめのうちはいろいろ声をかけて泳いでいたが、そのうち、遠くになってはっきりは見えないような所に行ってしまった。

私はいまさらのように、この広い宇宙の中にたった一人残されたような気がしたのである。ふと仰ぐと、夏の夜の降るような星屑《ほしくず》がきらきらと私の上に輝いている。そのうちの一つが、すうっと動いたと見るまに長い尾をひいて、かなたに消えた。

「ああ星が！」と思うと、私はなんとなく妙な気分になってしばらくはただ空を見つめてぼんやりとしていたのだった。

この間私はしばらくまったくすべてを忘れていた。我が身を忘れ、夫を忘れ、ただ放心の状態で空を見ていたのだ。

ふと、妙な水音《みずおと》がしたので驚いてふり返り水面を見ると、健次郎が船から四間ほどまで泳いできている。少しいつもと調子がかわっているなと思って、つとのりだして見ると、しわがれたような声を上げた。その途端にボコリと首が水中に浮かんだが、すぐ右手が水面に出た。

「溺れている！」

私はとっさの間にこう思った。

どうしたらいいだろう！

私は船を漕《こ》ぐ術《すべ》はしらない。目の前で私の夫が沈みかかっている。私は夢中で救いを求めたようにおぼえている。しかしあいにくあたりには一艘《そう》の船も見えない。

私は気が気でなかった。いったん沈んだ夫は、もう一度首を水面に出した。私はその時の夫の顔を今でも忘れない。

夫は、そのとき死力をつくして何か叫んだ。まったく聞きとれなかった。そして、これが私の夫を見た最後なのだ。

私は夢中で艪《ろ》を摑んだ。重いけれどもなんとかして動かしてみようとした。しかしまったくこれは無駄な努力だった。

夫は沈んだ。妻である私の目の前で！

私は声を限りに叫んだ。そうしてようやく、遠くに姿をあらわした船がこの声を聞きつけてくれたのだ。

若い人たちが極力捜索してくれたけれども、その夜はとうとう夫は見出だされなかった。

夫がほんとうに死体となって出てくるまで、私はどこかに夫がまだ生きているように思っていた。けれど、まざまざとその死体を見せつけられた時、私は、二度目の夫がほんとうに死んだのだと感じたのだ。

こうして私は世に最も不幸な女になってしまったのだった。

六　私の考え方

読者よ、以上私は世に行われた事件と、およびその当時の当事者の言説を、ありのままにここに記してきた。

この出来事はいずれもけっして怪奇な事件ではない。しかし我々は、行われた出来事に対していろいろに考える自由をもっている。

私は、法律家、ことに現職にある検事としては、種々な憶測をするのを謹まなければならない地位にいるけれども、人間である以上、自分の思想はけっして束縛されてはいないのである。

私一個人としては、いかなる考えを抱き、また発表するも差し支えないと信じている。

竹内義彦が病院で死んだこと、同健次郎が湖上で死んだこと、この二つの事実は、想像の問題でなく、確たる事実である。我々はこれを疑うべきではない。

しかし、彼らがどうして死んだか？

この点に関しては、我々はどんなにでも考えることができる。

世上に発表されたことは、たしかにあり得ることであり、またありそうなことである。しかしそれは幾多のあり得る場合のたった一つの場合に過ぎないのだ。

その他の場合を考え得ないわけではない。しかもわれわれは神でないかぎり、そのどれが真の事実だったかを知るよしもない。事実はたった一ツあるのみである。

我々はその事実を確実には立証し得ない。けれど立証し得ないからと言ってそのことがうそだとは誰が言えよう。私はこれからこの事件に関する私の想像を書いてみようと思う。私はけっして推理とは言わない。なぜならば私は推理すべき何らの材料をも手にもっていないからである。

もし私が探偵小説家だったら、推理すべき多少の材料をここにつけ加えるにちがいない。たとえば、かつて、健次郎が私と会った際、

「もし、兄が死んだら財産は誰にいくでしょうか」

と聞いたというようなこと、また、たとえば、春子がかつて私に会った際、

「どんなに心ではたしかだと思っても、他人に証拠立てることができなければ殺人事件というものは訴えても駄目でしょうか」

と尋ねた、というようなことを記して、それから、いろいろと書いていくに違いないのだ。

私といえども左様な潤色《じゅんしょく》を知らないではない。しかし、私は法律家である。読者の前にはできるだけ正直でありたい。

私は実は健次郎も春子も多少知ってはいる。しかし彼らは一回だって、先に紹介したような感想以外には何も述べていないのである。

だから私がこれから言おうとすることは、まったく私一個の考えなのだ。しかしそれだ

からといって事実でなかったと誰が言えるか。

私は、私の言うことの事実なることは立証し得ない。これははっきり言っておく。しかし同時に事実でなかったという証拠もあげられないのである。

私は、ここにあり得べき一つの場合を考えているのだ。そうしてなぜか私にはそれが正しく事実であると信ぜられるのである。

私は私の考えを述べるにあたって、当事者の手記の形をかりよう。すなわち今まで述べてきたところのうち、第二と第五の項を次のごとくおきかえるのである。

試みに、第二に対して、第七を、第五の代わりに第八をおきかえて読まれよ。

この事件がどのくらい深刻なものかを知られるであろう。

七　竹内健次郎の手記

○年○月○日
僕は望みを捨てなければならない。人もあろうに彼女が兄の妻になろうとは！

僕はもっと早くはっきりしたことを言うべきだった。彼女とても、もしこの僕の気持ちをほんとうに知ったなら、兄の妻になることを承諾はしなかっただろう。

仮に僕の愛を拒絶したにせよ、兄の妻になることも拒んだに違いない。

僕は悔いる、勇気のなかったことを！　しかしもはや、すべてはおそすぎた。

○月○日
彼女はいったい僕を何と考えているのだろう。僕に対して、嫂《あによめ》としてはあくまでも親切である。しかしこの僕の悩みを少しでも知っているだろうか。

○月○日
こう考えることは彼女のために正しくないかもしれない。しかし彼女のこのごろの生活ぶりを見ていると、彼女は兄の富が、僕よりもはるかに大きいということを考えて嫁にきたのではないか。

僕も兄のような身分でありたい。

兄のように何もしないでただ花壇ばかり眺めている人間には、こうやって終日働いている僕の苦労も分からないだろう。

兄は、富と彼女とを両手に抱いている幸福な男だ。

同じ兄弟と生まれ同じ家に生まれながら、たださきに生まれたというだけで――しかもそれは本人の功でも責任でもないのだが――兄はこんな幸福を得、弟たる自分はこんな不幸に苦しまねばならない。

自分は今まで兄の富を羨《うらや》んだことはない。しかしもし？　もし彼の富が彼女を誘惑したのだったら？

ああ、自分は弟なるがゆえにどれだけの不幸を得たか！

○年○月○日
雪の激しい山道をようやくいま帰った。

生活のためとは言いながら、こんな日に働かなければならないことはかなりつらい。

俺はただ雪の中で、こんなとき暖かいストーブを囲みながら楽しげに語る兄夫婦のことをふと思い出した。

今日の患者はとうとう死んだ。弟が後をつぐということだった。

○月○日
恐ろしい夢を見た。

昨夜兄が死んだ夢を見た。その夢の中で、彼女が俺に、

「健さん！　私実はあなたをはじめから愛していたの！」

とはっきり語った！

もし兄が死んだら？　こんなことは考えてもいけないことだ。しかし、ほんとにもし？だ。もしいま兄がいなくなったら、家の財産はどこへいくのか！　そうして、今こそ絶対的に手もふれられぬ彼女に対してある可能性が出てくるではないか……

○月○日

とうとう俺はやっつけてしまった。

今までこの数ケ月頭の中で、はっきりとはしないが根強く頑張っていたあの恐ろしいことがとうとう起こった。しかも、あんなに自然に、あんなにうまく行われるとは、この俺すら、思わなかったことだ。誰が俺を疑うものか。

はじめ、兄が盲腸炎で苦しみはじめた時、俺は、実は、もしこのまま兄が死んでくれれば！　とひそかに考えた。

けれども、ほんとうに苦しんでいる彼をじっと見ているうち、いつしか俺はまったく医師としての義務心を感じはじめた。

手術は火急を要するものだった。一分といえども遅らせられない。俺はこうした時、いかなる医師でもとるであろうところの方法をとった。

まずすぐに病院へ入れた。一方なにぶん大手術のことでもあるから、××市の氏家博士にも来てもらうように依頼した。

彼女に立ち会ってもらって手術は開始された。

いよいよ盲腸を切ろうという時、ふと心の中で悪魔がささやいた。

「汝《なんじ》はその手術を完了すると同時に、希望を再び永遠に失わねばならぬ。汝は今、世にも得がたき機会を恵まれているのだ！　手術を中止せよ！　そのままに放置せよ！」

この悪魔のささやきは、俺には天啓のごとく心にひらめいた。俺は幾度かメスをとめようとした。しかしあの場合、どうして手術を中止できるだろう。

俺は心のうちの悪魔を払いのけようとして、頭を上げて目を天井に向けながら首をふった。その瞬間だった。周囲がじーんとなって急に暗くなってきた。

「脳貧血だ」と俺はその刹那《せつな》に感じた。二三回今までにこれと同じ場合にぶつかったことのある俺にはすぐにそれが分かったのだ。

次の瞬間にすべてが分からなくなってしまった。

けれど、実際に意識を回復したのは、ほんの少しの時間の後だった。俺はまだ看護婦たちが俺を助けながら手術室から運びだそうとしている時、早くも気がついていたのだ。少しも早く手術をつづけなければならぬ！　俺は医師として明らかに感じた。と同時に、「この恵まれた状態を利用せよ！」という力強い悪魔の声が耳に入った。

そうだ！　そうだ！　このまま眠っておれ！　兄をあの悲惨な状態に残しておけ！　お聞けあの嫂《あね》の悲鳴を！　助手の狼狽《ろうばい》の声を！　看護婦たちの叫びを！

兄は死につつある、一歩一歩死に近づいている。

俺はあのとき失神するまでは、はっきりした気持ちを持っていなかった。しかし、もし俺のこの行為が殺人罪となるならば、俺は意識を回復した時から、はっきり兄殺しの決意をしたのだ。

あの場合、手術室の中で看護婦らの手に抱かれていた時ですら、俺はすぐに立ち上がって手術を完成し得たのだ。兄を完全に救うことができたのだ。

手術室のさわぎを耳にしながら、隣室のベッドの上で俺は心から悪魔の笑いを笑った。あの悲鳴と混乱こそ、俺を幸福にみちびく交響楽だったのだ！おお、なんたる幸福！　しかしてなんたる完全な犯罪！誰がこの俺を殺人者として名指し得るものぞ！　誰が俺を兄殺しと名指し得るものぞ。悪魔よ！　汝《なんじ》に感謝す！

八　竹内春子の手記

考えても恐ろしいのはあの夜の出来事だ。そうしてあの時の私の気持ちだ。私は、あの時の夫の最期の顔を、今でも幻のうちに見なければならない。あの恨めしげな目、あの呪うような唇！　それがこうやっていてもちらついている。ほんとうに恐ろしいことだ。

どうして私はこう恐ろしがるのだろう。それは今になっても自分のしたことが、確かに間違いなかったと信じ得られないからではないか。

そうだ、たしかにそうなのだ。あの刹那こそまさしく私は夫の仇《あだ》を打ったと思った。しかし、しかし、その証拠をどこに求めることができるか？

夫は、義彦ははたして健次郎に殺されたのだろうか。

義彦の不幸な死以来、私は世の中に楽しみというものを失ってしまった。幸福というものを失った。いっそ死んでしまおうかとまで思いつめた私は、健次郎の切な望みによって彼の妻となってしまったのだ。

恋も愛もなく、ただただ彼の希望によって！

夫（健次郎）はほんとうに私を愛してくれた。前から私を愛していたのだとも言ってくれた。けれど、愛されれば愛されるほど、私はなぜか、健次郎を疑いたい気持ちになってきたのだ。

こう考えるのは恐ろしい。あの手術の時の健次郎のようすを怪しいとは言えない。けれど、けれど！　そうだ、ほんとうに、しかしだ、いいい、――ああ私は何といったらいいか、はっきり言えないのだけれども、あの不幸な偶然が偶然でなく、何者かにしくまれた悪魔の仕事のように思われてならないのだ。

健次郎が私に、愛の表しをするたびごとに、なんだか恐ろしい気持ちがしてならないのだった。そうして、あの数日、私は、かつて義彦と楽しく暮らしたA湖畔の辺りにいて、ますますその感じにひたるようになったのだ。

あの夜、いつものように健次郎と私は、二人で船を湖に浮かべていた。

湖上一面に照り輝くべく山のかげから上がる月を見ながら健次郎は、いまさらのように幸福を語った。私はそのとき何気なく、

「それもみな義彦様のお亡くなりになったためね」

と言った。すると健次郎は暗い顔をしながらこう答えた。

「しかしあれは僕の責任じゃないからな」

私はしかしこの言葉がいつになく、妙なひびきをもっているように聞いた。反対に、

「あれは実は僕の責任なんだよ」

と言ったように聞こえた。

この会話は今もはっきりおぼえている。

その時はしかし私は、山の端から出る夏の月をながめて昔のことを思いふけっていた。

ほんとうに美しいあの夜だった。

月が山のかげから出ようとしておる。

仰げば、幾万の星が大空に輝いて私を見つめている。私はしばらくはすべてを忘れた。

だから、健次郎が何かやさしいことを私に言いながら、そっと口づけしてくれた時も、
私は恍惚《こうこつ》として大空の光に見入っていたのだ。

ザブンと音を立てて健次郎が水にとびこんだ時、はじめてはっとして湖面を見つめたのだった。

健次郎ははじめ、泳ぎながら私に何かしきりと気を引き立てるようなことを言ってくれた。けれどもそれが私にはたまらなくいやだった。水の中から何か私にいいかける言葉は、妙に私の気持ちを不愉快にした。

月が明るく湖上一面に輝きはじめた頃、私は過去の旅を思い出した。

この間何分だったか、何十分だったか私はおぼえがない。

おお、あの月！　かわらぬ月、義彦とこの湖にあそんだあの楽しい旅。

あのとき私はたしかにどうかしていたに違いない。

月を見つめていた私は、目の前にありありと義彦の幻影を見たのだ。たしかに見た。あり得べからざることだ。私の心の迷いかもしれない。しかし、私はたしかに見た。しかも、哀れないたましい義彦の死の顔を、はっきりと湖の水に！

ちょうどこの時だった。

私は妙に激しく水を打つ音を聞いた。はっと我に返って水面を見ると、船からわずか二間《けん》ほどのところで健次郎がばたばたともがいている。

彼は一度首を水の中につっこんだ。つづいて両手を出してそこらじゅうをかきまわした。

私の方を見て哀願するように何か叫んだ。

月に照らされた彼の横顔は青白くひかっていた。

彼はまさしく溺れかかっている。

どうしたらいいか。

でも彼は必死になって船の間近まで、最後の努力で泳ぎつこうとしている。

私は夢中でそのままにしてあった艪《ろ》の所にかけよった。もう一二尺そのさきをつきだしさえすれば、健次郎は必死の力でその先をつかむことができるのだ。

実際、健次郎は最後の力を満身にあつめて、その艪のさきまで泳いできた。

ほんとに彼は、水の中に半分沈みながら最後の努力で、水面二寸位のところにつき出ている艪の先にさわろうとしている。

その刹那だ。

月に照らされた彼の頭のすぐそばに、私は再び死んだ先《せん》の夫の姿を見た。否、たしかに見たと信じた。

その姿をはっきりと見ると同時に、電光のように私は舷《ふなばた》にとんでいった。

私は、夢中になって艪をつかんだ。そうして、いきなりその艪を二尺ばかり船の中に引き入れてしまったのである。

最後の力を全身にこめて、とりすがろうとしていたその刹那、不意にその救いを取り除かれた健次郎はみじめなものだった。

その反動として彼は、ずぶりと水の中に上半身をつっこむと、くるりと腰の方が水面にちょっと出た。

そうしてしばらくは、彼の姿は見えなくなってしまった。

しかし、ぼんやりと見つめている水面に、どうして現れたか、健次郎はもう一度首を出した。

その時の呪うような顔なのだ、今でも私を去らないのは！

あの目！　あのまなざし。

彼は何か私に向かって呪いをあびせようとした。しかし次の瞬間、上を向いた彼の口には湖水の水が、不気味なひびきを立てて入っていった。

その次の瞬間には、彼の姿はもはや見えなくなってしまったのである。

私が人をよんだのは、それから三十分もしてからだったろう。

私は大声で救いを求めた。なぜなら、私一人ではどうすることもできなかったから。

それからのことは世上で知っているとおりなのだ。

どうして私があの時あんな気持ちになったか。今でもはっきり言うことはできない。

ああ私のしたことは、正しかったのだろうか。健次郎にはああやって死ぬべき罪があったのだろうか。私は一生苦しまなければならない。

健次郎のあの最期のまなざしに憑《つ》かれている私は、一生こうやって苦しんでいかなくてはならないのだ。

不幸な人達

「しかしそりゃ頭脳や教養の問題ではありませんよ。体力、もしくは体質の問題です。どんなえらい人だって、どんな頭のいい人だって、そんなことは関係ないはずです。分かりきった話じゃありませんか」

「汐山《しおやま》さん、あなたご自身はどうなの」

「僕ですか。だから今まで申したでしょう。慣れてしまって十分きかなくなっちまったんですが、でも極量の〇・五グラムだけ飲めば、ほんとに熟睡します」

「でも、あなたを標準になさることはないわ。私頭がそんなに単純じゃないんですもの」

澄子はぴしゃりと一言、叩きつけるように言いきったのであった。


場所は大道寺伯爵家の大広間、シャンデリアの美しく輝く下で、夢のようなワルツを踏む幾組かの若い男女を傍らに眺めながら、広間の片隅のストーブの前で、場所に似合わしくない話題がはずんでいる。若い作家の汐山広次《こうじ》は、伯爵令嬢澄子とシャンパンのグラスを隔てて、妙な興奮した気持ちでにらみ合わなければならなかった。

まったくそれは場所に似合わしくない話題だった。けれどその話題をはじめ提供したのは澄子だったのである。

「私このごろどういうものか、よく眠れないんですの。たまに眠れても、すぐ目がさめてしまうのよ」

澄子にすれば、これは大した意味をもって言ったのではなかったかもしれない。しかし、若くて美しい彼女をめぐる青年たちは、黙ってこれを聞き逃さなかった。聞き逃すのは失礼だと考えた。否、こんなことにも、彼女をいつも気にかけているということを示したかったのである。

外務省に勤めている吉川という若い法学士が、すぐに言った。

「そりゃ何か理由があるんでしょう。ねえ、澄子さん、何かこう言われぬ悩みがこのごろおありになるんでしょう」

「あら、そういうわけじゃないけれど……」

話はいたって気軽に進んでゆきそうだった。

ところが、澄子の不眠症をいちばん真面目に考えた汐山広次の言葉が、妙にこの話をこじらしてしまったのだった。

「×××という劇薬をご存じですか。〇・五以上飲むと生命に危険がくるのです。しかしそれ以下なら、絶対に大丈夫です。そうして立派に睡眠剤の役をするんです。用いてごらんになったらいかがですか」

「まあ、薬なんかで私眠れるものですか」

澄子が妙に嘲笑的に言った。汐山は勢い、自分の言ったことを支持せずにはいられなくなった。

はっきり言えば、汐山は澄子にひそかに熱烈に恋をしていた。そうして澄子の方でも汐山を嫌っているようには見えなかったのである。その澄子から他の人々のいる前で、こうあっさりと言いきられては、彼も黙ってはいられなかったのだ。

恋をしている彼は、あくまでも妙な意地で自分の経験を述べはじめた。

しかし、どういうわけか澄子は折れなかった。そうしてしまいには、

「それは頭脳の問題だわよ。何も考えないのんきな人間なら薬も利くでしょうよ。だけど教養のある人間に、そうたやすく薬が利くということは考えられないわ。ねえ、吉川さん」

と言いながら、吉川の方にやさしく笑って見せたのである。

澄子の言っていることは、まったく理屈になっていない。澄子だとてそれが分からぬほど、おろかな女ではなかった。だから冷静な傍観者には、澄子が、好意をもっている汐山に対して、ただ理屈の遊びをしていることがよく分かっていたはずである。彼女は純真な汐山広次を相手にして、自分ではっきりと意識はしないでも、恋愛遊戯をやっていたのであった。

けれど、こうした遊戯が時として恐ろしい結果を招く場合があることを、われわれは知らなければならない。

よびかけられた吉川法学士は、馬鹿馬鹿しいという気持ちをかくして、巧みに笑ってごまかしながら、ワルツの群れにと去っていった。

広次はしかしまじめだった。彼は遊戯をしていなかった。他の人の前で自分の経験を一言もなくやっつけられたと感じた。

だから彼は今は引くにも引かれず、あくまでも自分の説を主張した。

「私、頭がそんなに単純じゃないいんですもの」

という澄子の一言はまっこうから彼を辱めたように身にしみて感じられた。

「澄子さん、そりゃ僕は単純かもしれません、が、僕は自分ばかりを標準にして言っているんじゃありませんよ」

「そう？　じゃ誰なの標準人物は？」

彼女はこう言って晴れやかに笑った。標準人物という言葉をわれながら面白く感じているようだった。

「×××という薬は人を殺すことができるんですよ。自殺だってできるのです。えらいえらくないは問題じゃありませんよ。たとえば……カントだってショパンだってあれを一グラム以上飲めば……」

「ショパン？　まあ汐山さん、あなた素敵な知己《ちき》があるのね」

彼女は高らかに笑った。広次が何か言おうとした時、ちょうど、浜島という医学士が、彼女をワルツにすすめるためにやってきたので、彼女は浜島に腕を貸しながら立ってしまった。

広次はまったく憂鬱だった。彼は明らかに澄子に辱められた、馬鹿にされたと感じた。

「そうだ、黙って帰ろう」

彼は誰の目にもつかぬように玄関の方に出ていった。

玄関の所で、帽子と外套《がいとう》を受け取った。外套を自分で着て、ステッキを探してもらっている間に、手袋を取りだそうとして、彼は手を外套の右のポケットにつっこんだ。彼はそこでガラスの罎《びん》に手がふれるとハッと思った。

さっき、行きつけの薬局に行ったので、自分の睡眠剤をもらってきたのだ。長い年月のことなので、広次は薬局から絶対の信用をもたれている。今ポケットの中には二〇グラム入りの劇薬×××の罎がそのままはいっているのだ。

夕べでちょうどなくなってしまったので、彼は今日、大道寺伯邸へ来る前に、薬局へ寄ったのである。

彼がハッとした様子を見せたのは一瞬間だった。何事か思いついたと見え、彼は素早くその罎をズボンのポケットにつっこむと、そこの壁にかかっている時計を見ながら、

「おや、まだ早いんですね、何、僕の時計がちがっていたんで帰ろうと思ったんです。またホールへもどりますから……」

と、そこの書生に言うと、再び、外套と帽子をおいてホールの方へ歩みをうつしたの

だった。

「よし、黙って飲ませてみよう。きっと利くに違いないんだ。澄子さんがぐっすり寝たら、あした来て、昨夜《ゆうべ》はどうでしたかって聞いてやるんだ。眠れたと答えたらしめたものだぞ。俺の薬を見せて、あの鼻っ柱を折ってやるんだ」

恋する男は妙な意地をもつものである。

彼は、あくまでも実験をして澄子を閉口させる気なのだ。

無論、薬の量を計る秤はそこにはなかった。

しかし、毎晩自ら計りつけている彼は、粉末になった××××の〇・五グラムという量は目分量でまさしく分かるのである。

広次はホールに戻る前ひそかに手洗い所に行った。

人に見られぬようにしなければならぬ。広次は堅く包装されたガラス罎の口をあける方法を見出だせなかったので、いきなり手洗い場の金具に罎の口をぶっつけて壊した。そうして、鼻紙を出してまさに〇・四と思われる量だけをそっと包み、あとは素早くポケットにもどした。

「酒がいい。そうだ。シャンパンかカクテルにまぜて飲ましてやろう」

広次はそう思いながら、また明るいホールに現れた。

ストーブの前にはおどり疲れたと見えて、数名の男女がいた。澄子もいた。吉川もいた。

広次が戻ってきたのを見て吉川が快活に話しかけた。

「汐山君、どうしたんだい。怒ったんじゃないかって澄子さんがご心配だったぜ。実はいま僕からも××××という劇薬のことを説明したんだよ。僕も実はいつも眠れんので××××を〇・五ずつ飲んでるんだ。僕みたいにどこで泊まるか分からない男は、いつも懐にそれを入れてるのさ。このポケットにちゃんとあるんだよ」

「まったくよ、吉川さん、今日はどこでお泊まりになるの。ほんとに吉川さんくらい不良性をはっきり見せていばってるのも面白いわね」

若い佐藤春子という夫人がからかったので、皆またどっと笑ってしまった。

「なんだ、君も用いているのか、じゃ利き目はじゅうぶん知ってるはずだね。澄子さん、吉川君も言ったとおりです。そりゃ利くんですよ。ただ量をちょっとでもまちがえると大変なんです。仮に僕があなたを殺そうと思えば……」

「まあ、私あなたに殺されれば本望よ」

澄子は十分な媚びをたたえながら、広次をにらむと「ほほほほ」と笑った。

劇薬の話はまもなく終わった。

再び皆おどりはじめたのである。

機会は容易にこなかった。

しかしついにきた。

広次は、誰にも気づかれずに、澄子がもつであろうグラスの中に巧みに××××の粉末をおとしこんだ。

澄子は、再び休みになった時、何も知らずに飲みほしたのだった。

もうかなり夜は更けていた。

客は各自手厚い今夜の待遇を感謝しながら伯爵邸を辞しはじめた。

汐山広次は澄子に別れを告げると、寒い冬の夜道を家路についたのである。

彼の住居というのは兄の家だった。

広次が帰った時は兄夫婦はもう眠っていた。

自分の部屋にはいって、外套《がいとう》をぬぎすてて、机の前にすわった時、さっきから何とも言えず自分について回っていた不安がはっきりと頭にのぼった。

澄子に薬を飲ませて伯爵邸を出た時、広次はうまくやったぞと感じて何とも言いようのない満足に浸っていた。

けれど、道の二町も行かないうちに、彼は妙な不安に襲われはじめた。

もしや、もしや間違って？――いやいや、断じてそんなことはない。

彼は家に帰りつくまでこんな自問自答をくり返していた。

が、家人《かじん》の寝しずまっている静かな家にもどって、侘《わび》しい寒い自分の部屋の机の前に一人黙って座っていると、急にその不安がはっきりと頭に上がってきた。

もしや？　もしや分量が違ってはいなかったか？　あの薬は少しでも多ければ生命に危険を来すのだが、——そんなはずはない。毎晩自分ではかっている俺の目に、ちょっとだって間違いはないはずだ。

この目に狂いは断じてないはずだが、——しかし、あれはいつもとは違うぞ、部屋の中で落ちついてはかったのではなかったぞ。人に見られはしないかと、あの手洗い所の隅であわててやった仕事ではなかったか。とすれば、狂いがなかったと言えるか。もし極量の〇・五を越していたら……？　もし一グラムも飲ませたのだったら？　まして相手は男ではない……。

断じてそんなことがあるわけのものではない。

広次は無理に自分に言いきって安心しようとした。

遠く省線の電車が走っているらしい音がきこえる。

もう一時すぎだ。

「寝よう」

彼はそう思って劇薬×××の罎《びん》をポケットからとりだした。

薬罎を手にとると、またしても新しく襲う不安、そして説明しがたき戦慄《せんりつ》！

もしまちがっていたらどうなるのだ！

澄子は死んでしまうのだぞ、そしてその下手人《げしゅにん》は？　下手人はこの俺だ！

彼はあたりが急に暗くなったような気がした。

暗闇の中に彼は何物かを求めた。そうだ、残った薬を全部はかったら分かる！　救われた！　彼はそう思って罎の中の粉末を全部、そばの新聞紙の上にあけた。震える手で秤《はかり》をもった。息をつめながら、そっとはかっていった。

足りない！　四グラム完全に足りない！

彼は部屋中のものがぐるぐる回りはじめたように思った。

しかし、おおそうだ、俺はまだ大丈夫だぞ、あの時手洗い所で罎の口を壊した時、たしかに粉末が外にこぼれたのを俺は見たぞ。手洗いの所に白い粉がたくさん落ちたではないか。いやそればかりではない。ズボンのポケットにだってこぼれているに違いない。

彼は、いきなりズボンをぬいだ。ズボンのポケットにその右のポケットを新聞紙の上で裏返して見たのである。

あった、そこには白い粉が一杯ついているではないか。

俺は救われた！　広次は思わず大声で叫んだ。

一グラムある。たしかに。——しかし二〇グラムになるには三グラム確かに足りない。

あの時だ、あれに違いない、手洗い所に二グラム以上落としたのだ、そうに違いない。

広次はぼんやりとして、しばらく天井を見つめていた。

いくら考えてももう追っつかない、すべては運命にまかせよう。彼は震える手で薬をはかりながら、いつも就床《しゆうしよう》する時にのむだけの粉末を秤にかけ、手早く水で一息にのみほした。

三十分たたぬうちに、いつもは眠りがおそってくるのに、今夜はどうしたのだ。眠らないばかりではない、だんだん目はさえてくるばかりだ。

あの薬をとかし込んだグラス、つづいて異様な媚びをふくんだ澄子の眼。白い粉末。手洗い所の白い水出し！

これらが彼の目からはなれない。

あのとき落とした粉末が二グラム以上あったかしら。広次はまたしても考える。

そうだ、そうに違いない。

しかしもしや？　もしそうでなかったら？　広次の頭は同じ所をぐるぐるとまわっていた。

あの狼狽《ろうばい》していた時だ。まちがいがなかったとは言えない。もし多かったら？

澄子は死ぬかもしれない。いや、死ぬにきまっている。俺はどうなるのだ。俺は？

彼女の死体があした発見される。警察、捜索、検事！

彼女の死体が解剖されて身体《からだ》から劇薬×××が発見されたら、誰に嫌疑がかかるのだ。

同じ円のまわりをぐるぐるまわっていた広次の考えの中心は、だんだんと知らぬ間に移っていた。

円の中心にはもはや「もしや」はなかった。彼がぐるぐるまわっていた円の中心には、まぎれもなく澄子の惨殺死体が横たわっていた。

「仮に僕があなたを殺そうとすれば……」

ああ絶望。あの時こう言った俺の言葉を、吉川はじめいろいろの人が聞いていたはずだ。おお何という愚かな言葉だったろう。この俺は、何という馬鹿者だったろう。それに今夜、あんな所へあんな薬をもっていった人間は、調べられればすぐにばれるにちがいない。おおそうだ、吉川ももっていると言って笑っていた。しかし、あんなに気軽に大っぴらに言いきった彼に嫌疑がかかるはずはない。

捕まれば俺だ。俺だ。俺が捕まる。俺が人殺しだからだ。

闇の中で彼はもがきまわった。

悩めば悩むだけ、苦しみは増していった。

夜中彼は、手洗い所にこぼれた白い粉、青ざめて倒れている澄子の顔、巡査、警察、これらのものの幻影にかわるがわるおそわれていた。

けれど苦しみの果てに疲れがきた。

夢魔《むま》に悩まされながらも彼は眠った。

そうして目ざめたのは翌日の昼過ぎであった。

広次は目を開くと同時に時計を見た。

彼は飛びおきるとすぐ近所の酒屋にかけつけた。いつもそこで電話を借りるのだった。何よりもまず大道寺家の様子を知る必要があった。

酒屋の小僧は、青ざめた汐山広次が、何ともいえぬいらだたしい様子で五度も六度も、話中と断られて受話器をおくのを不思議そうにながめていた。

三十分ほどたてつづけにかけてみたけれど、さきは話中でどうしても出てこない。

明らかに何事か起こったのだ。

この上は行ってみるより他に手段はない。

広次はそのままひきかえすと、着物をきかえて憑《つ》かれた人のように走りだした。

ちょうど流してきた円タクをあわてて呼びとめた。大道寺伯の家まで彼の所からかなりはなれていた。五十銭と値をつけた彼を冷笑して、車は走り去ろうとした。こんな場合に、こっちから折れて「では」と乗る彼ではなかった。しかし今は一刻を争うのだ。広次は、べつだん屈辱とも思わず、改めて一円の約束で自動車に飛び乗った。

大道寺家にはたしかに何か起こっていた。立派な自動車が二台門の所に止まっているくせに、玄関には一人も人がいなかった。それにたくさんの靴がそこに揃えられてあった。

広次は案内も乞わず——たとい彼が案内を求めても誰も出てきそうもなかった——いきなり玄関を上がった。そうして勝手を知っているホールの方へ進もうとした。

ちょうどその時だった。

ゆうべダンスをしにきていた浜島医学士が青い顔をしながら、奥から出てきた。

「おお汐山君、誰に聞いたのだ?」

「え？」

「何も知らない？　知らずに来たのか？　おい、汐山君、大変なんだ。澄子さんが劇薬を飲んだんだよ」

「……それで、生命は？」

広次はようやくこれだけ死にもの狂いで口に出した。

「危ないんだ、いや駄目だろう。いま帝大のM博士とS博士とが見えているがね、全然だめらしいのだ。僕も助手として今までそばに行ってたんだが、なにぶん心臓が平素から弱いらしいんで、むずかしいそうだよ。僕はいつもM博士の下で働いているので、よく先生の顔色を知ってるんだが、今の様子じゃホフヌングスロース〔hoffnungslos＝絶望的〕だね」

「いったい何を飲んだんだい？」

「それがまだよく分からないんだが、どうも症状から見ると、××××か○○を飲んだものらしい。教科書にあるとおりの経過をとっている。××××にしても、どのくらい飲んだか分からないが、少なくも一グラム以上は飲んでいるね。もっとも一グラムくらいなら丈夫な男なら死にはしないよ。

しかし澄子さんは非常に心臓が弱いのだ。M博士もS博士もいま全力をつくしている。しかしむずかしいようだ」

「自分で飲んだんだろうか」

「そりゃ僕には分からない。また僕らとしては知る必要もない。目下のところあらゆる手段をつくして患者を救うことを考えるばかりだ。しかし自分で飲んだとしても、どこであんな薬を手に入れたものだか、ちょっと分からないね。ともかく六七時間前に飲んだものらしい……

僕は今ちょっと手洗い所に出てきたんだ。また戻らなければならないから、失敬する。――ああ、ちょっと、このことはまだ秘密になってるんだから誰にも知らせないでくれたまえよ」

広次の頭は不思議にもこの時、ゆうべ澄子に吉川その他数名の青年が今日の午後またここへ来る約束をしていたことを思い出した。

「しかし吉川君なんか来るぜ」

「ああ、友人には仕方がないだろう。ただ警察の方へは、まだ知らせてないんだからそのつもりで」

浜島はこういうと、右手でちょっと挙手の礼をして奥の方に消えていった。

警察！　広次はこの一言を聞いたばかりで、夢中で伯爵の家を飛びだしてしまった。

どこをどう走ったか、市電に乗ったか、省線を利用したかすらおぼえがなかった。否、彼はすぐにうちへは帰らなかったのだ。町の中をとめどなくうろつきまわりながら、夕闇の中をようやくうちに辿りついた。

帰った時はもう暗かった。

恐ろしいことがとうとうおこったのだ。

俺は間違っていた。たしかに薬の量を誤ったのだ。

澄子！　助かってくれ。どんなことをしても助かってくれ。澄子！　彼は電気のスイッチもひねらず、闇の中で涙に泣きぬれて神に強く祈ったのである。

自分の誤りは確かだ、間違いなく自分は、重大な過ちをしたのだ。もはや疑いはない。

しかし澄子はどうなる？　助かるまい？

駄目だろうと浜島は言った。

彼女が死んだら、自分はどうしたらいいだろう。

自分はけっして彼女を殺す気ではなかったのだ。けっして、けっして！　しかしこの弁解はどうして通るだろう。

いや、たとい立ってもそれがどうなる。過ちであろうと故意であろうと、この汐山広次が、あの伯爵令嬢に劇薬を飲ませて殺したと新聞に謳《うた》われるだけでも、堪えきれることだろうか。

彼は闇の中で警察署を見た。検事局を見た。裁判所を見た。そうして浅ましい囚人の着物を着て労役する我が姿を見た。

忍べない。堪えられない。しかも自分はいったい誰を殺したのだ。愛するあの澄子ではないか。

断じて縄目《なわめ》の恥は受けまい。断じて囚人となって天下の嗤《わら》いの的にはなるまい。

よし死のう、澄子が確かに死んだとなれば、俺も死のう。

広次はとうとうこう決心した。この決意は前夜から無意識のうちに、おぼろげながらも彼の脳裏に浮かんでいたものなのであった。

それにしても第一に知らねばならぬのは澄子の生死である。もう一度行ってみよう。

その上で死んでもおそくはあるまい。

自殺の手段として×××を自分も多量に服すれば足りる。

広次はこう決心して部屋の電気をつけた。

劇薬の罎《びん》を傍らにおき、彼はペンをとった。

いざ死ぬという時までに、自殺の理由を書きのこしておこうと思ったからである。

しかし、広次がペンを執《と》って遺書を書きはじめた途端、不意に外から、

「汐山君、いるか」

という浜島の声がした。

彼はハッと思って劇薬の罎をいきなり懐につっこんだ。

「いる。入りたまえ」

という声がようやくかわいた咽喉《のど》から出た。

「兄貴夫婦は二人ともどこかへ行って留守なんだ。そこをあければいいんだよ」

広次はまだ落ちつかずに部屋から声をかけた。

次の瞬間に重々しい足音がして、彼の前に立ったのは浜島と吉川とだった。

二人とも、青ざめた、苦しそうな表情をしていた。

広次は座蒲団をすすめるのも忘れて言った。

「どうした、澄子さんは？　だめか」

浜島と吉川は黙って畳の上にすわった。

しばらく沈黙がつづいた。しかし浜島が口を切った。

「駄目だ。澄子さんは死んだ。――どうにもならなかったのだ。そして飲んだのは×××なのだ」

「……」

「口の中に多少それが残っていた。確かにあの薬に違いないのだ。汐山君、しかし澄子さんは自分で飲んだんじゃないのだ。飲まされたんだぞ」

「え？……何」

「飲まされたんだ。ある男に飲まされたのだ。僕らはこれから警察へ行くつもりだ。その前に一応君の所へ寄ったわけなのだ。君にあっておく必要があるのだ」

吉川は何か言おうとして、また黙った。

広次は全身が戦慄《せんりつ》するのを感じた。

懐中の劇薬の罎をしっかと握った。こう早く発見するとは思わなかった。

しかし今どうしてこの薬が飲めるか。こんなにぐずぐずしていていいか。

彼は二人の顔をじっと見た。浜島も吉川も深刻な顔をしてじっと畳を見つめている。

広次の左手がそっとのびて机の横に行った。蛇のような素早さで、その手がその場にあった剃刀《かみそり》を摑んだ。

「ちょっと失敬」

不意に立ちあがった広次は、障子をあけて廊下に出ると、すぐ突き当たりの便所に入った。

浜島も吉川も畳を見つめたままだった。

二人とも一言も言わずに座っていた。

しかし三十秒ばかりたった時、彼らは便所の戸に何か重たいものがばたっとぶつかる音を聞いた。つづいて人の断末魔のうめきをきいた。

二人は飛びあがった。

そうして一散に便所の方にかけつけた。

彼らはそこに血みどろになってうめいている、広次を見出だしたのである。

「汐山君、どうしたんだ、一体どうしたんだ」

絶叫しながらも浜島は医師としての立場を忘れなかった。広次を抱きおこして、彼はすぐに事実を見て取った。広次はまず心臓を一突きに突くつもりだったのである。

しかし狙《ねら》いがはずれて肋骨《ろっこつ》を突いた。それでかえす刃で自分の左頸部をかき切った。傷は美事に頸動脈にふれていた。

「どうしたんだ、汐山、おい、俺だ、吉川だ」

吉川がとつぜん泣き声をあげて広次に抱きついた。

浜島は満身の力をこめて、広次を部屋にかかえ込んだ。広次を抱きおこした時、広次の懐から何か罎《びん》のようなものが落ちたけれども、この場合、浜島がそれに注意しなかったのは無理もないことだった。

吉川は泣き声をつづけた。彼は浜島が運ぶ広次の右手にしっかとつかまったまま、広次と一所に、ころげるように部屋に入った。

「おい汐山、吉川だ、分かるか。俺が悪かった。俺が……。ああ俺のために君までもこうなるとは！　澄子さんが死んだ今、君も生きている気がなくなったのか。無理はない。無理はない。

しかし、おい、汐山、聞けよ、俺はけっして殺すつもりじゃなかったんだ。こんなことになるとは思わなかったんだ。いやいや俺は君のために働いたつもりだったんだ。

ゆうべ澄子さんと君が薬の話をするのを聞いていて、俺はほんとに同情していたんだよ。一方澄子さんのあの鼻っ柱を折ってやろうと思った俺は、ちょうど自分があの薬をもっていたので、澄子さんの知らない間に酒に入れて飲ませてしまったんだ。今日になって澄子さんに事実を打ちあけて、君の言葉を証拠立ててやろうと思ったんだ」

吉川は泣きながら叫びつづけた。

「俺りゃ、どうしても自分の飲む量以上には飲ませなかったんだがなあ、たしかにそうなんだが……いや未練だ未練だ。大丈夫と思って入れた量が多すぎたのだ。俺がきっと間違っていたんだ。たくさん飲ませすぎたのだ。とんでもないことをしてしまった……今日、澄子さんの死を聞いておどろいたのだ。

汐山、聞いてくれ、許してくれ、俺はすぐ自首して出るつもりだったんだ。けれど、他の人にはともかく、君にだけはほんとのことを信じてもらいたかったので警察へ行く前に、浜島君と一緒にここに来たんだ。汐山、それにこんなことになるなんて……汐山、死んじゃいけない、死んじゃいけない、許してくれ」

生と死の敷居のちょうど上に立っている広次にしがみついて、吉川は涙をぽろぽろ流しながら気狂《きちが》いのように叫びつづけた。

とつぜん広次の目が異様に輝いた。彼は何か言いたそうだった。しかし声のかわりに咽《の》喉《ど》が不気味な音を立てて鳴った。新しい血汐がだくだくとほとばしった。

吉川は嘆願するように浜島を見た。

「駄目だ。……ここを切っちまっちゃどうしようもない」

浜島は青い顔をして、自分の咽喉をさしながら、吉川にささやいた。

「俺はこれから自首して出る。汐山、恨まないでくれ。俺は自分の過ちは身体《からだ》で償う。許してくれ……たった一つ信じてくれよ、俺は君のためにあれを飲ませたばかりなんだ

……それに……それに」

彼は気狂いのように広次と浜島に言った。

「やったのはたしかに安全な量だったはずだがなあ……」

広次が急にまたうなった。彼は最後の努力で目をかっと見ひらいた。

彼は言おうとする。が、声は出なかった。

しかし、彼は最後の力を全身からかき集めたように見えた。

彼は今まで、ぐったりと垂れていた右手を、そろそろともちあげた。

後ろから抱きかかえていた浜島は思わずぞっとした。

吉川は泣きつづけている。

広次は、何と思ったか、震える右手の指で自分自身の顔を指さした。

けれど、彼が最後の力をしぼって自分の顔を指した意味は、吉川にも浜島にもまったく分からなかった。

彼らは断末魔の広次が、苦しみの極、妙なまねをするとしか考えなかった。

息の絶えた汐山広次のからだにかじりつきながら、吉川は、泣きつづけたのである。

「俺が悪かった。俺が悪かった。俺がとんでもない間違いをしてしまったのだ！」

と。

救助の権利

小野検事と肩を並べて、人っこ一人とおらぬ暗い田舎道を歩いてくると、不意に眼界が開けて、目の前にちょっとした川が流れている。

小さな細い橋が、二三日前に降った雪をその袂《たもと》に残して、寂しそうに底にかかっていた。

「おや、ちょうどこんな所があるんだな。こいつはいい」

私は思わずつぶやいて、そこに立ちどまった。

勢いよく先に立って歩きながら橋を渡ろうとしていた小野検事は、ふとこちらを見て言った。

「何だい。何かこんな所に用事があるんかい」

「いや、僕一人のことなんだよ」

私はいそいで彼に追いつきながら橋を歩いていた。

「小説の話なんだよ。僕が考えているストーリーにちょうど当てはまる景色なんだ。おあつらえというわけなんだ」

「へえ、こんな所がお気に入ったかい。何を見てもストーリーに考えるんだね。――さては近頃だいぶ種に困ってるな」

「そのとおり。明日も帰るとさっそく何か考えなくちゃならないんだが、頭の中には何も無いよ」

「種ならだいぶあるぜ。お分けしようかな。ことにこの辺ときちゃ、君が勤めていた東京と違っておもしろい事件が多いんだ」

「そいつぁありがたい。今夜これからさっそく承《うけたまわ》ろうじゃないか」

「うんよかろう。俺の所はもうすぐだよ。ほら右手に黒く森が見えるだろう。あれを越すとすぐなんだ。君を歩かせて申し訳ないね。――しかし今の景色に似合いの小説というのはどういうんだい」

「いやまだできちゃいないのさ。ただああいう景色を使ったらどうだろうというまでの話なんだ。自殺幇助《ほうじょ》の事件だよ」

「ふーん、まあ聞かしてもらおう」

「こんなに寒くちゃちょっと困るんだ。夏だね」

「ははあ、投身自殺だな」

「そう。つまりこんな寂しい田舎の、ああいう川のところで夜中に女が投身するんだ」

「すると?」

「するとちょうどそこへ一人の男が通りかかった。驚いて川へとびこんで助けてみると、女が身の上話をする。それがどうしても死ななけりゃならぬわけがあるんだね。そこで結局、いったん助けてやった男も、どうすることもできない。

いや、どうすることもできないどころじゃない、かわいそうだから死なしてやろうという決心をするんだ。そうして今度は、自分でその女を川の中の深い所につき込んでやるという話だ」

「なーんだ。それだけかい。待てよ。しかしそんな話なら僕も読んだことがある。――そうそう、モーパッサンにたしかにある」

「まあ聞けよ。それだけじゃないんだ。これだけの話ならモーパッサンでなくたって他にいくらもある。これは小説のプレリュード〔序曲〕にすぎないんだ。これから後がある。しかも後には君のような検事が出てくるんだよ」

「へえ、そりゃ面白いね……オッとここは道が悪いから気をつけてくれたまえよ。もう森に来たからすぐだよ……そこで検事がどう出てくるんだ?」

「女を川へ入れてやった男が捕まるんだ。そうして検事に調べられる。ちょっとこの検事は君のような人なんだ。しかし君のように幸福な生活をしている検事では困るんだがね。まだお目にかからないが、美しいワイフをもって、いいパパぶりを発揮している検事じゃ具合が悪い」

「おい、へんなことを言わないで、話をつづけろよ」

「この男が調べられる。調べる検事が、君みたいにいつも今の川のそばを歩いて役所に通っている人なんだ。さらにその人は最近妻か子を失って、世をはかなんでいるという条件がなければならない」

「こりゃむずかしくなったね。検事で悲観していなけりゃいけないのかい。ははは。だいぶ難しいな。ではその検事がセンチメンタリズムで涙を流して同情して許してやるんだね」

「ところがそうでないのだ。彼のセンチメンタリズムにもかかわらずだね、その検事はひどく被疑者を叱《しか》りつけるんだ。さんざん叱った揚げ句の果て」

「起訴するか」

「さあ、起訴した方が小説では具合がいいんだが、どうだい、君なら起訴するかしら」

「そりゃ分からないさ。具体的な事案を見なけりゃ分からないよ」

「じゃまず起訴したとするか、でなけりゃ大いに叱って一応許すとする。すると同じ日に、もう少し犯情の重い自殺幇助《ほうじょ》事件がきたと思いたまえ。たとい心中でもいいし、何でもいいんだ。検事はこれを大いに叱りつけて起訴した。そうしてその夜、もしくはその夜は宿直して、その翌日の夜役所から帰ってくるんだ。夜だよ。月の夜だね」

「なかなか小道具がいるね。月光をあびて悲観したセンチメンタル検事が、とぼとぼと川のほとりへさしかかるんだね」

「左様。彼は月の光を浴びながら、楽しかった過去を考えるね。そうして人生のはかなさをしみじみと味わうんだ」

「分かった。するとで?」

「すると、だ。川の岸に一人の男、まあ女の方がいいが、一人の女が投身しようとしているのを発見したんだ」

「ほほう」

「そこで検事は驚いてかけよる。ともかく死んではいけないと言ってさとすのさ」

「検事がか。つまり彼は投身せんとする女を見ていきなり救いに赴くんだね」

「そうさ。これは不自然じゃないはずだな。誰だってかけよるよ」

「そうかな……君は小猿七之助の芝居を見たことがあるかね。ドブンという水音を聞いて、『何だ身なげか』と言って平気でさっさと行ってしまうぜ」

「そりゃ水音を聞いただけだからだよ。僕の話のは眼前にいま投身しようとする女を見ているんだぜ。こりゃむろん助けるよ」

「まあいい。それでどうなるんだ」

「これからが、悲観検事の悲観の理由が重大になるんだ。検事がとめて聞いてみると、この女も最近子供を一時に失って、まったく人生を見限っているのだ。ここの境遇が、家庭的不幸において、その検事とまったく同じであることを描写する。

この話の中には、どうしても女が死ななければならぬ気持ちと、この女の身の上話がだんだん検事にアフェクト〔影響〕していくところをはっきり表すんだ。つまり検事は、はじめ止めてみたものの、どうしても女が生きてはいかれぬという言葉に、まったく同意してしまうのだ」

「それで?」

「彼は女の言葉にまったく同意してしまうのだ。『なるほどあなたは死ななければならない、お死になさい、僕はもう止めない！』こう言っていったん捉《つか》まえていた女の手を放してやる。女は泣きながら再び死ぬ用意をする。しかしこのとき検事は自分の位置を考えてみるのだ。自分は法律家だ。しかも検事だ。『お死になさい』と言って、この女を死なせてもいいのかしら！　彼はこう思う。またあわててとめようとするのだ。今度は一ケの人間としての彼の考えが頭に浮かぶ。そんな間に合わせな、いいかげんな止め方はできない」

「それで一体どうするんだい」

「さあ、どうするだろうね。彼が女のくり言にまったくアフェクトされて、自分も世をすてる気になれば一番いいんだが、──実はまだ僕もこの結末をきめてないんだよ」

「なーんだ、きめてないのか」

「きまってるくらいなら、君に話す前にもうとっくに書いているよ」

「検事の気分を描写するのはいいさ。しかし結局彼がどうしたかということが、いちばん大切じゃないか。自分が叱りつけた被疑者らの気持ちが分かっただけじゃ、何にもならないね」

「だから、どうしたらいいだろう」

「それを僕に相談されちゃ困るな。小説家に聞いてくれよ」

「仮に君だったら、この場合どうする？」

「僕だったら？　うん、僕だったら問題はないね。僕ならはじめから女を助けないかもしれないからな。僕には、そうだ、他人を助ける資格はないんだ」

「え、はじめから救わない？」

「そうだ」

小野検事は急にまじめな調子で言った。

「救う資格がないからさ。ね君、人は他人の生命を奪う権利をもっていないように、救う権利もないのじゃないかね。つまり、人は各自他人の人生のコースに手を出すべきものじゃないのかもしれんよ。――さあ、ここが僕の家《うち》だ。おいお絹！　東京のお客様をつれてきたぞ」

彼の声に応じて小さな玄関の障子があいた。パッと中から電灯の光がさすと、幸福そうな若い女の声がひびいてきた。

私ははじめて小野検事の夫人に会ったのである。

・

よんどころない用事ができて、寒い間はけっして旅行をしないことにきめている私も、この一月の末、東海道のN市までとうとう出かけなければならなかった。

東京駅を午前九時に出るツバメ号に乗って立って、午後六時すぎ目的地に着いたが、用事は午後六時半頃に終わってしまった。

すぐに引き返すこともできたのだが、夜汽車に乗ることが嫌いな私は、やむを得ずN市に宿をとるつもりだったが、N市から汽車で約一時間ほど東のT市の近くの裁判所に、旧友小野君が検事として勤めていることを思い出していたので、夕方役所に電話をかけてみると、「久しぶりで会いたいから、ぜひ寄ってくれ、汚い所だがうちへ一晩泊まらないか」ということだったので、遠慮なくそこに行くことにし、上りの汽車に乗ってT駅で降りた。ステーションまで小野君が迎えに出ていてくれたが、それからT市の料理屋でほんとうに十何年ぶりで二人は会食した。小野君は学生時代から呑むと故郷の歌をさかんに唱《うた》ったものだが、この夜も、やはり昔のままの腕白《わんぱく》ぶりを発揮していた。

十一時頃、彼の家に赴くべくタクシーに乗った。彼の家は市からだいぶ離れた所にある。いま勤めている彼の役所も、市からちょっとはなれているのだ。車が寒い冬の夜の町をぬけ、畑ばかりの所にさしかかって二十五分も走ったかと思うと、彼の家から七八丁の所で故障をおこしてしまった。

飲めぬ酒を二三杯飲まされてのぼせていた私は、少し冷たい風に当たりたくもあったので、もうじきなおるからという運転手の説明をいいかげんに聞き流しながら、小野君をうながしておりてしまったのである。

外套《がいとう》の襟を立てながら二人で、寒い田舎の夜道を歩いているうち、ふとさきのような会話をはじめてしまったのであった。

小野君は幸福そうだった。美しい妻君も一緒に、この珍客をもてなしてくれたので、手ぶらでとび込んだ私は、まったく恐縮の態《てい》だった。

「まだいろいろ話しておそくなるから、お前はもう寝てもいいぜ」という小野君の愛妻ぶりを見せられながら、でもわれわれはそれからそれと、いろいろの友人の噂などをして時を費やしてしまった。小説の種を聞くことなどは、なつかしい昔話ですっかり忘れた形だった。

もちろん、彼の妻は、彼のやさしい注意にもかかわらず、次の間にちゃんとおきていて、鉄びんの湯をたぎらせているようであった。

時計を見ると、もう二時すぎである。

「おやだいぶ遅くなった。君はまた明日役所があるんだろう。寝たまえ。僕もちょっと休ませてもらおう」

「もう二時かい。じゃ汚いが、床《とこ》をしくから寝てくれたまえ。時に君はいつ立つんだい」

「いそがしいから明朝——といっても今日だが、朝七時頃に出立するよ」

「駅まで送ろう。それまでちょっと寝るかな」

「僕は眠れないが、床の中で本でも読むよ。ちゃんと持参している」

「そうかい。君にはこんな寝床じゃ眠れないかね」

「そうじゃないんだ。僕は旅をするときっと眠れないんだよ」

私はここで旧友の気持ちを悪くしないために、自分の不眠症について一応説明しなければならなかった。妻君が二つ床をしいてくれる間、そばの火鉢の前におよび腰になってさし向かいながら、私は、汽車の中で半分まで一気に読み通してきた、スクリブナー版の、*The Scarab murder Case*〔『カブト虫殺人事件』〕という本を示しながら、朝まで床の中で読みつづけるつもりだという話をした。

しかし、その時ふと思い出したことがあったので、着物をぬぎながら私が尋ねた。

「ねえ君、君はさっき、人は他人の人生のコースにinterfere〔干渉〕する権利がない、と言ったっけね。あの説には僕は実は賛成なんだが、ありゃ君の前からの説なのかい」

寝巻きに着かえながら彼が答える。

「さあ、説だかどうか、ま、そういうふうに言えないこともないというまでさ。加藤君、君は、長谷部丁吉という男の強盗殺人事件を知ってるかい」

「長谷部？——いや知らんね」

「もっともこの辺で起こった事件だから、東京までは知れないかも分からんね。去年の秋、ほら、さっき通ったあの川のそばで起こった事件なんだよ。僕が調べて起訴したんだ。あした判決の言い渡しがあるがね。その男が二三日前裁判長に上申書を出したわけなんだ。そうだ、ちょうどいい、実は判事から今日それを見せてもらってここにもっている。君はどうせ眠らんそうだから読んでみないか。僕は失敬してここで眠るから」

彼はそう言って、さっきから大切そうにもって家《うち》にかかえてきた、ポートフォリオの中から厚い封筒を取りだした。

私は床の中でそれを開いたが、その二枚目くらいまで目を通した時、そばに寝ていた小野君は、もうやすらかな寝息をたてて、眠りにおちてしまっていた。

強盗殺人の被告、長谷部丁吉の上申書を、私は静かな田舎の屋根の下で繙《ひもと》いたのである。

裁判長殿
被告人長谷部丁吉は、ここに最後の書をあなたに提出します。私はこの書によって、刑を軽くしていただきたいというのではありません。ただ私がなぜあんな罪を犯したかという、ほんとうの気持ちを知っていただきたいからなのです。

私が昨年の九月二十八日の夜、坂田川のそばで、林庄右衛門《しょうえもん》という老人を殺し、その所持金三百円を奪ったことは間違いありませんぬ。それは、駐在所でも、検事の前でも、また公判廷でも述べたとおりであります。

しかし、私がなぜあんな罪をおかしたか。

これについても私はじゅうぶん述べたつもりではいます。けれども、ほんとうの私の気持ちは誰にも分かってはいません。あなたにも、検事にも、否、官選弁護人として私のために弁論をしてくれた弁護士にもこれは分かっていないらしいのです。

数日中に私には判決が言い渡されるでしょう。

検事はお聞きのとおり極刑を求めました。私はいまさらこれについては何も申しますまい。あなたもあるいは死刑を言い渡されるつもりかもしれませぬ。もうそうなれば、私は直ちにそれに服すつもりです。

ただどうしても黙っておられぬのは、私のほんとうの気持ちを誰もが知ってくれないことです。私はここにくり返して自分の心持ちを述べます。いささかの偽りもうそもありませぬ。死にゆかんとする私の本心をどうか聞いて下さい。

検事は論告の時にこう言いました。

「被告人はまことに不幸な人間である。前科数犯の人間を父として生まれ、幼い時から世の中に背かれていた。不幸のうちに育ち、不幸のうちに人間となった。社会が彼を愛することができなかったごとく、彼もまた社会を愛することができなかった。生まれて二十五年の今日、彼は肉親をすべて失い、友を失い、金を失い、業を失い、ついには健康をさえ失ってしまった。被告人はまったく人生に愛想をつかして九月二十八日の夜、坂田川の沿《ほとり》をさまよっていた。そうして、もうすでに川の藻《も》くずとなるべく、投身の決心をしていたのである」

この検事の論旨については、まったく一言もつけ加うべきところはありません。まったくそのとおりなのであります。しかし検事はさらに言いました。

「被告人がまさに投身せんとしているところへ通りかかったのが、不幸にも被害者となった林庄右衛門である。彼は村の中でも相当の資産家で、慈善家として知られた六十二歳になる老人である。この老人は被告人が川へ投身しようとしているのを見て、あわててこれを抱きとめた。被告人の興奮をとりしずめていろいろにさとし、自ら一円の金を彼に与えて懇々とその不心得をさとした。

ここに注意すべきは、林庄右衛門は被告人とは何らの関係のない男であるという点である。兄弟でもなければ親戚でもない。文字どおりまったく路傍の人であった。彼がそのまま被告人の投身するのを見すごしたとしても、何らの責任はないのである。すなわち彼は被告人を助ける義務は少しもなかったはずである」

そうです。裁判長よ。林庄右衛門は私の生命《いのち》を救う何らの義務はなかったのであります。しかし、義務だけでしょうか。彼には救ける権利があったでしょうか。

この言い表し方は異様に思われるかもしれません。けれど私は断言します。彼には私の生命を救ける権利はなかったのだ。いわんや、わずか一円で私の生命を買う権利はなかったはずです。

検事は言いました。

「庄右衛門が懐中から金一円を出した時に、被告人は彼の懐中になお札束がたくさんあることを認めた。これが彼を誘惑した。彼はここにおいて生来の反社会性を発揮したのである。一言で言えば、被告人はその金に目がくらんで、庄右衛門をその場で絞殺し、その所持金約三百円を奪ったものである。

この事実は被告人がはじめから認めているところで、証憑《しょうひょう》十分である。ただ被告人は、はじめ彼は庄右衛門に金百円の借金を迫った。無論この図々しき要求は直ちに拒絶された。

何人《なんぴと》も路傍の人に百円という金をめぐむ者はあるまい。被告人はさらに図々しくこれを要求したのに対し、庄右衛門はしまいに恐怖を感じて大声で助けを求めた。被告人はあわててこれをさえぎろうとすると、被害者がますます叫ぶので、ついに今はこれまでと手拭いで一思いに絞め殺したのだということを言っている。殺害の情況はいずれにせよ、彼の行為が強盗殺人たるや一点の疑いはない。

しかして被告人の犯罪の情状を見るに、これまた一点の同情すべきところが見出だせないのは、被告のために極めて遺憾とするところである。いわば恩人である。この恩人のめぐみにつけ上がって、かくのごとき大それたことをするに至ったのは、かえすがえすも憎むべきではないか。

くり返して言う。庄右衛門は被告人とはまったく無関係の人間であった。それが好意でともかく一円という金をくれたのである。被告人のしきりに弁ずるがごとく、もし一円位では何もならないなら、彼はそれを返せばいいはずである。彼はこれを返すことをなさず、右述べたような犯行をあえてやったのである。

庄右衛門から言わせれば、まったく彼の利他心が禍《わざわい》をなしたのだ。もし彼が冷血漢であったならば、しかして被告人を見殺しにしたならば、自分の生命を失うような不幸には出会わなかったはずである。彼は地下で自分の慈善心をどんなに悔いているであろう。

かく考えきたると、この事件は被告対被害者の問題ではない。社会的な一つの問題である。もしかくのごとき事件において、被告人が寛大な判決を得る時は、天下の人々は人を助けることを警戒しあうであろう。我が身を守るために、人を見殺しにしなければならないことになる。事情右のごとく明らかであり、犯情右のごとく憎むべきであるからして、当職は被告人に対して、死刑を求刑する」

裁判長よ、私の犯罪はまったく検事が論じたとおりであります。しかしはたしてかくのごとく私が憎むべく、かくのごとく被害者がほめらるべきでありましょうか。

私は第一にあの時、私の死をとめて、一円をめぐむことがはたして何を意味するかを考えていただきたいと思います。

人間一匹、自殺しようというのは、よくよくのことがあればこそです。しかも私の場合は、既に検事も述べていらるるごとく、一時の興奮からでも何でもなく、実にやむにやまれずして死を決したわけであります。あの時、わずか一円を私にくれることは、はやく言えば苦痛を一日か二日のばすだけのことなのです。一円でめしを食いつくしてしまったが最後、再び私は死ななければならないのです。

なるほど、庄右衛門の方から言えば、わずか一円で人命救助をしたという良心の満足がありましょうから都合がよいでしょうけれども、私から言えば、せっかく死のうとしていたのをいったん止められて、一円でさらに苦しみを延ばさなければならないのです。

これで何が恩人でしょう。誰が感謝できましょう。私ははっきり申します。一般の場合ではそれは慈善かもしれません。しかし私の場合は、あのさい一円くれることはその一円で切迫した私をからかうようなものです。善どころではないのです。

私はそう思って、だまってその金をかえそうとしました。庄右衛門には私の心の中が分かったかどうか分かりません。たぶん私が遠慮で受け取らないと考えたのでしょう。わざわざ懐中から腹のふくらんだ財布を出して、自分は三百円ももっているのだから、少しも困らぬから遠慮なくとっておけということでした。

ここで私の心持ちはかわったのです。検事の言葉に従えば、その金が誘惑したのでしょう。私は百円もらえばほんとうに救われると思いました。百円も今あればそれをもと手として何か仕事がはじめられるわけです。ふとそう思ったので、私は庄右衛門にそう言ったのでしたが、すげなく断られました。

抱《だ》かれればおぶられたがる。軒《のき》をかせば母屋《おもや》をとりたがるというのが、私のこの時の有様だとあなたは考えられるでしょう。図々しいにも程があるといわれるでしょう。しかしあの場合、私から言わせれば、まだ抱かってもいず軒もかりていないのですよ。もし庄右衛門にほんとうの慈善心があれば、ほんとうの私の気持ちが分かったはずです。

世の諺《ことわざ》に言う、仏作って魂入れず、どころではないのです。庄右衛門の一円は断じて慈善ではありません。

私には二つの道があったはずです。一つは、検事の指摘されたとおり、その一円をつっかえして、改めて水にとびこむことです。一つは私が行った犯罪です。理論は前の方が正しいのを教えるかもしれません。けれど実際あの場にぶつかって、三百円を見た私は、見ぬ時の気持ちには返れなかったのです。

裁判長よ、私はたった一人の人間にすぎないのです。神ではありません。私は自分が正しかったとはけっして言いません。しかし同時に庄右衛門だって正しくはなかったと言いたいのです。

彼には私を救う義務はなかった。しかし、同時に権利もなかったのです。少なくも彼が懐中に三百円ももち、資産家であるにもかかわらず一円しかめぐむ気がないならば！検事は社会問題だと言われた。そうです、それに違いないでしょう。もし私が死刑にならないとすれば、世人は自殺者を救うことに危険を感ずるだろうと論じました。いいではありませんか。死にたい者を死なしてそれがどうして悪いのです。しかも、自分には人を救う資格も、権利もない人間が、わずかの金で自己満足をし、結局一方が救われないのにくらべれば、この方が正しいと私は考えるのであります。

庄右衛門は自分のごまかしのために金を失いました。私もまた、自分の犯罪のために命を失うでしょう。

裁判長よ、検事が賢くも言ったとおり、これはまったくわれわれ二人の問題ではありません。

私は大声で言いたい。人々よ、人の生命に立ち入るなかれ、奪うなかれ、しかして救うなかれ、汝《なんじ》にその資格のないかぎりは！

庄右衛門は権利なくして私の生命に手を出して自己を滅ぼし、私は、権利なくして彼の生命を奪って滅びるものであります。

判決のいかんは問いません。あの時、坂田川で死んだと思えば死刑になったとて、何でもないのです。しかし私はあの時に死に得ればよかったと思います。

庄右衛門の愚かな――まったくです。愚かきわまる人命救助は彼の命を失わせたばかりか、私の苦痛の生命を半年以上ものばし、結局私を稀有の悪人としてしまったのであります。

くり返して言います。私のほんとうの心持ちを理解して下さい。一人にでも理解されれば私は満足します。

長谷部丁吉の不思議な上申書はここで終わっている。

さすがに旅のつかれが出たか、これを読み終わると、私はVan Dineの本を読み直す気もなく、いつのまにか、かるい眠りに陥ったと見えるが、その間中、川の辺や橋や暗い瀬を夢の中に見ていた。

「おい、もう六時だぞ」

小野君の声にはっと驚いて私は起き上がった。

時間もあまりないし、彼の妻君がしきりともてなしてくれたりするので、二人でゆっくり話をする間もなく、いそいで朝食をすますと、いつの間に命じたか、一台のタクシーがちゃんと家の前に待っている。

「では失礼します。どうもありがとうございました。いずれゆっくりうかがいますから」

妻君に丁寧にあいさつをして車に乗ると、同車した小野君は、運転手に、

「T駅まで、——時間はまだ十分あるから、とばさないでもいい」

と言った。

夜とちがって、朝の光にてらされた田舎の景色は、朗らかであった。

昨夜通った橋の所はせまいと見え、自動車はずっと迂回して、広い道を辿っている。

しかし、坂田川らしい川を越えた時、彼がふと言った。

「読んだかいあれを。ほれ、この近くなんだよ。この、もうちょっと下流の出来事なんだが……」

「すっかり読んだ。なかなかまじめに書いてあるね」

私は何かもっと言いたい気がしたが、急に思うような言葉が出なかったので、黙ってしまった。

車は間もなく、T駅へと着いた。

「今度はいつ来る、いつ頃ここを通る」

などと話をしているうちに十分位はたちまちたったと見え、やがてむこうに汽車が見えると思うまもなく、黒煙を吐きながら、堂々たる形をした機関車が我々の前を通っていった。

デッキの所で私は彼と別れの握手をした。

その時、小さな声で言った。

「小野君、求刑をかえる必要を感じなかったかい」

「何、長谷部のことか。無論だよ。今日これから言い渡しに立ち会うんだがね」

「求刑どおりにいくかね」

「さあ、どうだか、――君だから言うがね、求刑どおりにいかなかった場合、控訴するかどうかはちょっとわからないんだよ。しかし、たいてい死刑といくだろう」

「でも、判事があの上申書に多少動かされてはいないかな」

「さあ、そこはちょっと分からんね。ただ僕には、こんなものがきていると言って示したばかりなんだから」

「君に種をきくのを忘れたが、いずれ今度」

「や失敬失敬、それに昨夜《ゆうべ》の君のストーリーね、あれも僕じゃ、話にならなくって失敬したよ」

「うん、しかし君は言ったな、人が他人のコースにinterfereしてはいかん、と」

「うん」

「それはあの被告の説に動かされたんじゃないのかい」

汽笛がなった。小野君はこの時、ちょっとずるそうな表情をしながら言った。

「それがあの上申書から得た考えなんだがね。しかし、そういう考え方もあるというまでさ」

私がデッキから首を出してプラットホームを見ていると、小野君は、幸福そのもののような顔をしてこっちに向かって帽子を振っていた。

評論・随筆篇

探偵小説の将来

探偵小説は行きづまったという声をしばしば耳にする。何しろきわめて狭い分野に住むこととて、あるいはまったくそうした危機に陥っていまいでもない。それで「探偵小説をいかに展開すべきか」という問題について、とくに第三者の立場にある諸家から、その意見を寄せていただいた次第である。(『新青年』編集部)

探偵小説は将来いかに展開すべきかに対してのお答え

探偵小説についてこういう人がよくあります。「従来の探偵小説には、シャーロック・ホームズやソーンダイクなどという超人的な人物が現れて活躍するのだが、これらは既に古い幼稚なもので、将来はもっと現実的な、人間味を多分に持った人が犯罪捜査をするのが興味中心にならねばならぬ」と。

かくのごとき見方はたしかに一つの観察点であります。しかしかくのごとき見方に従えば、実録物と探偵小説との溝をできるだけ狭くしたもの、しかしてついには犯罪実録とまったく異ならざるものが、最も理想的な小説ということになります。私はこの観察を全然まちがっているとは思いませぬ。この意味において深刻な本格探偵小説ができれば結構です。実録的であり、しかも創作的であるところに最も価値があるからです。

しかしながら、これが唯一の理想境でないことを私は信じます。すなわち幾多のシャーロック・ホームズが立ち現れることを私は歓迎します。ルパンは少し困りますが、シャーロック・ホームズやソーンダイクやデュパンやカリング〔S・A・ドゥーゼが創造した名探偵〕が出ることはよいことだと思います。彼らが超人間的であることが、どうして幼稚でしょうか。彼らが天才児であることがどうしてお伽噺《とぎばなし》になるでしょうか。私はコナン・ドイルがなお厳として斯界《しかい》に濶歩するのを認めてよいと思っています。（ルパンはお伽噺に近いようです）

妥協のようですが、右の二つの見方に従って、将来は二つの道に発展してゆくように思われます。

すなわち一つは犯罪事実談に近くて、しかして十分に芸術味をもつもの、他は従来の天才的探偵もしくは犯罪人の活躍を中心としたものであります。

しかしていわゆる本格探偵小説で圧倒的な大作が出れば実にいいと思います。探偵小説は少しも行きづまっていません。私はいつも楽観しています。したがって、将来いかに展開すべきやというお問いに対しても、ごく簡単に右のように申し上ぐるより他ありません。

ただ一つ私が申したいことがあります。それは将来の探偵小説の内容が、従来とその犯罪の態形《たいけい》を異にするというところに、展開の余地が十分あり、かつ左様展開すべきものではないかということです。

従来の探偵小説の犯罪は、十中の八九はほとんど殺人事件であります。もちろんこれは小説である以上（ということは実録でないかぎりということです）読者にセンセーションを与える必要から殺人事件は最も適しているので、したがって多くの人たちがこれを材料にするのでありましょうが、既に幼稚でない我が読者は、必ずしも殺人事件のセンセーションによってのみ釣られるものではないと思います。

犯罪の有様および犯罪の捜査は、必ずしも殺人のような犯罪にのみ興味があるものではないでしょう。否、ある場合のごときは、殺人事件はたとい犯人が発見せられぬとしても、なおかつ他の種の犯罪よりは簡単である場合が多いのではないでしょうか。

涙香《るいこう》氏の翻訳物時代から今まで、殺人事件は、ほとんどすべて犯人と見なされたものか、はたして有罪か無罪かということにのみ興味があるようです。アメリカやイギリスの小説を見ますと、題に「誰が何某《なにがし》を殺したか」などという本がたくさんあります。

この辺のところに将来何か変化を見出だされはしないでしょうか。すなわち犯罪の種類、態様《たいよう》が従来と異なり、あるいは従来の範囲以外に出てきてもよいのじゃないでしょうか。

劇になりますと、耳目に訴えるという約束から、どうもやはり殺人、障害等の方がセンセーションがあるようですが（目下の剣劇大流行を見て、思いなかばに過ぎます）我が探偵小説の方面においては必ずしもそうではないでしょう。

しからばいかなる犯罪が捜査とか、また小説の題目としてはよいかということになりますが、それは甚だ無責任のようですが、私はいま例を挙げることは致しますまい。それは将来の探偵小説家の狙《ねら》い所です。多くの大作がこの方面にいかに発展するか、実に期して待つべきであると思います。

以上甚だ乱雑ですが、思い浮かべるままをお答えとして申し上げます。

運命的な問題
——「華やかな罪過」読後感——

平林さんのお書きになった物語について、私の考えを述べよということでありますが、私はご承知のとおり倫理学者でもなくまた社会学者でもないのですから、私の意見を申し上げるのはいささかがらでないと信じますが、一応お尋ねに対してお答え致します。

あの物語を私は一度ずっと読んだきりで、いま手元にあれ（「華やかな罪過」）の載った『朝日』をもっていないので、詳しい話は覚えませぬが、だいたい簡単に言うと次のような筋だったと思います。

A男《だん》B女《じょ》という夫婦があるところへ、X女という女が現れA男と恋しあう。しかしX女はAに妻のあることを知らない。いわんや子供のあることを知らない。しかるに恋愛の進行中に、AがXに向かって自分には妻子のあることを自白する。そこでXは自分の恋を犠牲にして心にもないことをAに言ってやる。いわば愛想づかしを言う。Aはそのために絶望のあまり自殺してしまう。

さてこの場合、Xがとった道が正しいか否か、またもし私がXであったらどうするか。こういった風な筋だったと思います。（仮にこうだったとして話を進めます）

ところでこれに対する意見は、その人々のもっている恋愛観や道徳観でかなり違うと思います。したがって数学の答えのように一言ではっきりいうことはできないでしょう。たとえば恋愛至上主義の考えと東洋的道徳学者の考えとは大変に違うだろうと考えます。けれど私はまず第一に、Xはあの場合「いかにすべきか」という問題より先に「いかになしあたうや」という問題を考えなければならないと思います。

Xがもし A に死ぬほど恋していたとすれば、自分の恋を犠牲にすることなどは不可能なのじゃないかと思います。歌舞伎劇などにはよくこうした場合、自分を犠牲にする人が出てきますが、それが「馬鹿らしい」とか「立派なことだ」という前に、真に死ぬほど恋した女が、（特に女の場合です）理性のためにその恋をすてることができるかどうかを考えたいのです。

もし捨てることができないものと仮定すれば、AとXとがこの世で相会したことが不幸であって、あとは運命的な問題で、仕方のないことでしょう。『寂しき人々』〔G・ハウプトマン原作の小説〕などを見ると、ちょっとそういった感じがします。

はっきり申しておきますが、私自身死ぬほど異性に恋をしたことがありませんから、真の恋という気持ちがよく分からないので、これ以上言えないのは残念ですがやむを得ませぬ。もしその場合自分の恋を犠牲にできるものなら、私は犠牲にしても少しも差し支えないものと思います。すなわちXのようなことをしてもけっしてかまわないと考えます。それがために A が死んだってそれは仕方がない話です。

「自分がすてたら相手は死ぬだろう、だからまあ愛していてやろう」などという人命救助の博愛慈善的恋愛は私の理解できぬ場合です。

これは問題になっていませんが、だいたい私にはAなる男にどうしても同情することができないのです。妻もあり子供まである男が死ぬほどXに恋をするという気持ちは理解できません。そんな男なら死んでしまうがいいと、少々ひどいかもしれませんが、そう思います。それにAの態度はXに対してもあまりよくないように考えられます。

一言で言えば私はXのとった態度がいけないとは考えませぬ。のみならず、社会生活から言えば好ましきことです。けれども必ずああしなければならぬとはちょっと言いきれないような気もします。つまりXの恋愛の熱烈さで可能不可能がきまるのですから。

第二の問題、もし私がXであったらどうするか。

これに対しては至極簡単にお答えできます。

もし私がX女だったら、Aに対して死ぬほどの恋はけっして致しません。だからこれは問題になりません。またもし私がX女であってAから死ぬほど恋されたとしたら。

私はAのような男は大嫌いですから、はじめから相手に致しません。

筆の犯罪〈炉辺物語〉

興味多い犯罪実話の種々、実のある探偵小説奇談等については他の諸家がじゅうぶん物語られると思うから、僕のところはごくうすっぺらな漫談を一席弁じて責任を果たすつもりである。

一

探偵小説が他の文学と違う点についてよく次のようなことがいわれる。

通常の小説は「何が起こるだろうか」ということを描写していくに反し、探偵小説では「何が起こったか」を描写していく。その結果として通常の小説の最後の章に当たるものは探偵小説では第一章に出てこなければならない。

今、一つの例をとっていうと、ここに甲乙という若い男女が十二月一日に偶然に途上で相会した。同月五日に仲がよくなった。十日に丙という邪魔者が入ってきて、二人はそのため仲が悪くなる。二十日に丙が死んで、遺言に自分の悪かったことが書いてあってそれが甲乙に分かり、大晦日《おおみそか》に二人はめでたく結婚したという話があったとする。通常の小説では十二月一日から筆をおこしていっても少しも差し支えがないのである。

ところが探偵小説だと趣が甚だ違う。甲乙が十二月十日に相会った。五日に恋し合った。十日に丙という人間が出てきて二人の仲をさこうとする。うまくいかない。いろいろ悪計をめぐらした末、大晦日になって甲乙のいずれかを惨殺したという話があったとして、このままの順序でいっては、いわゆる探偵小説にはならない。この探偵小説の第一章は大晦日の事件の描写でなければならないのである。

「大晦日の深夜とつじょ鳴りひびくピストルの音、かけつけてみれば甲の惨死体――それも犯人は何者ぞ」というところから出かけなければならない。すなわち順序がまったく逆になっていくのだ。

だから探偵小説家が第一に頭に浮かべるところは、その小説の結末である。その結末がすなわち彼の作の第一章になってくる。

どんな小説だとて「出たところ勝負」では書けはしまい。いくら作者でもそう自由に作中の人物を結婚させたり別れさせたりはできないだろう。しかし探偵小説になると、これが絶対的なものになってしまう。なぜなら事件の結末をいきなり冒頭に書いてしまうからである。

第一章に死体にしてしまった人間を、途中で生かすわけにはいかない。むろん生かす法もあるけれども、それならそれでちゃんと伏線を書き込んでおかなければならない。都合によって生かしたり殺したりできないところに探偵小説家の不幸がある。

だから探偵小説家がストーリーを考えて、まず頭に浮かべるのはその結末であり、まずそれから書きだすのである。

二

結末を第一に考えて逆に事件をもどしてくる。そうして書きだす時は、やっぱり結末から出ていく。

そこでこういうことがいえる。探偵小説では、その第一章もしくは序曲をいれたはじめの部分がもっとも重大なものである。ところで下手にまごついたが最後、ぬきさしならない苦境に陥らなければならぬ。

ところで第一章以前にあるもの、すなわち題名はどうだろう。

これがまた重要な役目をしていることは争えない。

この点に関して欧米の作家は、わりに平凡な題をえらんでいるように見える。その平凡さがかえって何ものかを予期させる役に立っているようだが、ともかく比較的簡単である。

我が国の作者を見ると、実にこれがまたうまい人が多いので驚く。僕なんか、題から思いついたことはないのだが、まずすばらしい題を頭に浮かべると自然にストーリーができるなんていう作家がいるのは、実にうらやましいとも何ともいいようがない。

通常の小説の作家にはずいぶんそういう人がいるということを聞いているが、探偵小説作家にもいる。題のつけ方なんかもたしかにその人の腕であるが、題について神経質な人とそうでない人のいることもたしかだ。

題は探偵小説でも他の小説でも同様大切だが、探偵小説家が特に苦心するものに、作中の人名がある。

通常の小説でも、いい役とわるい役と出てくるものだが、探偵小説ではそれが一層はっきりしているだけに、うっかり実在の人と符号するとまことに困るのである。

シャーロック・ホームズという人が実際いたとしても、けっして大してくさりはしないだろう。しかし人殺しだの、殺される役にまわる人物と同じ名の人がいたら、あまりいい気持ちはしないに違いない。

外国の作者はこれに関してどのくらい苦心しているか知らない。また外国の探偵小説に出てくる犯人の名がどの程度にめずらしいものか僕はよく知らないが、我が国の作家は皆そうとう苦心しているようだ。

もちろんひどい悪漢を書く時は、ありそうもない突飛な名をつけるのも一つの方法ではある。たとえば蛇島《へびじま》だとか蛭峰《ひるみね》だとかいうのがいいかもしれないが、これではじめから読者に、これは悪人に違いないと底を割って見せるようなことになりやすい。

のみならず、探偵小説はリアリズムの文学であるという以上、あまり出鱈目の名を書いたんでは、読者は馬鹿馬鹿しいと思う。そこでどうしても平凡な名をもってくることになるのだ。

ここでちょっと内輪の話をすると、ある作家は電話帳をパラパラとひっくり返しながら名を探す。ある作家は××会名簿というようなものを名の種本に使う。もちろん、電話帳なり名簿なりの姓名をそのまま使っては、明らかに実在の人の姓名になるから、右のページの姓と左のページの名をくっつける。かようにして得たコンビネーションも、どこかに実在の人となっておるだろうけれど、それは作者の知らないことだから少しも気にはならない。

しかしいちばん危険なのは、無意識にひょいと知人の名を書くことである。これは何も探偵小説に限ったことではないけれども、探偵小説ではとかく殺したり殺されたりするので、どうも具合がわるいのである。

三

僕も一度甲賀三郎さんに用いられたことがある。もっとも、僕は人殺しにも、また死体にもならなかったようだが、ともかく甲賀さんの小説に出てきた。しかし氏の作中の人物玉尾五郎という青年は、だいぶ色男で、バーでもてているらしいから、あれを僕の名と解するのは少々うぬぼれかもしれないけれども、後に甲賀さん自身僕に語ったところによれば、

「いやあれを書いている時、幾度、四郎と書いたかわからなかったですよ。皆それを五郎になおしたんです」

ということだったから、あれを書いていた時の氏の頭には浜尾四郎が浮かんでいたこと

嫌疑まさに十分である。

ところが最近僕がこれで大失策をやってしまった。

いきなり殺される男が会話をしているところを書いたので、名をどうしても書く必要があった。これは苦もなく頭に浮かんだのでそのまま書いてしまったが、さて姓を頭につけるところでちょっと考えた。しかし時間がなかったので、その日僕を訪問してきた男の姓をそれにくっつけてみた。無論その男の名の方はまったく違うのだ。

そこで安心して書いて、雑誌社へ送りそのことはまったく忘れていた。

活字になって改めて読んでいくと、どうもその人物の姓名をどこかで見た気がする。何となく気になるので僕が属しているいろんな会員簿をめくっていくと、南無三《なむさん》、その中の一つにその姓名が出ているではないか。しかも、数年前に僕はその人に会ったことがあるのだ。とんでもないことをしてしまった、怒ってるだろうと思ったが、もう既におそいのである。

甲賀さんの場合にだっておそらく、僕の場合にはもちろん、けっして悪意があったわけではないのだが、時々こういうことが生じるので、人殺しを書くのはかなり気になってくる。

探偵小説の読者は中々やかましい。ちょっとでも出鱈目を書くとすぐ捕まる。

しかしすべての読者に満足に書くということはとうていできまい。おそらく、炉辺物語を書かれる諸大家だとて、きっとそういう弱音を吐かれるにちがいないと思う。

かつて僕が検事だった時、小酒井さんの小説を読んでいると、法律の解釈に妙なところがあったので一本ヤリをいれたことがある。因果応報、僕は最近、お医者さんの仲間から三四本ヤリをつけられて、ダーとならざるをえなかった。

専門的なことを書く時は、一応その道の人に聞かなければならぬ。聞くべきだとは重々知っていながらも、急いだので、ついそのままに病院の話を書いたら、まるで出鱈目だったというのでたちまちヤリをつけられた。

もちろんヤリをつけてくれるくらいの熱心な読者のおられることはありがたいのだが、まことに恐縮千万なのである。

いちばん利口な方法としては、自分の知らないところはできるだけ書かず、どうしても心要だったら、ちゃんと専門家に聞くといいのだが、なかなか思うようにはいかない。

それに専門家といってもいろいろあるので、うっかり信用するとひどい目にあったりすることがある。

四

探偵小説はたしかにリアリズムの文学である。しかし、ある描かれた事実が、そのテーマまたはトリックとして重大の役目を演じていないかぎり、その誤りは大目に見ていただかないと、とても書けないと思う。

だからといって僕は横ヤリを軽蔑するわけではない。それどころか大いに感謝はしている。

ただ一言、探偵小説家のために一応弁じたまでである。

あまり何でも知りすぎると、ヴァン・ダインのようにいちいち読者にお説教をしないではいられなくなるのではあるまいか。——いやこれは負けおしみ負けおしみ！

ヴァン・ダインといえば「探偵小説には、必ず殺人を取り扱わねばならぬ」と主張し、自身でもそれを実行している人である。

これは少々極端のように思われるが、しかし殺人がこういう小説のテーマとしていちばん適していることは争えない。

だれでも犯罪ということには興味をもつものである。ことに殺人というものに興味をもっている。

テニスンとヘンリー・アーヴィングがさし向かいである夜、徹夜して物語った。その時の話題が「殺人」というものであったという話は有名なものである。

最近流行の犯罪実話も、だから殺人事件がいちばん多く伝えられている。どうも詐欺だの、横領事件なんかというものは実話としてもあまり面白くないようだ。

ただ用心しなくてはならぬのは、いわゆる実話は、必ずしも実話ではない場合が多いという事実である。

いわゆる実話が真相を伝えていない場合に二つある。一つは実話の筆者が自身、意識して物語を面白く伝えようとして筆をろうし、勢いあまって脱線する場合、これは責任のあるところは問題ない。馬鹿を見るのは実話だと信じて面白がっている読者だということになる。

第二は、筆者はまじめに実話と思っているのだけれども、その材料の供給者によろしきを得なかった場合で、この際は、必ずしも筆者を責めるわけにはいかない。

僕はこの場合を思って、筆者と読者に、特に注意する。ある事件の実話を伝えるためにはけっして一つの源泉からのみ材料を得てはならないと。

我が国の事件ならばしかし、材料の得方もわりに楽だけれども、外国の実話になると中々これが面倒くさい。

堂々と公判に付せられた事件にずいぶん異論があるのだから、気をつけないととんだまちがいに陥る。

例をあげると、有名なマドレーン・スミスの話。マドレーン・スミスという婦人が彼女を脅迫したエミール・ランジュリエというフランス人をアルセニックで毒殺したという事件があるが、これは一八五七年六月三十日に裁判にかけられた。その結果無罪ということになったのである。

五

ところが、この事件を記してある記録を見ると、その筆者によってまるで反対なことが書いてある。

スミスをひいきしている方に言わせると、彼女は実に不幸な女なので、まったく無実の罪で起訴されたということになっている。しかし反スミス側に言わせると、あれは裁判の誤りで、彼女はとうぜん有罪であったにかかわらず、彼女の美しさとよそおった無邪気さとが、法廷の空気をへんにしたのだということになっている。

彼女が法廷で、何かいうことはないかと問われた時、何らの不平も言わずただ、

「これで、獄舎にピアノがあるとうれしいんだけれど」

といったことは有名な話である。

スミス無罪を信じている人によると、涙のこぼれるようないじらしい言葉として伝えられているが、反スミス側の人に言わせると、それは「犯人でなければよそおえない冷静さと手にいった無邪気さ」とであったことになる。

反スミス側の記録には、釈放されてからの彼女の一生を論じ、くそみそにやっつけている。

これなどは極端な一例だけれども、このどっちかのレコードだけを読んで伝えたのでは、

読者を誤りはしまいかと僕は思うのである。

一九〇八年十二月二十一日、グラスゴーのウェストストリート、クイーンズテラス十五番地の二階の一室で、マリオン・ギルクライストという老婆が殺された。

この殺人犯人はオスカー・スレーターという人物で、一九〇九年五月三日からその公判が開かれた。そうして判決は五月六日下され、有罪ということにきまり、死刑を言い渡されたが、後、減刑されて終身懲役ということにきまった。

ところがこの裁判が大いに誤っているといって、第一に天下の世論を動かしたのは、かのコナン・ドイルであった。彼は一九一二年「オスカー・スレーター事件」という一小冊子をだしてこれを世に問うたのであった。

一九一四年再審に付せられたけれども、やはりスレーターは有罪と認められたのである。コナン・ドイルの著書を見ると、全然スレーターは無実の罪を負うているようだ。明らかに無罪である。あんな明らかな事件に対して、裁判長グースリー卿がどうして有罪の言い渡しをしたかと思われるようである。

事実はただ一つでも、見方は人によってそれぞれに異なる。

実話の真相を伝えることもまた難いかな、の歎《たん》を久しゅうせざるをえないのである。

江戸川乱歩の持ち味

――その全集出版に際して――

江戸川乱歩氏の全集が世に出た。まことに喜びに堪えない。

この全集はつとに出《い》ずべくして出ていなかったものである。

乱歩氏は実にわが国における探偵小説の祖である。現今のごとく日本探偵小説はなやかなる時代からは、ちょっと想像もつかぬことであるが、乱歩氏がその処女作を発表した当時のわが国は、探偵小説についてはまったく無関心であった。たまたまこれにふれるものあるも、わが国民の生活様式、建築方法等から見て、純粋の日本式探偵小説はとうていできるものではないという悲観論が多かったのである。

この時代において、敢然として力作を発表した氏は、これらの批評に向かって激しき抗議を出したわけである。評者らはことごとく驚異の眼を見張った。

それからつづいて、探偵小説の流れをたやさず、現今の隆盛時代にひきずってきたのは、必ずしも氏一人の功績とはいえぬかもしれないが、何といっても氏がまず第一にその道を開いたという功績を認められなければならぬ。

氏の作には本格と称する形式のものと、しからざるものとある。非本格探偵小説の中にも、純粋に理知的な作品と、まったく煽情《せんじょう》的な鬼気《きき》人に迫るものとがある。この後者に至っては、ポーをしのばせるものが多々あるが、現代わが国において、乱歩氏以外の何人《なんびと》にも企て及ばざるものが多い。

本全集の構成を見てまず気がつくのは、その分類法の巧みなることだ。その一巻をとってもその中に今いった種々のフォームの作品が盛られているのが面白い。

最近、氏は、まったく大衆的な作を陸続として発表しておられる。

これらは氏の盛名を特に大になしたものであるが、そういう作ばかりで氏を知っているものは、本全集を手にしてその初期、または第二期の作品を見て再び驚嘆するであろう。

また反対に第一期、第二期の作に親しき人々は、最近の大衆的な作品を見てまた驚くことだろうと思う。なお氏の作品についてはいろいろ批判したいが、今ここにはさしひかえる。私が、乱歩氏よりおくれること約八年にして探偵小説を書きはじめなかったなら、堂々と批評の一文を草するのであるが、すでに探偵小説家の驥尾《きび》に付している以上、乱歩氏は私にとっては大先輩である。したがって、批評することは大先輩に対する礼儀として遠慮する。

探偵小説作家の精力

「どうも驚いた」「どうも実にあきれた！」というのが、この頃の探偵小説作家諸氏にたいする感想である。何を驚くか、何にあきれるかといえば、その精力絶倫ぶりにである。僕は中学時代からの探偵小説ファンだ。大学を出て検事になり、昭和三年の夏辞するまで、内外の探偵小説を手あたり次第に読みふけっていた。

僕が検事時代に、乱歩、三郎、雨村《うそん》、不木《ふぼく》、宇陀児《うだる》、準〔水谷準〕その他諸氏はすでにウッ然たる斯道《しどう》の大家だった。

その翌年、僕がどういうキッカケだったか、その道に入って末席を汚した。（もちろんウッ然たる大家だとは思っていない）それから今年まででも四年たつ。その間に、どうだ、この大家連はほとんど休みなくジャンジャンと書きまくっている。恐るべき精力である。

僕は昨年、田舎の新聞に発表していた。中央ではたった一つ短編を出した以外、地方で二つ長編を書いたが、それで疲れて今はぼんやりしているのに。いやどうもじっさい他の諸氏の精力には驚嘆している。

甲賀氏、大下氏はかねてから絶倫ぶりでは定評がある。見たところでもそうとうなずけるが、寡作だった乱歩氏がジャンジャンやりだしたときには僕もまったくおどろいた。

しかるに、一方、新進の人がいっこう現れないのは、ちょっと不思議である。この頃ジャンジャン書いている海野《うんの》十三《じゅうざ》氏も作家としては僕より古い。してみると、昭和四年から書いた僕あたりが、これでいちばん後進かもしれない。この新進（！）がこう疲れていては申し訳ないようなものだ。

僕もこれから一生懸命になって書く心算だが、誰か精力のつく薬でもあったら教えていただきたいものである。

何か書けと言われるままにこんなデタラメを書いた。自分のことばかりになって申し訳なし。この次には何か、ちゃんとしたものを書くつもり。

江戸川乱歩氏について

乱歩氏の作品に関しては、いまさら僕などがかれこれというまでもなく、世に知られたことだから、あえてふれまい。

批判でなく趣味の上からいえば、氏の従来の作では僕は初期の短編が好きだ。「陰獣」など有名だけれど、理屈っぽいことの好きな僕としては、ああした作は好きでない。まして近頃の長編はあまり好かないので実は読んでいない。氏自身としても近頃の長編は好んではおられないと思う。

乱歩氏とは、たびたび会っている。氏自身でも言っているとおり、賑やかなパーティーなんかあまり好きでないらしいが、存外如才ないところが多分にある。探偵小説以外で、僕とはたいへん趣味が合うものがあるので、会うとかえって探偵小説以外の話のほうが多い。氏はまた、江戸時代の文献の研究者で、その材料もずいぶんもっておられる。

氏のごときは、一見はなはだ社交的でなくて、実は社交家なのだと思う。(こういうと氏からは叱《しか》られるかもしれない。)

それから、日本音楽に興味をもち、河東《かとう》だとか一中《いっちゅう》だとか、しばらくならったという話など、わりに知られていないのではないかと思う。

氏はあらゆる意味でハイカラではない。洋服より和服の似合う人だ。

ともあれ今度出る書き下ろしの小説にはおおいに期待している。以上、先輩にたいして蕪辞《ぶじ》を並べた非礼を氏が寛恕《かんじょ》されれば幸いと思う。

探偵小説を中心として

一　真の探偵小説を語る

探偵小説が流行する、探偵小説的犯罪行わる、探偵小説の影響でかくかくの犯罪者ができた等、こういう言葉を近頃さかんに聞くようになった。ではいったい探偵小説とは何か？　探偵小説という言葉をしきりに口にする人々に、探偵小説の真の意味が分かっているのかしら、私はしばしばかく考えざるを得ないのである。

現今我が国を——否、全世界を風靡《ふうび》している犯罪読み物は、あれは多くはスリラーだ、煽情《せんじょう》小説であって断じて探偵小説ではない。真の意味における探偵小説は常にあくまで読者の理知に訴える、読者を常に考えさせる、けっして読者をこわがらせたり、泣かせたりするものではない。もちろんある程度までは情に訴えてもよいけれども、テーマは必ず理知的であらねばならぬと思う。

遠きギリシャ時代よりの文芸史のなか、近い例をとれば、かのエドガー・アラン・ポーの「モルグ街の殺人」「マリー・ロジェ事件」に端を発し、コナン・ドイルのシャーロック・ホームズ創造によりてほとんどゴールに達せんとし、今やヴァン・ダインの諸作によりて完璧にまで到達した一脈のコースこそ、真の意味における探偵小説道であると私は堅く信じている。

まことにドイル、ヴァン・ダインの二人は群をなす探偵小説作家をはるかに抜くアルペンである。

ドイルのシャーロック・ホームズの驚嘆すべきはさることながら、ヴァン・ダインのあの無類な理知的小説の前にあっては、エドガー・ウォーレスのごとき、それ何者ぞやである。(もちろん探偵小説作家としての比較である)私のごときは一生のうち、ヴァン・ダインの諸作の一に比すべきものを一つ書いてもそれでもういいと思っている。

こんな外国の例を挙げてわるければ、手近な我が国の作物から例をとってみよう。ちょっとお古いところで『忠臣蔵』だ。

あの中の「勘平切腹の場」だが、あれは大いに探偵小説的要素をもっている。作者はもちろん探偵小説作家ではない。したがって大いにあそこで観客の涙をしぼるが、あれを探偵小説家が描いたとしたら、そこに重点をおかなかったろう。

すなわち与市兵衛の殺人犯人を読者とともに探しださなければならない。探偵小説の普通のスタイルからいうと、まず与市兵衛の死体が発見される。次いで嫌疑者として勘平があげられる。しかもこの嫌疑者自身、尊属殺の犯人だと信じているのだからよくできている。そこへ千崎彌五郎でも誰でもいいから登場して、まず死体を検証する。そこで致命傷が鉄砲創でなくて刀創《とうそう》だということが分かった。(鉄砲傷には似たれどもという台詞《せりふ》だけは、まずやめていただく)

直ちに捜査が開始される。これから真犯人(もっとも既に死体になっているわけだが)

を発見するまで、あくまでも読者（または観客）とともに、犯人は誰だろう？　というテーマの上に事が運んでいかなければならぬ。もちろんお軽《かる》の身の上や勘平の身の上を持ちだしてもよいが、ただいたずらに読者を泣かしていてはいけないのである。泣くのをやめて犯人を探せ。しかしてそれにはあくまでも理論的推理によって！　これぞいわゆる探偵小説のスローガンである。

（ついでに言うが、勘平事件の場面では真犯人が先に登場している。しかしそれはスタイルの問題であって、必ずしもそれがいけないとは言えない。現にフリーマンのごときは好んでそれを書いている。彼はこれをモダンスタイルだと称している）

二　探偵小説と社会問題との関係を語る

ごく大ざっぱに真の探偵小説のことを語った。それでこの点ご納得のいったこととして話をすすめる。

「白昼某銀行をギャングが襲った、まるで探偵小説のようだ」

ところでこれでいいのかしら。

私に言わせればそれはけっして探偵小説的ではない。白昼犯人が登場して仕事をし、そこで逃走、それというので、これから追いかけがはじまる。なるほどこれに似た小説はたくさんある。しかしそれはスリラーであっても、断じて探偵小説ではない。

なぜか。犯人が分かっていて後から追っかける。何ら推理する余地はないではないか。どこに謎があるか。事ここに至ればオリンピックゲームと違うところはさらにない。犯人と探偵のスピードの問題になるのである。しかも多くの人は、まるで探偵小説のようだとのたまうのである。

まるで探偵小説のような事件はもっと他にある。例をあげれば、この二十五日の諸新聞の夕刊に出ていた記事である。数名の男と知り合いになっていたあるダンサーが、不思議な死に方をしているのが発見された。

その夜（二十四日―二十五日）彼女は某男と同じ部屋に寝ていた。しかるに取り調べの結果その男が来る前に、彼女は某医学士の訪問をその夜の一時頃に受けている。しかして彼女の右腕にパントポンを注射した形跡があり、また一説にはヴェロナールがおいてあったという。他殺か自殺か今のところ不明（二十五日）である。

これなんか探偵小説プロパーの実に立派なスタートである。後になって自殺と判明しても殺人事件と判明しても、とにかく立派なストーリーで、まるで探偵小説のような話である。

探偵小説が理知に訴えるものであるかぎり、必ずある種の謎がなければならない。しかしてこの謎が立派なものである程、ストーリーとしてよいことになる。

もっと詳しくいえば、まず第一に犯罪らしきもののあること、第二に多少ともそれがミステック〔mystic＝神秘的〕であること、最後に必ず犯罪捜査――それは最も理論的な推理の積みかさねであることが必要である――が行われ、その結果としてついに真犯人が発見されること。これが絶対的に必要な要件であろう。

その責任が作者にあるか、ジャーナリズムにあるか、はたまた読者にあるかは私の知るところではないが、ともかく我が国目下のいわゆる探偵小説界は混沌としている。スリラーとディテクティブストーリー〔探偵小説〕の区別がまるでついていない。そこへもってきて犯罪実話が仲間入りをしているのだから、読者から言えばますます識別はむずかしいということになる。

これら一見至極華美に見えるジャンルが、たまたま社会問題にひき合いに出される。私に言わせれば、それは探偵小説という言葉の乱用である。

その結果、先にちょっと挙げたように、何か事件があるとすぐに探偵小説的ということになり、進んでは探偵小説の責任ということにまでなってくる。

私はここで探偵小説のために一言弁じておくけれど、もし仮に探偵小説を読んで犯人になった人がありとすれば、その人は、探偵小説を読まなくたって犯人になった人だと思う。ナイフが殺人の凶器になったからと言って、ナイフを売って悪いと言われては困る。猫いらずで自殺するからと言って禁じれば、自殺する人は他の手段でどうせ死ぬだろう。

（この項紙数不足のためじゅうぶん論理的に詳述するあたわず、他日機を見て探偵小説と社会問題を論ずることあるべし）

三　探偵小説の将来を語る

探偵小説プロパーの将来はどうなるか、しかしてどうなるべきか。このヴェルデン〔werden＝〜になる〕とゾレン〔sollen＝〜になるべき〕の二ツを考察してみる。けだしこの問題はかなりむずかしいものであろう。

先に述べたとおり、現時は探偵小説時代と言われているが、それは既述のようにいろいろのジャンルがまじっているのであって、これらのもの全般に対しては、いずれは栄枯盛衰という言葉があてはまるのではなかろうかと思う。

ただ真の意義における探偵小説——探偵小説プロパーはどうなるか。

探偵小説プロパーは甚だしき栄枯盛衰の跡をうけていない。ドイル以前にも流行し、ドイルに至ってもっぱらはやり、現時、他のスリラーとともにやはり波に乗っている。けれど、ほんとうの斯道《しどう》の大家は、目下世界を見渡しても何人あるか。しかしてほんとうの快心の作はいくつ出ているか。こう考えると、私は多少心細くならざるをえないのである。

先にも述べたとおり、探偵小説プロパーは、近代にあってはポーに端を発し、種々の人々の手を経てドイルの手に渡った。ドイルの『スタディ・イン・スカーレット』〔『緋色の研究』〕のスタートは、まことにめざましきものがあり、次いで彼のシャーロック・ホームズ物においてほとんど完成の域に達してしまった。

巨峰ドイルをめぐってフリーマン、クリスティー、ドゥーゼなどという作家が等しくこの本道を辿ってきたが、ヴァン・ダイン出るにおよんで、ドイルに比すべきアルプ〔alp＝卓越した人〕が出現した。実に彼はそのペダントリー〔衒学〕にもかかわらず、雲にそびゆる最高峰であって、彼はあまりにも完全に探偵小説を雲の上まで引きあげてしまった。

換言すれば、ヴァン・ダイン出現の結果は、探偵小説があまりにもはっきりと指示されて、もはや他の道をさがす余地がなくなってしまったのである。

ポーの「モルグ街の殺人」ドイルの『スタディ・イン・スカーレット』ヴァン・ダインの『スキャラブ・マーダー・ケース』〔『カブト虫殺人事件』〕と通ってここに探偵小説プロパーの公式がはっきりと決まってしまった。

すなわち、A犯罪の発見——B被疑者の拘引（この被疑者は必ずしも一人とは限らない）——C名探偵の登場——D非常に理論的な推理に基づく捜査開始——E最後にその結果として真犯人暴露。（逮捕と記さなかったのは、必ずしも真犯人は捕まらず自殺する場合があるからである）以上でこの公式は終わる。

いま少し具体的に言えば、ある朝一人の富豪がその住所で殺されているのが発見された。（すなわちAに当たる）警察の取り調べの結果、この人には遺産相続人として一人の甥があり、この甥はかねて叔父とは仲悪く、その前夜非常に何か叔父と口論していたという事情が判明して嫌疑者としてあげられる。

さらに取り調べの結果、被害者はある女優と関係していて、その女優を弄《もてあそ》んだ後、近頃は他のダンサーと関係している。当然の結果としてその女優はこの富豪を恨んでいる。殺意ももっていたらしい。ここでこの女も拘引される。（すなわちBに当たる）

ここにおいて私立探偵某氏が登場し、彼はこの二人の嫌疑者は真犯人にあらずと思惟する。（すなわちCに当たる）そこで探偵は種々観察、推理の結果（すなわちDに当たる）意外にも犯人は死体をはじめて発見したその家の執事なることを知り、これを捕らえる。（すなわちEに当たる）

多少のバリエーションはあっても、真の探偵小説はこの公式を出ない。否、出られないのである。

四　探偵小説の将来およびその他

そこでいちばん探偵小説作家の苦心するところは、言うまでもなく、Dの部分で、次いでEの部分である。筋を複雑ならしむるためにCの部分を骨折ることも必要であるが、真の探偵小説として傑作であるためにはDEが目茶では何にもならない。Cの部分に力を入れすぎるといわゆる通俗小説、恋愛小説になってしまう。

さて右にあげた条件によって世界の作家を見ると、傑作というものはけっして多くはない。ドイルは短編において素晴らしいが、長編必ずしもベストとは言えない。フリーマンまたしかり。クリスティーに至っても、二つの長編がまずよいので他は大したことなし。最近問題になっているエラリー・クイーンは最初の一作甚だしくよく、他はこれに劣る。わずかにヴァン・ダインは一作ごとに進みつつあるのが分かる。

ヴァン・ダインはたしか一年一作を主張しているようだが、一年に一作でもずいぶん苦労だと思う。我が国のごとく、作家が少しく沈黙していると、たちまち忘れられるようなところでは、どうにも仕方なく、作家が、不満足ながら何か書くようになるのではないかと思う。

右にあげた公式に対して、これではとても行き詰まる他ないから、何か他の形に出ようとする努力が我が国の作家にもあるようだ。私のごときは不才新道を切り開く余地がないから、あくまでも従来示された本道を進まんとするものだが、しかし、道は必ずしも一本ではないかもしれない。私はそういう他方面に道を開く努力に敬意を払うにけっしてやぶさかでない。

ただ私一人の理論で言えば、やはり従来の本道を歩くべきだと思う。そうして巨匠の見逃した一点でも捕らえて、その道で進むべきだと信じている。

探偵小説とはかくのごとき面倒くさい理屈っぽいものなのだ。けっして与太をとばしているものではない。これにには特殊の技能と独特の頭脳を必要とする。

これは必ずしも探偵小説流行ばかりの弊ではないが、近時、探偵小説流行の結果、探偵小説家たらんとする青年の多いのは実に驚く。

私のごときその末席を汚している者に対しても、原稿を送ってこられる人々がずいぶんある。しかもその多くは二十代の人々なのだ。

私はけっして若い人々を軽蔑してはいない。否、それどころかじゅうぶん尊敬している。しかし年少二十代にして盛名をはせんとならば、探偵小説家たらんとするは愚であろう。他の文学に向かうべきであると堅く信じている。

理屈はとにかくこの事実を見よ。

ドイル、フリーマンともに医者である。彼らが探偵小説を書きだしたのは壮年時代である。ヴァン・ダインもちろんしかり。さらに我が国の例を見たまえ。

江戸川乱歩氏は自ら述べているがごとく、種々職業を転じた人で、探偵小説作家としては最もよい条件をもっている人だが、氏が創作を初めて書いたのは、たぶん三十歳前後であると思う。

甲賀三郎、大下宇陀児《うだる》両氏はともに工学士で、探偵小説を書きだしたのはやはり三十歳以後である。故小酒井不木氏は医学博士で、探偵小説に手をつけたのはもちろん三十歳以後に属する。

もし仮に私が作家の末席を汚し得ると仮定し、一言自身のことについて語るを許されるならば、私は法学士で検事の末席を汚すこと数年、探偵小説の処女作を発表したのは三十三歳の時であった。

これらの事実は何を語るか。

探偵小説作家たるには特殊の頭脳とある程度の知識と、それから世の中をある程度まで見渡してきたことが必要であるということを現すのではなかろうか。年少一代の盛名をはせんとする人々の一考をわずらわしたいのである。

犯罪文学と探偵物

——その区別とその方法——

いうまでもなく探偵小説は犯罪文学の一部に属するものである。ところが現今ではまず犯罪文学というものの定義がはっきりしていないのみならず、探偵小説という言葉に至ってはさらに明らかでない。

何を犯罪文学というか。

もし犯罪の描かれている文学をすべて犯罪文学と名づけるとすれば、およそすべての文学はことごとく犯罪文学となるであろう。何となれば、およそ犯罪と恋愛の興味の描かれてない文学は、ないといっていいくらいなものだからである。

僕の考えに従ってこれを抽象的に定義をつければ次のようになる。

犯罪文学とは犯罪または犯罪人を中心として発展してゆく文学である。

こういう見方で文学というものに対すると、いわゆる犯罪文学には左の五種の区別をすることができる。

一、探偵小説および犯罪小説

二、裁判小説

三、犯罪実話（ただし犯人以外の者、または第三者の作ったもの）

四、犯罪人自身の告白実話、またはその作になる実話
五、純文学のある種のもの（犯罪人の心理を如実に描写したもの）
さて右の分類に対しては、いささか説明を加える必要がある。

第一の探偵小説については後にのべるからいいとして、第二の裁判小説だが、これを二つに区別する必要がある。

すなわちその一は、支那およびそれを伝えた我が国の裁判小説である。ご承知のとおり、支那にはこういうものが中々ある。我が国でも西鶴はじめいろんな人がこれをとり、後に大岡政談というような通俗的なものになっていて、裁判小説としては独自の存在をもつ。第二はヨーロッパのもので、ことにフランスの小説に多い。

我が国で黒岩涙香《るいこう》の訳したボアゴベだの、ガボリオの作が多くこれに属する。普通に探偵小説というけれども、実をいうと裁判中心の小説である。被告が有罪か無罪になるというので、厳格にいうとあれは探偵小説だ。

○

第三の実話は近頃の流行。我が国でも前警視庁の役人なんていうのがセンセーショナルな題名で実話と称するものを書いている。この種のものの作家は、たいてい我が国では今いったような役人か新聞記者に多い。注意すべきは、この実話がなかなか信用できないと

いうことだが、その理由は長くなるからここには述べない。

ヨーロッパにもだいぶあるが、名のある人が実話を書いているのもある。例のル・キュー、ウォーレス、サバティーニ、ドイルなどがその例である。

第四は我が国にはあまりないが西洋の例をあげると、ヴィヨンだとかマルキ・ド・サドの作等がこれに属する。これも描かれていることが必ずしもあてにならない。多くは誇張してあるかその逆になっているのは面白いことだ。

第五の純文学のあるもの、これはがんらい犯罪文学として作者が意識して書いているものではない。純粋の芸術品として一般に取り扱われているものだ。

これが他の犯罪文学と特にちがう点は、犯罪心理学上面白味があるという点で、いつもこの例にひかれるのがシェークスピアだのドストエフスキーで、前者のマクベス、オセロ、リチャード三世等、後者のラスコリニコフなど、時についてコーラー、ブルフェン、ゴルなんかが、これを材料にして論文を書いていることは、読者の十分にご承知のことと思う。

さて以上で簡単ながら現今漠としている犯罪文学なるものを、一応、はっきりまとめたつもりである。

○

ところで探偵小説だが、この言葉がまことにはっきりしていない。外国でもそうらしいが、我が国ではことにそうだ。これは我が国における文壇状勢でそうなってきている点が十分ある。たとえば、我が国では作家でその作がはっきり分けられてしまう。いったん純文芸作家として出たが最後、その人が探偵小説のようなものを書いたとしても、それはいわゆる探偵小説としては、ジャーナリズムから取り扱われていない。これと反対に、いったん探偵小説作家として名をだしたら、どんな作でも探偵小説と名づけられている。だから少なくとも我が国では作者によりて区別されるので、作によって区別されているわけではない。もっともかかる例は必ずしも本邦ばかりではないらしい。

私は、理論としてはこの区別は正しくないと思う。

しかし理屈はともかく現今の勢いでは、一般にいわれる探偵小説というものの中に三つのものが含まれていると考える。

第一は狭義の意味における探偵小説、第二は犯罪小説、第三は犯罪にあまり関係のない煽情的《せんじょう》な小説である。この三つが現代における探偵小説のカテゴリーに属する。

いったい歴史を案ずると、この三つの分派はポーから発展している。ポー以前にだってむろん犯罪小説がなかったわけではない。しかし犯罪小説ないし探偵小説と自ら意識して書いたのは、ポーをもってはじめとしていいと思う。彼、いかに詩人であったといえども、まさか「モルグ街の殺人」をもって詩だとは考えなかっただろう。

私見によれば、厳格な意味の探偵小説には次の要素がなければならない。

第一、犯罪が行われること、しかしてこれが中心としてストーリーが発展すること。第

二、detectionがあること、第三、多少のmysteryが必ずあること。

だから厳格にいうと、犯罪小説Kriminalroman〔ドイツ語〕と探偵小説とは明らかに区別されるべきである。

探偵小説Detektivromanが他の文学と異なるところはどこか。ドロシー・セイヤーズは次のごとく説く。「他の文学においてはWhat will happen ?ということが問題となるが、探偵小説においてはWhat has happened ?ということが問題となる」と、これはたしかに一つの見方である。

○

いわゆる本格探偵小説と称せられるものがまさにこれである。

例を挙げるまでもなく、コナン・ドイルの『シャーロック・ホームズの冒険』等いずれも立派な本格探偵小説で、最近ではいっこう面白くないが、ヴァン・ダインの作がまさしくこれに属する。

ところが、ちょっとこれとスタイルの異なった本格探偵小説がある。ドイルも最近ではそれをやっているが、フリーマンのいわゆるinverted formと称するもので、犯人の犯行をさきに描き、これが発見までを描いてゆくやり方。これを本格でないという人も我が国の探偵小説作家にいるけれども、私はやはり本格探偵小説だと思う。

厳格にいえば、探偵小説というのは、本格探偵小説のことをさすと決めてよろしいと信ずる。

犯罪小説はやや趣を異にする。

探偵小説の要素としてあげたdetectionは必ずしも必要ではない。のみならず必ずしも「何が起こったか」という形式をとらず、「何が起こるか」という形式をとっていることが多い。

多くは実話的の形になるか、または犯人の告白の形をとるものである。

これがもっとも典型的なものは、ポーの*Thou Art the Man*〔「お前が犯人だ」〕、ドイルの*Lost Special*〔「消えた臨時列車」〕などであろう。

私は探偵小説と犯罪小説とを総称して探偵小説といいたい。いわゆるSensational Novelは探偵小説のカテゴリーから将来除かれるべきものだと喜んでいる。

しからば探偵小説の将来はいかん。

私は犯罪小説がいちばん発展すると思う。

作者の側からいえば、本格探偵小説がいちばん骨が折れるわりに、それだけに買われない恨みがある。これはpure intellectual〔純知的〕なものだから、一つには読者がくいつきにくいのだ。

先にあげたヴァン・ダインなんか、ずいぶん苦心して作ったと思われるにかかわらず、それのわりに興味がないようだ。

そこへゆくと探偵小説の方はうまくゆけばかなり面白く読まれる。必ずしも純知的でなくてもよく、かなり煽情的《せんじょう》にもなり、またかなり情緒的にもあるいは感傷的にも書ける。そして何が起こるかという風にゆくことができるのだから、通俗小説の中に入り込むことは必ずしも難事ではない。

本格探偵小説でがっちりしたものが書ける人が出ることは現今、我が国においてもっとも大切なことであるが、それだけに、期待はただ期待に止まってしまうらしい。そういう人が出てこないかぎり、将来はいわゆる犯罪小説が通俗小説の中にまざり込んで、そこに混然たる作品ができるのではあるまいか。

私はまたそういう作が出てもかまわないと思う。

この私の考えに対しては、探偵作家のうちでぜんぜん反対説をなすものがある。そうなってはいけないというのだ。しかし私は、がっちりと建てられた本格探偵小説が出来《しゅったい》しないかぎり、この方に発展しても無理はないと思うし、また必ずしも憂慮すべき実ではないと考えている。

以上蕪雑《ぶざつ》ながらいわれるままに、ちょっと感想を書いてみた。

アンケート

探偵小説問答

一、これまで訳された長編外国探偵小説中、特に面白かったものを挙げ、その面白さを解剖批判していただきたい。
二、未翻訳のもののうちで、お読みになった探偵物（長短編を問わず）の面白さを紹介ねがいたい。
三、どういう外国物を読みたいと思われますか。

原書を読みて

（一）既に訳されている外国探偵小説の中で、特に面白いと思うものは、まず涙香《るいこう》氏の訳にかかるものでしょう。

どれと特に言えませんが、原著者の分かっているものでは『塔上の犯罪』（？）〔ボアゴベの原作〕その他ガボリオのものなどみな面白いと思います。別に奇をてらうわけではありませぬが、私は英文と独文の小説はたいてい原書について見ますから、シャーロック・ホームズやその他ヴァン・ダインのものの翻訳を読んだことはありません。

ことにヴァン・ダインは、あのペダントリー〔衒学〕にかかわらず、原書が特によいのじゃないかと考えます。邦訳があるようですが、本のボリュームから見て、完訳ではなさそうです。

しかし、訳されたもののうち特に面白かったといえば（以上の意味において）『グリーン殺人事件』、『スキャラブ殺人事件』それからクリスティーの『リンクス殺人事件』〔『ゴルフ場殺人事件』〕、クロフツの『カスク』〔『樽』〕等です。特に解剖的に申し上げられませんが、だいたいこれらに共通な点がすきです。

（二）これに対しては、一に申したとおり、既に邦訳があるかどうかよく分かりませんし、私の手にあるもの、および目を通せるものしか言えません。

コールの『ブルックリン殺人事件』、フリーマンの『某氏（名を忘れました）のオーヴサイト』〔*Mr. pottermack's Oversight* (1930)〕（ただしこれはやや退屈です）

作者を忘れましたが『コブラ燭台』（この面白味はアリバイで、大したことはありませんが、中にワルトシュタインゾナーテ〔ベートーヴェン作曲のピアノソナタ〕が用いてあることがちょっと気に入りました）

デュマだったと思いますが『ジャッカル氏』〔『パリのモヒカン族』〕（これは英訳で読みました）

（三）私はどうも保守的なのか右に挙げたようなものにいちばん興味をひかれます。ドイル、ヴァン・ダインの面白さがいいと考えているので、したがってそういう物が読みたいのです。ただしエラリー・クイーンの諸作を私はどういうわけか好みません。

（『新青年』第一六巻第一〇号、一九三五年八月）

ハガキ回答

Ⅰ　読者、作家志望者に読ませたき本、一、二冊をお挙げ下さい。
Ⅱ　最近の興味ある新聞三面記事中、どんな事件を興味深く思われましたか?

Ⅰ　Alexandre Dumas〔大デュマ〕の『世界における有名な犯罪』。英訳では八冊になっています。実話体ですが歴史的にはあてになりませんが、古いものながら面白いです。この中のあるものは紹介されたことがあります。『鉄仮面』(ただし涙香《るいこう》のはボアゴベのです)『侯爵夫人の罪』などです。

Ⅱ　これには十分お答えできません。誰でも言うのは「バス屋殺し」や最近の「千歳村事件」でしょうが、僕はまったく他に興味をひかれているのがあります。

(『ぷろふいる』第三巻第一一号、一九三五年一一月)

解題

横井司

浜尾四郎は、一八九六（明治二九）年四月二四日、医学博士・加藤照麿男爵の四男として、東京都に生まれた。父は、昭和天皇の皇太子時代に侍医を務めたことがあり、祖父は、男爵・文学博士・法学博士の加藤弘之（1836～1916）で、東京大学総長を務めたことがある政治家・教育家であった。また、長兄・加藤成之《よしゆき》は東京美術学校長を務めた人物であり、弟・郁郎は喜劇俳優として名を成した古川緑波《ろっぱ》である。東京高等師範学校付属小・中学校、第一高等学校を経て、一九一八（大正七）年、東京帝国大学法学部に入学。同じ年の一二月に枢密院議長・浜尾新《あらた》子爵の養子となり、浜尾姓を名のることとなった。

自筆の「浜尾四郎小伝」（『現代大衆文学全集』続・第一八巻、平凡社、一九三二・一。以下「小伝」と略す）によれば、小学三年生の時、徳冨蘆花の『不如帰』を読んだのが文学への開眼で、「それからすつかり文学少年文学青年になつた」。一高は法科に進んだが、文学への思いやみがたかったのだろう、江戸川乱歩が遺族から見せてもらった原稿の中には、学生時代に書きためた「非常にロマンチックな短編小説がいくつかあった」そうだし（「探偵小説十五年」『江戸川乱歩選集』第二巻、新潮社、一九三八・一〇。引用は新保博久・山前譲編『江戸川乱歩　日本探偵小説事典』河出書房新社、一九九六から）、在学中には一高の第二七回記念祭寮歌の作曲をしたこともあるそうだ（大内茂男「浜尾四郎の人と作品（上）」『浜尾四郎全集』第一巻、桃源社、一九七一・六による）。

大学に入り、浜尾家の養子になった頃から「法律を学ぶことをそろそろ辛いと思ひ出した」（「小伝」）。「もし健康だつたら法学士になつてから或はまじめに文科へ行つたかも知れぬが、不幸にして肋膜炎にかゝり大学を二年おくれて出たのでそんな余裕はなく」、一九二三年に卒業してすぐに司法官試補を命ぜられ、翌年、東京区裁判所検事代理に任ぜられた。二五年に養父・浜尾新が歿し、子爵を襲爵。同時に検事に任ぜられ、東京地方裁判所と東京区裁判所検事局に兼務することとなったが、二八年、退官して弁護士を開業。検事を辞めた理由について浜尾は、「一言でいへば、検事としてえらくなるまで長命であり得る自信がなかつたからだ」そうで、「自分の祖父も実父も養父も、皆役人として殆んど最高の地位に進んだ。自分はとてもその地位まで行き得る自信がない。どうせ父祖の名を汚すなら、いつそ脱線でもしやうと思つて道をかへたのである」と書いている（「小伝」）。その「脱線」の果てだったのかどうか、翌二九年、「彼が殺したか」を雑誌『新青年』に連載、探偵小説作家としてデビューした。

浜尾は、大学を卒業した年に雑誌『日本法政新誌』に犯罪と文学をめぐるエッセイを寄稿しており、それに注目した『新青年』編集部の慫慂《しようよう》であろう、昭和二年八月増刊号の同誌に「落語と犯罪」を寄稿。これを皮切りに、『新青年』や『文藝春秋』にエッセイを寄せるようになった。探偵小説を書いたきっかけは、乱歩の回想によると、小酒井不木の勧めによるものらしい（前掲「探偵小説十五年」）。「彼が殺したか」のあとは、堰を切ったように作品を発表しており、『新青年』以外にも進出して、たちまち流行作家の一人となった観がある。

一九三一年には、『名古屋新聞』夕刊に長編「殺人鬼」の連載を開始する一方、NHK名古屋中央放送局のラジオ放送用の小説として『博士邸の怪事件』を書き下ろした。三三年三月には、新潮社『新作探偵小説全集』の一冊として、書き下ろし長編『鉄鎖殺人事件』を上梓。以上三編は、戦前には珍しい論理的な謎解きの興味をテーマとした長編探偵小説として、今なお光芒を放っている。三三年六月、貴族院議員に当選、異色の議員探偵作家の誕生である。三五年には、『防犯科学全集』（中央公論社）の「強力犯篇」を上梓するが、同年一〇月二九日、脳溢血のため不帰の客となった。死後、大下宇陀児の唱道で『浜尾四郎随筆集』（春秋社、三六）が編まれており、一九七一年には、単行本化されたすべての小説と『浜尾四郎随筆集』を収めた二巻の全集が、桃源社から刊行されている。

江戸川乱歩は「日本の探偵小説」（『日本探偵小説傑作集』序文、春秋社、一九三五・九。引用は『江戸川乱歩コレクションⅢ／一人の芭蕉の問題』河出文庫、九五から）において、浜尾四郎の作品を「法律的探偵小説」に分類している。「作者が法律家出身であるかまたは法律に関心を持つことが深いために、〔略〕時には法律への疑義というような『問題探偵小説』めいたものに筆を染める場合があり、そうでなくても小説中のどこかに法律への批判的筆致がほの見える、というような作品」を意味しており、浜尾の作品、ことに短編の多くは、乱歩のいわゆる「法律的探偵小説」に属するものといってよい。

そうした作品を書いたのは、司法職に就いていた浜尾の経歴に因るものであるのはいうまでもないが、その一方で、浜尾が文学的影響を受けたと思しい大正文壇の知的作風（理知派・新現実主義などといわれる。代表的作家としては芥川龍之介・菊池寛）のスタイルが踏襲されているとみることもできよう。浜尾の短編「死者の権利」（一九二九）中で菊池寛の「ある抗議書」（一九）に言及していることは北村薫によって指摘されているし（『日本探偵小説全集』第一一巻・解説、創元推理文庫、九六）、「殺された天一坊」（二九）は芥川龍之介作品の語り口を髣髴とさせるという具合に、浜尾作品と理知派・新現実主義に分類される作家との親近性は高い。浜尾作品の特徴として、性的魅力を備えた女性に翻弄される男性、あるいは妻の不倫に悩まされる夫、といった図式の作品が多いことも、大正文学との親近性と無縁ではないように思われる。すでに木々高太郎が、浜尾についての文章の中で、「彼が殺したか」「黄昏の告白」「正義」の三編をあげて、「こゝにあげた三篇の如きは、芥川龍之介の文学が純文学であるならばその同じ立場に立つて純文学であると言つてよい」（「回想の浜尾四郎」『宝石』一九五三・五）と述べており、大内茂男は浜尾の短編について、「菊池寛や芥川竜《ママ》之介のテーマ小説のような純文学的志向に基づく浜尾四郎独自の発想」（「浜尾四郎の人と作品（下）」『浜尾四郎全集』第二巻、桃源社、七一・九）と論じていることも付け加えておこう。

日本探偵小説史においては、大正文学における怪奇幻想的作風の耽美派（代表的作家としては谷崎潤一郎・佐藤春夫）の影響ということは、よくいわれるところだが、そうした流れとは違う文学的底流というものがあったことも、忘れるわけにはいかないだろう。

以下、本書収録の各編について、簡単に解題しておく。作品によっては内容に踏み込んでいる場合もあるので、未読の方はご注意されたい。

〈小説篇〉

「彼が殺したか」は、『新青年』一九二九年一〜二月号（一〇巻一〜二号）に掲載され、『日本探偵小説全集』第一六編（改造社、一九二九）に採られたのち、作品集『殺人小説集』（赤爐閣書房、三〇）に収められた。後に、『現代大衆文学全集』続第一八巻（平凡社、前掲）、江戸川乱歩編『日本探偵小説傑作集』（一号館書房、四八）及び『日本探偵小説傑作集』第二集（新府書房、四八）、『長篇探偵小説全集』第一一巻（春陽堂書店、五七）、『現代推理小説大系』第二巻（講談社、七三）、『新青年傑作選集』第一巻（角川文庫、七七）、『日本探偵小説全集』第五巻（創元推理文庫、八五）などに採録された。デビュー作にはその作家のすべてが現れるといわれるとおり、後の浜尾作品のモチーフがよく出ている作品である。なお、作中に引かれている予審での記録は、初出誌及び各単行本ではカタカナ表記となっているが、論創ミステリ叢書版では、できるだけ読みやすいテキストを提供するという方針から、ひらがな表記に改められている。公文書の法律的文体と、最後の大寺一郎の告白書の文体、そして語り手である弁護士の口調を模した文体とを拮抗させることで、法律における非人間性をあぶりだすという効果が薄れてしまった嫌いがあるが、諒とされたい。

「黄昏の告白」は、『新青年』一九二九年七月号（一〇巻八号）に掲載され、前掲『日本探偵小説全集』第一六編に採られて後、前掲『殺人小説集』に収められた。後に、『新青年傑作選』第一巻（立風書房、七〇）、『くらしっくミステリーワールド』第四巻（リブリオ出版、九七）などに採録された。二人の戯曲家が一人の女性をめぐって鎬を削るという設定は、谷崎潤一郎の「金と銀（二人の芸術家の話）」（一八）を連想させる。耽美派・悪魔主義などといわれる明治大正期の谷崎文学は、江戸川乱歩・横溝正史らに影響を与えたことはよくいわれるが、浜尾の場合、本編や後出の「探偵小説作家の死」のほか、「悪魔の弟子」（二九）などに、その痕跡がうかがえるといえよう。

「富士妙子の死」は、『朝日』一九二九年一〇月号（一巻一〇号）に掲載された。単行本に収められるのは今回が初めてである。一九二八年に陪審法が施行されたのを受け、「誌上陪審」と題して、読者に対して懸賞が募られた作品（陪審法自体は四二年に停止された）。浜尾自身の解答は一二月号に掲載された。犯罪小説であるといわれることの多い浜尾の短編の中で、唯一、謎ときミステリの妙味が感じられる作品に仕上がっている。

「正義」は、『新青年』一九三〇年四月号（一一巻五号）に掲載され、前掲『殺人小説集』に収められた。後に、ミステリー文学資料館編『幻の探偵雑誌10／「新青年」傑作選』（光文社文庫、〇三）に採録された。法律は正義を体現しているのかという、たびたび取り上げられる疑義がモチーフとなった一編。ここで描かれる状況は、現在なら、硝煙反応を調べることで一気に片がつくものだが、当時そうした技術はなかったのだろう。また、衣川柳太郎が不倫を犯した人妻を犯罪者であるかのように言っているのは、戦前の日本には姦通罪なる刑法罰が存在していたことによる（一八八〇〔明治一三〕年制定、四七年廃止）。なお、作中でふれられている「クリッペン事件」は、一九一〇年にイギリスで起きた著名な事件で、犯人逮捕に初めて無線電信が使われたことで知られている。また「小笛事件」は一九二六（大正一五）年に実際に起きた事件で、縊死体の索溝をめぐる鑑定でもめた事件として知られ、後に探偵作家の山本禾《のぎ》太郎が犯罪実話小説としてまとめている。

「島原絵巻」は、『犯罪科学』一九三〇年七月号（一巻二号）に掲載され、前掲『殺人小説集』に収められた。後に、『現代大衆文学全集』続・第一八巻（平凡社、前掲）に採録された。芥川龍之介の「地獄変」（一八）や「疑惑」（一九）を連想させる一編。

「探偵小説作家の死」は、『週刊朝日』一九三〇年七月一日発行の夏季特別号（一八巻一号）に掲載され、前掲『殺人小説集』に収められた。作中に出てくる「白崎氏の『青と赤』」とは谷崎潤一郎の「黒白」（二八）のこと。同じ白崎氏の「戦慄」は不明だが、「『人獣』の作者戸川反哺氏」は、『陰獣』の作者江戸川乱歩氏」のもじりだろう。二人の探偵作家の息詰まるような闘争を描いた異色作で、小説中の登場人物イコール作者という私小説的約束事をひねったトリッキーな叙述が面白い。小説の中に小説があるという入れ子型スタイルは、谷崎の「呪はれた戯曲」（一九）にも見られた趣向で、「黄昏の告白」と共に、浜尾の谷崎受容の一端をうかがわせる一編である。

「虚実」は、『新青年』一九三〇年一一月号（一一巻一四号）に掲載され、初出時の副題「あり得る場合」に改題されて、前掲『殺人小説集』に収められた。後に、原題に戻して、『現代大衆文学全集』続第一八巻（平凡社、前掲）に採録された。医療ミステリとしても読める一編。

「不幸な人達」は、『文学時代』一九三二年一月号（三巻一号）に掲載され、『博士邸の怪事件』（長篇文庫・新潮社、一九三二）に収められた。後に、『博士邸の怪事件』（日本小説文庫・春陽堂書店、三二）、『浜尾四郎全集』第一巻（桃源社、七一）に採録された。睡眠薬愛好者であった浜尾は、作品中でたびたび睡眠薬をテーマとしており、これもその一編。人間の思惑を超えた運命悲劇というシチュエーションは、「正義」や「彼は誰を殺したか」にも扱われていたものである。

「救助の権利」は、『文芸倶楽部』一九三一年四月増刊号（三七巻五号）に掲載され、新潮社版『博士邸の怪事件』に収められた。後に、前掲『浜尾四郎全集』第一巻に採録された。安易な人的救助は、かえって人権侵害にあたるという考え方が面白い。

〈評論・随筆編〉

「探偵小説の将来」は、『新青年』一九二七年八月増刊号（八巻一〇号）で諸家に問うた特集で、浜尾の回答は、「探偵小説は将来如何に展開すべきかに対しての御答」と題して掲載された。

「運命的な問題」は、『朝日』一九二九年一一月号（一巻一一号）に、「『華やかな罪過』読後感」として掲載された。「華やかな罪過」は、雑誌『朝日』に掲載された平林初之輔の作品で、「問題小説」と題して読者からの読後感が募集されたことは、『平林初之輔探偵小説選』第一巻（論創社、二〇〇三）の解題でふれたとおりである。浜尾の本編は、一般読者以外の識者の読後感として掲載されたもののひとつ。

「筆の犯罪」は、『東京朝日新聞』一九三〇年一二月一五日〜一九日号の「炉辺物語」欄に掲載され、前掲『浜尾四郎随筆集』に収められた。

「江戸川乱歩の持ち味」は、『東京日日新聞』一九三一年五月二五日号に掲載された。文中でふれられている『江戸川乱歩全集』は、三一年五月から翌年五月にかけて、平凡社から刊行された最初のもの。

「探偵小説作家の精力」は、『探偵クラブ』一九三二年八月号（第四号）に、また「江戸川乱歩氏について」は、同誌同年一〇月号（第五号）に掲載された。『探偵クラブ』は、新潮社の書き下ろし叢書『新作探偵小説全集』の付録雑誌で、エッセイや小説の他、同全集に参加したメンバーによるリレー探偵小説「殺人迷路」が連載された。浜尾は、その第八回を担当している。

「探偵小説を中心として」は、『都新聞』一九三三年一一月二八日〜一二月一日号に掲載され、前掲『浜尾四郎随筆集』に収められた。その後、権田萬治編『教養としての殺人』（蝸牛社、七九）、『現代推理小説大系』別巻二（講談社、八〇）に採録された。S・S・ヴァン・ダインを最高峰とする浜尾の本格探偵小説観が示された代表的エッセイである。

「犯罪文学と探偵物」は、『台湾日日新報』一九三〇年七月七日号に上編が掲載された後、同紙には未掲載のまま、前掲『浜尾四郎随筆集』に全編が収められた。中・下編が別のメディアに掲載されたかどうかは不詳。

アンケート二編のうち、「原書を読みて」は、『新青年』一九三五年八月増刊号（一六巻一〇号）に、「ハガキ回答」は、『ぷろふいる』同年一二月号（三巻一二号）に、それぞれ掲載された。前者の回答で、エラリー・クイーンがあまり好まないと答えている点が興味深い。なお、浜尾の長編『殺人鬼』中でも言及されている『コブラ燭台』は、エルザ・バーカーElsa Barker（米、1869-

1954）の *The Cobra Candlestick* (1928)と思われる。また、『侯爵夫人の罪』とあるのは、『侯爵夫人の犯罪』（福永渙訳、冬夏社、一九二二）のこと。

浜田知明氏から作品及び情報の提供をいただきました。記して感謝いたします。

[解題] **横井 司**（よこい つかさ）
1962年、石川県金沢市に生まれる。大東文化大学文学部日本文学科卒業。専修大学大学院文学研究科博士後期課程修了。95年、戦前の探偵小説に関する論考で、博士（文学）学位取得。『小説宝石』、『週刊アスキー』等で書評を担当。共著に『本格ミステリ・ベスト100』（東京創元社、1997年）、『日本ミステリー事典』（新潮社、2000年）など。現在、専修大学人文科学研究所特別研究員。日本推理作家協会・日本近代文学会会員。

浜尾四郎探偵小説選　〔論創ミステリ叢書 6〕

2004年 4月 10日　初版第 1 刷印刷
2004年 4月 20日　初版第 1 刷発行

著　者　浜尾四郎
装　訂　栗原裕孝
発行人　森下紀夫
発行所　論 創 社
〒101-0051 東京都千代田区神田神保町2-23 北井ビル
電話 03-3264-5254　振替口座 00160-1-155266

印刷・製本　中央精版印刷

Printed in Japan　ISBN4-8460-0416-3